Pierre Maël

Au pays du mystère

roman

ISBN : 978-1523935888

10 9 8 7 6 5 4 3 2 1

Pierre Maël

Au pays
du mystère

roman

Table de Matières

I. UN PHALANSTÈRE

C'étaient deux beaux enfants, l'un brun et nerveux, grand et fort pour ses dix ans, l'autre blonde, fluette et menue, flexible et grêle. Ils jouaient de tout leur cœur, avec une exubérance de vie ardente, dans le beau parc verdoyant qui entourait la superbe villa.

L'air pur et sain des hautes vallées avait préservé leurs premières années de cette espèce de dépérissement, de flétrissure qu'inflige presque toujours le climat des pays chauds aux fils des blancs établis dans les colonies.

L'aîné était un robuste garçon répondant au nom de Michel, dont les traits fins et délicats n'en accentuaient que mieux l'énergie d'une physionomie étrangement virile chez un enfant de cet âge. De deux ans plus jeune, la petite Sonia, Russe comme l'indiquait son prénom, était une adorable fillette à la taille souple comme un jonc, aux yeux pétillants de malice ingénue.

Deux autres compagnons de jeux, plus remarquables encore, se mêlaient à leurs bruyants ébats.

L'un était un de ces chiens de montagnes que les Anglais ont acclimatés dans les chaînes des Highlands et qui doivent descendre de nos Pyrénées, gigantesque animal au poil fauve, soyeux et doux au toucher, à la tête énorme éclairée de deux larges prunelles intelligentes ; l'autre, un singe de petite taille, au pelage gris, rond et dodu comme une pelote de velours. Le chien se nommait Duc ; le singe obéissait à l'appellation de Bull, ou Boule, qu'on lui appliquait indifféremment. C'étaient les jeunes, ou plutôt les vieux amis de Michel Merrien et de Sonia Rezowska.

Le petit Michel, en effet, était le fils adoptif et le neveu du célèbre voyageur français Jean Merrien et de sa femme Cecily Weldon, une Américaine vaillante et dévouée. Cinq ans plus tôt, Merrien et sa compagne, liés seulement par une amitié qu'avaient resserrée et fortifiée les périls bravés et les fatigues endurées en commun, avaient accompli un véritable prodige de courage et de persévérance en escaladant le Gaurisankar. Divers rivaux, devenus, eux aussi, des amis, les avaient suivis en cette périlleuse aventure. Hélas ! de ceux-ci plusieurs avaient succombé, et parmi eux on comptait le plus vaillant des hommes, le major Plumptre, un officier d'avenir dont l'Angleterre pleurait encore la perte.

Au retour de cette expédition, Jean Merrien avait épousé la jeune et charmante Américaine. Déjà riche de sa personne, l'explorateur s'était trouvé à la tête d'une fortune de nabab, et il avait formé le projet, approuvé et partagé par sa femme, d'en consacrer les énormes revenus à quelque généreuse entreprise qui servît à la gloire des races civilisées et au bonheur de l'humanité.

Mais, avant de fixer un but à ses efforts, Merrien avait emmené sa jeune femme en France. C'était là qu'il avait adopté le fils d'un frère aîné, orphelin de précoce intelligence, qu'il voulait élever dans les principes de sa généreuse philosophie. Après un an de séjour sur la terre natale, suivi d'un passage assez court au pays de sa femme, le voyageur avait repris le chemin de l'Inde, toujours escorté de son fidèle Euzen Graec'h, l'hercule armoricain dont il avait fait son ami.

Après quelques hésitations, les deux époux, mettant d'accord leurs conceptions, d'ailleurs peu dissemblables, du rôle qu'ils se proposaient de jouer, s'étaient arrêtés au plan suivant : ils fonderaient, au nord de l'Inde, dans le voisinage de Dardjiling, sur les hauts plateaux dont la salubrité permet aux Européens de vivre dans des conditions hygiéniques analogues à celles de leur propre continent, un établissement à la fois sanitaire et commercial où, sans distinction de nationalités, les hommes d'énergie pussent unir leurs efforts pour propager les idées bienfaisantes et les progrès matériels qui font l'honneur des peuples de race blanche.

Ce que se proposaient, en outre, Jean Merrien et sa femme – mais de cela ils n'ouvraient point la bouche, – c'était d'entreprendre, aussitôt que l'occasion leur semblerait propice, un nouveau voyage de pénétration au travers de la barrière himalayenne jusqu'en ces régions à peu près inconnues, en cet « antre du mystère » qui se nomme le Tibet.

Et s'ils ne parlaient de ce projet à personne, c'était parce qu'ils tenaient compte des leçons d'une cruelle expérience.

Ils avaient présentes à l'esprit les terribles péripéties de leur précédente expédition ; ils se rappelaient l'opposition aussi violente qu'acharnée des sectes religieuses de l'Inde, opposition dont ils avaient constaté l'opiniâtreté implacable et qui leur avait été fu-

I. UN PHALANSTÈRE

neste, même après sa défaite, dans la sanglante catastrophe où le major Plumptre avait trouvé la mort, les obstacles parfois insurmontables dressés devant leurs pas par le mauvais vouloir des moindres chefs de village, des plus infimes gouverneurs de frontières. Et, instruits par ces épreuves personnelles, ils n'avaient pas voulu fournir aux malveillances du fanatisme le prétexte et l'occasion de préparer d'avance les machinations qui devraient faire avorter leur courageux dessein.

Mais, sans le divulguer inutilement, les deux époux jugèrent utile et pratique d'en préparer de longue main la réalisation, en se fixant eux-mêmes sur les lieux où ils allaient fonder la colonie, centre de leur rayonnement civilisateur, point de départ de la pacifique conquête qu'ils allaient entreprendre.

Ce fut dans ce but qu'accompagnés du Breton Euzen Graec'h et de l'Indien Salem-Boun, un serviteur du major Plumptre, que celui-ci leur avait recommandé, presque légué, sur son lit de mort, M. et Mme Merrien et le petit Michel se transportèrent à Dardjiling, d'abord, bientôt après à soixante kilomètres à l'est de la charmante ville, au pied du massif du Guariam et sur l'extrême frontière du Sikkim, en un territoire contesté sur lequel l'Inde anglaise exerçait déjà une autorité réelle, bien qu'elle ne fût pas encore nominale.

Merrien s'y fit délivrer une vaste concession de territoire, qu'il affecta sur-le-champ à diverses cultures rémunératrices, notamment à celle du thé. Il y exploita les bois d'essence précieuse, les pins des constructions maritimes, le teck, l'eucalyptus même importé d'Australie. En peu de mois, il eut rassemblé autour de lui un nombreux groupement de travailleurs et ouvert des débouchés à la vente de leurs produits. Bien plus : il fit de ce lieu d'élection le centre d'une sorte de colonie de bienfaisance, vers laquelle affluèrent les bonnes volontés laborieuses que le sort n'avait point favorisées. Il appela ses colons de tous les points de la vieille Europe et, même de la jeune Amérique ; il les assujettit à une règle de fraternelle solidarité, et, en deux ans, il put voir le noyau primitif de onze ou douze fondateurs grossir jusqu'au chiffre encourageant de deux cent cinquante membres réunis en une sorte de phalanstère où la mutuelle estime fournit une base inébranlable à l'affection la plus solide, principe d'échange de services réciproques.

Pierre Maël

Alors, à la tête de cette force morale, il reprit les grands et nobles projets qu'il avait formés.

Parmi ces compagnons de la nouvelle cité des montagnes se trouvaient quelques-uns de ceux qui avaient partagé avec lui les périls et la gloire de sa première expédition dans l'Himalaya. C'était ainsi que le docteur Mac-Gregor avait voulu s'établir, à son tour, dans ce qu'il appelait gaiement « le royaume de Merrien ». Il s'était fait construire une fort élégante villa et y avait ajouté, en guise d'annexes, une infirmerie agencée avec une parfaite entente du confortable. Un jeune chirurgien français, Paul Lormont, s'y occupait, à ses côtés, à tout organiser en prévision de maladies où d'accidents qui, grâce à Dieu, leur laissaient, jusqu'ici, de nombreux loisirs. Si bien que le praticien anglais avait coutume de dire à son auxiliaire, en riant : « À ce régime, mon cher camarade, nous n'avons qu'à nous droguer et nous amputer réciproquement. »

Une autre personnalité se retrouvait dans le phalanstère du Tchoumbi, car c'était sur le territoire de cette vallée que Merrien avait fondé son établissement, dans une ravissante vallée arrosée par un affluent de la Tista.

Le Kchatryia Goulab, le chasseur expérimenté, homme de courage et de conseil, avait consenti, non à se fixer dans cette colonie de l'Himalaya oriental, mais à partager son temps entre le Kachmir, sa patrie toujours chère, et les régions qui avoisinent l'Assam et le Bhoutan.

Ainsi Jean Merrien et Cecily Weldon se retrouvaient en « pays de connaissance », selon l'expression consacrée. À ces amis éprouvés ils avaient vu se joindre des collaborateurs nouveaux, au premier rang desquels se plaçait le consul de Russie à Constantinople, M. Yvan Rezowski, père de la gentille compagne de jeux de Michel, Sonia Rezowska, qu'il idolâtrait d'une affection d'autant plus vive qu'il pleurait la perte de sa mère, morte quelques années auparavant.

Le site, d'ailleurs, était merveilleusement choisi parmi ces hautes vallées dont les Anglais ont fait le principal centre des sanatoires du Bengale. Placée au nord et à l'est de Dardjiling et de Tamlong, résidence du radjah du Sikkim, l'établissement fondé par Merrien se ressentait de cette latitude supérieure. La température y était

I. UN PHALANSTÈRE

aussi douce que dans les colonies anglaises de l'ouest, mais une forte chaîne transversale, s'appuyant d'une part sur les contreforts du Tchoumbi, de l'autre sur les assises du Guariam, arrêtait les moussons du sud dans la saison chaude et préservait les nombreux planteurs des souffles brûlants et de l'excessive humidité dont souffraient leurs voisins.

À la faveur de cette clémence appréciable du ciel, les plantations réussissaient à merveille, et les quinquinas, si difficilement acclimatés aux environs de Dardjiling, prospéraient sans obstacle, mêlés aux arbres à thé et aux bois résineux des versants septentrionaux.

Et cependant, là encore, Jean Merrien avait pu constater la continuité des hostilités sourdes qu'il avait rencontrées déjà, au cours de son voyage à la découverte du Gaurisankar.

Les influences religieuses, venues du Nord comme du Sud, l'enveloppaient d'une trame de suspicions et de malveillances. Il se sentait surveillé, épié ; tous ses mouvements étaient connus, toutes ses intentions contrôlées. Les bouddhistes de la région, plus ou moins affiliés aux secrètes congrégations des ritualistes tibétains, observaient avec méfiance ses moindres actions. Bien que la nouvelle colonie eût enrichi la contrée par ses travaux et son commerce, ni les grands, c'est-à-dire l'entourage immédiat du Radjah, ni le peuple, formé d'un mélange à peu près égal de Leptchas et de Bhoutias, ou Boutanais, ne voyaient d'un œil favorable la propagande des idées tentée par les blancs et la réelle amélioration apportée dans la vie matérielle des populations par leur progressive initiation à une bienfaisante activité.

Plusieurs fois Mac-Gregor, et surtout le chikari Goulab, avaient informé Merrien de l'hostilité sourde qui croissait dans l'ombre à l'encontre de ses projets et de ses généreux efforts. À diverses reprises, des avis menaçants, venus d'origines inconnues, avaient prévenu le Français qu'il aurait à se repentir de son audace civilisatrice. L'Inde du Nord ne voulait pas des bienfaits de cette civilisation qu'il prétendait lui imposer malgré elle, et elle saurait bien s'affranchir de l'esprit d'émancipation que les blancs s'appliquaient à souffler aux races abâtardies de la frontière tibétaine.

Merrien avait longtemps espéré que les autorités anglaises seraient ses auxiliaires et soutiendraient sa tentative.

Force lui avait été de reconnaître ce qu'une telle espérance avait d'illusoire.

L'œuvre qu'il avait entreprise ne pouvait être encouragée et, à plus forte raison, soutenue par l'Angleterre. Deux motifs y mettaient obstacle : il était Français et il était catholique. La présence même du docteur Mac-Gregor ne suffisait pas à lui assurer le concours des agents de la Grande-Bretagne. Mais, du moins, de ce côté, Merrien savait-il qu'il pouvait compter sur une impartialité plutôt bienveillante.

Telle était la situation du phalanstère de Tchoumbi au moment où s'ouvre ce récit. Quatre années d'efforts persévérants, de mutuelle confiance, secondés par toutes les ressources de l'industrie européenne que la fortune du jeune ménage avait permis à celui-ci d'utiliser dans l'intérêt même de la colonie, avaient amené le nouveau groupement à prendre l'extension vraiment considérable qui en faisait, actuellement, l'un des centres les plus importants du nord de l'Inde. Et, chaque jour, le noyau européen voyait grossir à ses côtés la population indigène qu'attirait l'espoir promptement réalisé de trouver à ce foyer une chaleur de vie rayonnante, capable de l'arracher aux misères de sa condition sous le joug oppresseur et spoliateur des tyrannies locales.

C'était dans ce milieu qu'avaient grandi côte à côte Michel Merrien et Sonia Rezowska. Les deux enfants s'étaient liés d'une tendresse fraternelle. Études et jeux leur étaient communs et chacun d'eux trouvait dans l'autre une sorte d'aide et d'appui qui les faisait s'unir plus étroitement, avec une conception des devoirs et des joies de l'existence bien supérieure à l'ordinaire notion qu'en peuvent acquérir des enfants de cet âge.

Ce jour-là, tout au début de l'hiver, au sortir des grandes pluies d'octobre, ils prenaient leurs ébats sur une verte pelouse établie en tapis sur les pentes doucement inclinées des mamelons qui s'élèvent progressivement sur les flancs du gigantesque Guariam. Le ciel, très clair, leur permettait de voir étinceler au-dessus de leurs têtes les glaciers et les aigrettes de neige de l'énorme glacier hérissé de pics éblouissants. L'horizon, étroit et borné de la vallée au niveau du sol, s'échancrait et se développait au-dessus des premiers contreforts, et l'œil pouvait s'y perdre dans la variété des fonds étagés en terrasses, grandissant au-dessus des masses vert sombre des forêts, se creusant en gorges profondes, en cluses resserrées, s'estompant dans les teintes brumeuses et bleuâtres des crêtes superposées. Et, de la sorte, le regard s'élevait comme sur les degrés d'un amphithéâtre, pour aller, de proche en proche, par delà les cimes neigeuses, se perdre dans l'azur immaculé du firmament.

C'était dans ce cadre d'un féerique décor que les deux enfants s'abandonnaient joyeusement aux plaisirs de leur âge, partagés par Boule et par Duc avec un entrain qui ne le cédait en rien à celui de leurs jeunes maîtres.

Du haut de la véranda qui dominait le toit de la villa, Mme Merrien pouvait surveiller de l'œil, à distance, les folles courses et les soudaines éclipses du petit couple plein de vie fougueuse. Car, sur ce terrain montueux et accidenté, les plis et les ravins étaient fréquents, expliquant les promptes disparitions des quatre joyeux camarades.

Un moment, lassés, sans doute, mais prêts à recommencer leurs ébats, les deux enfants interrompirent leurs steeple-chases fantaisistes pour se reposer sur un banc de gazon, à l'ombre d'un bouquet de cèdres dont les troncs robustes étaient ceints d'un véritable buisson d'orchidées et de fougères arborescentes.

Et, tout de suite, une conversation animée fournit la digression et le délassement à ces jeux fatigants :

« Sonia, demanda Michel à sa compagne, est-ce que tu n'as pas remarqué quelque chose ? »

Et, comme elle ouvrait de grands yeux surpris, il poursuivit :

« Oui. Ne trouves-tu pas qu'il y a longtemps que Miles Turner n'est pas venu nous voir ? »

La petite fille tressaillit.

« C'est vrai, ce que tu dis là, Michel. Ce bon Miles ! Voilà près d'un mois que nous ne l'avons vu. »

Des larmes lui montèrent aux yeux. Elle ajouta, avec une véritable tristesse dans la voix :

« Pauvre Miles ! Chaque fois qu'il vient, il nous apporte un cadeau à sa manière. Il est peut-être malade ! »

Pierre Maël

Le garçonnet appuya, avec un sérieux plein d'observation :

« Ce ne serait pas étonnant, Sonia, car il mène une singulière existence, ce pauvre homme. Mon oncle racontait l'autre jour, à table, que Miles Turner est obligé de se cacher parce que les agents anglais le prendraient pour le mettre en prison. Il paraît qu'il a été condamné autrefois, qu'il s'est échappé, et que depuis lors il court les bois, vivant uniquement du produit de sa chasse.

– Oh ! mon Dieu ! prononça la fillette en joignant les mains, notre ami Miles a été condamné ?

– Oui, Sonia. Du moins, c'est ce que j'ai entendu raconter à mon oncle. »

Ils n'avaient pas achevé ce dialogue, qu'un sifflement très doux se fit entendre à la lisière des bois qui entouraient le parc. Un même cri de joie jaillit de la poitrine des deux enfants, et ils s'élancèrent vers le versant du coteau.

« Il y a un proverbe français qui dit : *Quand on parle du loup, on en voit la queue* », fit gaiement Michel Merrien.

Et il entraîna en courant sa compagne vers la bordure des grands arbres.

Sans crainte aucune, les enfants franchirent la clôture du parc et pénétrèrent sous le couvert des ramures épaisses.

Ils y marchèrent pendant quelques minutes et s'arrêtèrent en une clairière assez vaste dont le tapis de gazon dur et serré, n'eût été l'humidité du sol, n'aurait pu offrir une couche meilleure aux vagabonds de ces régions paisibles.

Soudain une forme humaine se détacha du tronc d'un ébénier et s'avança vers eux.

C'était un homme de haute taille et dont le misérable accoutrement ne cachait point les formes herculéennes. Vêtu de lambeaux de cotonnade, chaussé de fortes bottes, le nouveau venu abritait sous un chapeau de paille en pitoyable état une chevelure inculte et une barbe hirsute. Seules une carabine jetée en bandoulière et si bien entretenue qu'elle en paraissait neuve, une cartouchière de cuir fauve et une ceinture de peau de daim formaient un contraste stupéfiant avec cette défroque lamentable.

« Miles, mon bon Miles ! » s'écria Sonia, en courant, les mains

I. UN PHALANSTÈRE

tendues, vers le nouvel arrivant.

Michel, qui la suivait, semblait plus réservé en sa confiance et gardait un peu de froideur.

La figure rébarbative de l'outlaw s'était éclairée d'un bon sourire. Il prit les mains que lui tendait la fillette et les baisa respectueusement. Puis il s'assit sur l'herbe et se mit à considérer les enfants avec une sorte d'attendrissement.

« Savez-vous, petite Sonia, murmura-t-il, que vous avez failli ne plus revoir votre vieux Miles ?

– Oh ! se récrièrent les deux enfants, avec un geste d'incrédulité.

– Oui, reprit le vagabond. Un tigre a manqué me manger. Il m'a mis pour quinze jours sur le flanc. Mais, n'importe ! le bon Dieu m'a protégé. J'ai eu sa peau, et je l'apporte pour payer les cartouches dont j'ai le plus grand besoin. Est-ce que votre père voudra encore m'en donner, monsieur Michel ? »

Il demandait cela doucement, presque humblement, en une langue mêlée d'anglais et de mauvais français. Il était manifeste qu'il n'employait ce dernier que pour faire plaisir à ses jeunes interlocuteurs, par précaution oratoire.

Michel répondit, non sans quelque hésitation !

« Je ne sais pas, monsieur Miles, si mon oncle voudra vous donner des cartouches. Parce que vous savez que c'est mon oncle, et non pas mon père, comme vous dites.

– Oh ! vous le lui demanderez bien, mon petit Michel, supplia le malheureux. La peau que j'apporte est fort belle. Elle vaut au moins douze cents roupies sur le marché de Calcutta. Tenez, je vais vous la montrer. »

Et le pauvre diable, suivi par les enfants, revint vers l'arbre qu'il avait quitté l'instant précédent, et ramassa sur le sol un paquet volumineux enveloppé d'une mauvaise toile. Quand il eut dénoué celle-ci, il étala aux regards émerveillés de ses petits compagnons une admirable peau de tigre mesurant 2 m. 80 du museau à l'extrémité de la queue, selon la manière d'évaluer des chasseurs et des pelletiers.

« Voilà ce que j'apporte, mon petit Michel. Vous voyez qu'il y a là de quoi payer plus de dix mille cartouches, et je n'en demande que trois cents de chaque espèce : menu plomb et balles.

– Je ne sais pas, monsieur Miles, je ne sais pas, répéta l'enfant en proie à une évidente perplexité.

– Et pourquoi votre oncle, qui a été si bon jusqu'à présent, ne voudrait-il plus, monsieur Michel ?

– Parce que j'ai entendu dire à mon oncle qu'on n'avait pas le droit de vous en donner, que vous étiez un échappé de prison. »

C'était une douloureuse parole et qui prenait une sévérité plus grande, ainsi prononcée par cette bouche d'enfant. L'outlaw baissa la tête et de grosses larmes se mirent à couler sur ses joues bronzées par le hâle du grand air et de l'implacable soleil.

« *My God* ! pleurait-il, *my God* ! Qu'est-ce que je vais devenir si l'on ne me donne pas de munitions. C'est me condamner à mort, à mourir de faim ! Car voilà quatre ans que je vis dans la montagne et jamais je n'ai fait de mal à personne. C'est vrai ! j'ai été condamné, mais, enfin, j'ai payé ma dette et ce n'est pas juste que je retourne en prison quand je ne demande qu'à vivre en honnête homme, quand je ne réclame que ma liberté ! »

Sa douleur faisait mal à voir. Spontanément Sonia saisit les mains du misérable.

« Il ne faut pas pleurer, monsieur Miles, il ne faut pas pleurer. Michel ne vous a pas dit qu'on ne vous donnerait pas de cartouches. Il les demandera pour vous et je les demanderai aussi, et monsieur Merrien vous en donnera. N'est-ce pas, Michel, que tu demanderas ?

– Oui, Sonia, oui, monsieur Miles, nous demanderons, répondit Michel, dont les paupières humides trahissaient l'émotion.

– Il faut aller les demander tout de suite, Michel, fit encore la petite Russe. Attendez-nous là, mon bon Miles. »

Et, soulevant dans ses bras Boule, qui s'était tenu perché sur son épaule, elle reprit en courant le chemin de la villa.

Pour y rentrer, il était plus avantageux de faire un léger détour par une sorte de chemin creux qui menait tout droit à la maison. Sous un rideau de verdure, une véritable voûte de feuillage, la route s'encaissait profondément entre deux larges pans de rochers qu'on eût dits coupés à la scie, tant leurs rigides parois étaient lisses et nettement tranchées.

Ce chemin avait été interdit aux deux enfants, soit qu'on en redoutât l'ombre toujours humide et trop fraîche, soit parce qu'il offrait un abri facile aux reptiles et aux insectes venimeux, assez communs en cette région où la faune et la flore des tropiques se mêlent à celles des climats tempérés. Très obéissants, Michel et Sonia n'avaient jamais enfreint cette prohibition.

Mais, en ce moment, sous l'impulsion de leurs cœurs pleins d'émoi, troublés par le chagrin du malheureux Turner et pressés d'y porter la consolation, ils estimèrent que la voie la plus courte était la meilleure, et que leurs parents ne leur tiendraient pas rigueur d'avoir fait fléchir la loi devant l'exception de la charité.

Ils coururent donc tout d'une traite jusqu'au chemin creux et s'y engagèrent sans autre réflexion.

Sonia, qui avait pris les devants, était stimulée par le désir généreux d'arriver la première, afin d'être la première à solliciter la pitié de M. Merrien. Mais Michel, honteux de son hésitation, la serrait de près, ayant cru remarquer que l'exhortation de sa compagne contenait une nuance de reproche.

Brusquement, le pied de la jeune fille heurta contre un obstacle imprévu, et la fit trébucher.

Mais elle n'eut pas même le temps de s'en apercevoir. Un manteau sombre, une couverture de laine s'abattit sur sa tête. Elle en fut enveloppée si promptement qu'elle ne put même abandonner le petit singe qu'elle portait dans ses bras, et se sentit enlever d'un effort vigoureux sans même se rendre compte de ce qui lui arrivait.

Michel, lui, avait vu toute la scène.

Au moment où la fillette avait trébuché, une ombre avait surgi des côtés du ravin. Un homme entièrement nu s'était élancé sur elle, déployant l'ample étoffe qui avait servi à envelopper l'enfant.

Mais le petit garçon n'avait pas eu le temps d'en voir davantage. Lui-même venait d'être saisi par derrière, tandis qu'une main lui fermait la bouche pour l'empêcher de crier.

Alors, en moins de temps qu'il ne faut pour l'écrire, les deux enfants avaient été emportés par deux hommes trapus et robustes et ramenés dans les bois. Là, les ravisseurs avaient rejoint toute une bande et, avec elle, s'étaient rapidement éloignés dans la direction de l'est, vers la vallée du Tchoumbi.

Peut-être l'audacieux enlèvement serait-il resté longtemps ignoré, si Mme Merrien, qui, du haut de la terrasse, surveillait les jeux des enfants et les avait vus revenir par le chemin creux, ne s'était alarmée du temps qu'ils mettaient à en sortir. Elle avait appelé un *behra* indou auquel elle avait donné l'ordre d'aller voir à l'entrée du ravin couvert si les enfants ne s'attardaient point dans ces parages réputés dangereux.

Le domestique était revenu disant qu'il n'avait point aperçu les deux *baba* (enfants).

La jeune femme avait pris peur. S'arrachant elle-même à sa quiétude, elle avait couru jusqu'aux abords du passage interdit. En un instant, tout le personnel de la maison avait été sur pied. Au milieu de l'universelle désolation, les premières recherches n'avaient été que confusion et désordre. Mais, bientôt, Jean Merrien, accompagné de M. Rezowski, de Graec'h et du docteur Mac-Gregor, était accouru. Toute la colonie européenne s'était assemblée en armes et d'intelligentes battues avaient été organisées sur-le-champ.

Hélas ! elles avaient été vaines. Tous les efforts étaient demeurés infructueux, et la soirée s'était achevée sans résultat.

Sans résultat n'est point le mot exact. Les battues avaient donné lieu à un incident pénible : l'arrestation un peu brutale du malheureux Miles Turner.

Car l'infortuné vagabond n'avait point quitté la clairière où avait eu lieu son entrevue avec les enfants. Il attendait leur retour, en proie à une poignante incertitude, partagé entre la crainte et l'espérance. Accorderait-on à son dénuement le misérable secours qu'il sollicitait et duquel dépendait sa vie ?

Au lieu des aimables messagers, porteurs attendus de la bonne nouvelle, l'outlaw n'avait vu revenir que des hommes au visage décomposé par l'inquiétude et la colère. Ils s'étaient jetés sur lui sans même prendre la peine de le questionner, tous les soupçons étant excusables en pareille circonstance, surtout à l'encontre d'un fugitif hors la loi et, par là même, trop sujet à caution. Sa redoutable vigueur avait écarté les premiers assaillants. Mais il avait trouvé en Euzen Graec'h un adversaire digne de lui. Le colossal Breton l'avait terrassé, et, garrotté étroitement, Turner avait été ramené à la villa pour y être interrogé par les juges improvisés de la nouvelle colonie.

« Je te reconnais, lui avait dit durement Merrien. Tu es ce Miles Turner auquel nos pauvres enfants accordaient si imprudemment leur sympathie. C'est ainsi que tu reconnais les services qu'on t'a rendus ?

– Avant de m'accuser, répondit le prisonnier sur le même ton, vous feriez mieux de me dire ce que vous me reprochez. »

Il avait fait cette réponse d'un accent calme qui dénotait au premier abord l'innocence. Les assistants en furent frappés.

Merrien expliqua alors au pauvre diable la disparition des enfants. Il insista sur l'entrevue qu'ils avaient dû avoir avec le vagabond. Turner ne nia point. À son tour, il raconta les détails de cette entrevue et le motif généreux qui avait déterminé les enfants à lui conseiller d'attendre leur retour dans la clairière où on l'avait arrêté.

Brusquement, ses yeux se mouillèrent et il s'écria, les larmes dans la voix :

« Et vous avez pu croire que j'étais assez vil, assez lâche pour nuire à ces deux chères créatures, les seules que j'aie aimées et qui m'aient accordé leur pitié depuis que je mène l'effroyable existence à laquelle je suis réduit ? »

Sa voix émut les juges, Merrien prit à part ceux qui assistaient à l'interrogatoire.

« Cet homme dit certainement la vérité, messieurs », prononça-t-il d'un accent de conviction.

En ce moment, d'ailleurs, l'attestation de Turner fut confirmée par l'intervention d'un témoin digne de foi.

C'était le babourchi Salem-Boun qui accourait essoufflé, annonçant que des traces de pas venaient d'être relevées sur les versants orientaux de la montagne. Mais, plus que tout autre témoignage, un événement significatif venait de se produire.

Le domestique de M. Rezowski, un Leptcha d'une fidélité à toute épreuve, entrait, tenant à la main un rouleau de bambou entouré d'une bandelette de parchemin sur laquelle étaient tracés péniblement, en langue anglaise, ces mots trop pleins de sens :

« Vous ne reverrez pas les enfants tant que vous n'aurez pas quitté le pays. »

II. CONSEIL DE GUERRE

Il y eut d'abord une profonde stupeur dans l'assistance à la lecture du message par lequel les ravisseurs, se dénonçant eux-mêmes en quelque sorte, signifiaient leur ultimatum à Merrien et à ses compagnons.

« Vous ne reverrez pas les enfants tant que vous n'aurez pas quitté le pays. »

Ces deux phrases, très claires dans leur signification littérale, étaient pleines d'obscurité à la réflexion.

Et d'abord fallait-il en restreindre le sens ? À qui s'adressait cette mise en demeure ?

Au premier coup d'œil, il semblait qu'elles ne visassent que Jean Merrien et l'ancien consul de Russie.

Car Michel était le neveu de l'explorateur français, et Sonia la propre fille de M. Rezowski.

« C'est nous seuls que vise la menace », prononça douloureusement le malheureux père, en s'adressant à son ami.

Jean ne répondit pas sur-le-champ. Il hocha la tête néanmoins. Puis, après quelques minutes de silence, il dit :

« Messieurs, je crois qu'il y a là matière à discussion. Je vous demande donc de vous unir à moi pour essayer de sonder ce mystère. Avant toute résolution, il me paraît indispensable de concentrer nos efforts et de mettre en commun toutes nos lumières. Tenons donc conseil sur l'heure, afin de pouvoir agir au plus tôt. »

Il entraîna ses compagnons dans le vaste et confortable cabinet de travail où il avait coutume d'élaborer les projets qui concernaient l'agrandissement et la prospérité de la colonie. On laissa Miles Turner sous la garde de deux robustes Leptchas, en attendant qu'on eût statué sur son sort, et, tout aussitôt, les avis furent ouverts.

Autour de la grande table qui servait de pupitre à Merrien,

prirent place M. Rezowski, le docteur Mac-Gregor, son aide et ami, le chirurgien français Lormont, Euzen Graec'h, Goulab, arrivé de Srinagar depuis la veille, l'Américain Morley, autre survivant de l'expédition du Gaurisankar, et le babourchi Salem-Boun.

Malgré l'immense chagrin qui l'accablait, Mme Merrien avait tenu à prendre part au conseil ainsi réuni. C'était une femme forte, et elle comprenait que l'heure n'était pas aux inutiles lamentations.

On ouvrit donc les discussions les plus diverses sur l'événement. L'essentiel était d'agir au plus tôt.

La première question qui se posa fut relative aux mystérieux avis qu'on venait de recevoir.

L'épître, écrite en fort médiocre anglais, avait été tracée par une main manifestement inexperte.

En l'examinant de très près, M. Rezowski, qui avait étudié la graphologie, conclut que les caractères avaient été péniblement assemblés par la plume maladroite d'un Indien.

Les raisons qu'il donna d'un tel jugement étaient absolument probantes.

« Voyez, fit-il en suivant du doigt les jambages hésitants des lettres, il est évident que la main qui a tenu la plume est habituée à écrire de gauche à droite, ce qui apparaît dans la raideur des signes en écriture droite, dans l'absence des liaisons et la rupture des mots. Obligé de renverser la marche, le scribe a mis sur sa copie, à défaut de sa signature individuelle, celle de sa race et le sceau de sa propre éducation. »

Le chikari Goulab appuya cette sagace induction, et tout le monde se rangea à l'opinion des deux hommes.

« Oui, insista le Kachmiri, il est certain que ce n'a été là qu'un grossier subterfuge pour nous entraîner sur une fausse piste. Les ravisseurs ne sont pas des Anglais, ainsi qu'ils ont essayé de nous le faire accroire, mais bien des natifs qui, aujourd'hui comme il y a cinq ans, poursuivent soit une œuvre de vengeance personnelle, soit une action d'hostilité religieuse. C'est donc de ce côté que doivent se tourner nos recherches. »

Mac-Gregor hocha la tête et demanda au Kchatryia avec un peu d'incrédulité :

« Mon cher Goulab, je fais le plus grand cas de votre jugement. Mais autant je trouverais votre hypothèse admissible, si nous habitions l'occident de l'Inde, ou même les frontières du Népâl, autant je la crois erronée en ce pays, à cette bordure extrême du Sikkim et du Bhoutan.

– Et pourquoi vous paraît-elle erronée, docteur ? questionna à son tour le chikari.

– Parce que, mon excellent ami, c'est bon aux fidèles du brahmanisme – je parle des sectes violentes et fanatiques – de poursuivre par de tels moyens la destruction de leurs adversaires. Mais vous ne devez pas oublier qu'ici nous n'avons autour de nous que des bouddhistes et, même, des sectateurs d'un bouddhisme fort atténué, si je puis m'exprimer ainsi. Ni les Leptchas, ni les Bhoutias ne sont hommes à faire une guerre religieuse. À défaut de tout autre précepte, ne trouvent-ils pas la tolérance et la résignation enseignées par leur propre religion ? »

Goulab ne parut nullement ébranlé par cette objection pourtant sérieuse du docteur.

« Vous auriez absolument raison, répondit-il, si le fanatisme était redouté par nous dans le peuple. Or ce n'est pas la population que j'accuse. Il n'y a pas meilleurs hommes au monde que les Leptchas, ni plus indifférents que les Bouthias. Ces derniers, d'ailleurs, sont par intérêt même, les amis des étrangers. Ne venez-vous pas d'ouvrir un véritable asile à tous les fugitifs qui se dérobent à la tyrannie du radjah ?

– Mais qui donc accusez-vous, alors, Goulab ? » interrogea Mᵐᵉ Merrien.

Le Kachmiri répondit gravement, selon son habitude, en pesant tous ses mots :

« Si je n'accuse pas le peuple, je puis au moins soupçonner les chefs de ce peuple.

– Mais, interrompit Merrien, les chefs, ici, ce sont les représentants du radjah, sous la surveillance anglaise. »

Goulab eut un fin sourire.

« Oui, sous la surveillance anglaise, comme vous dites. Mais tout le monde sait que cette surveillance est uniquement politique et

II. CONSEIL DE GUERRE

que le gouvernement a trop à faire de tenir en bride les velléités de révolte des petits princes tributaires pour leur donner des motifs de querelles et des prétextes à rébellion en soutenant tous ses sujets européens dans leurs revendications, même les plus légitimes. »

Il y avait dans ces paroles une pointe d'ironie si visible, que le docteur Mac-Gregor crut devoir protester.

« Mon cher Goulab, dit-il avec quelque sévérité, je ne m'attendais pas à une telle insinuation de votre part.

– Docteur, répliqua le chikari en riant, on peut être bon sujet de Sa Majesté Britannique et critiquer son gouvernement. »

Ce n'était pas le moment d'une discussion. M. Rezowski le fit remarquer avec un peu de vivacité.

« Messieurs, dit-il, les circonstances nous pressent. Ne perdons point notre temps en discussions acerbes. Je prie Goulab de nous expliquer clairement sa pensée en nous faisant connaître la nature et l'objet de ses soupçons. »

Ainsi mis en demeure, le Kchatryia s'expliqua sans ambages comme sans réticences.

La raison de ses craintes était fort judicieusement déduite d'un ensemble d'observations concluantes.

C'est, en effet, un objet de remarque qui n'échappe point aux Européens de sens droit que, depuis ces dernières années surtout, la surveillance des frontières de l'empire britannique aux Indes se fait de plus en plus étroite et tracassière.

Les Lamas du Tibet, jadis tolérants, accueillants même pour les voyageurs blancs, se montrent, de nos jours, jaloux de leurs prérogatives et semblent redouter une sorte d'invasion morale de la part des religions de l'occident.

Depuis les frères Schlagintweit, les jésuites Huc et Gabet, le Russe Prjevalski, aucun voyageur de marque n'a pu franchir les bornes du mystérieux État qui s'enferme entre les monts du Karakoroum, l'Himalaya et le Kouen-Lun sur trois de ses côtés et les sources à peu près inconnues des grands fleuves orientaux, l'Irraouaddi, la Salouen, le Mékong, le Ménam, le Hoang-Ho, le Ta-Kiang et le Yang-Tsé-Kiang. À l'intérieur de ce long trapèze aux angles arrondis, c'est le domaine de l'hypothèse, le champ ouvert à toutes les suppositions, l'antre du mystère en ce qu'il peut avoir de plus stupéfiant, de plus effrayant même, et le courage moral est aussi nécessaire que l'endurance physique aux hardis investigateurs qui y veulent pénétrer.

Or, à juger froidement la situation, on se rend aisément compte de l'hostilité des Lamas.

Le bouddhisme, en effet, pour les races diverses qui habitent les plus âpres vallées et les plus hauts plateaux du Tibet, n'est pas seulement une religion, c'est une constitution politique. La théocratie s'est fait une citadelle de ces régions presque inaccessibles, qu'elle est résolue à défendre avec une ténacité d'autant plus acharnée, qu'elle doit à ses concessions du passé d'avoir perdu un bon tiers de son premier territoire. Car, au point de vue de la logique naturelle, les hautes vallées de l'Indus et du Gange, avec leurs affluents principaux, le Djhilam, le Satledj, la Gogra, les Koçi, soit la moitié du Kachmir, les États, aujourd'hui tributaires de l'Angleterre, tels que le Népâl, le Sikkim et le Bhoutan, font partie du Tibet primitif, dénommé Bod-Youl par ses habitants, nom que l'on retrouve aisément dans les mots Bhot-tan et Bhou-tân, terre des Bod.

On s'explique donc sans effort l'animadversion de la caste sacerdotale pour l'introduction de tout élément étranger.

Il est évident, en effet, que le bouddhisme des Lamas serait en mauvaise posture en face du christianisme.

Et parmi toutes les confessions chrétiennes, c'est dans le catholicisme qu'il rencontre son plus redoutable adversaire.

Comme le catholicisme, la religion des disciples plus ou moins stricts observateurs des préceptes de Çakya-Mouni a un pape, le Dalaï-Lama, dont Lassa est la résidence officielle ; elle a des prêtres réputés tous saints et savants, des monastères et des couvents pour les fidèles des deux sexes, des cérémonies pleines de pompe et d'éclat, des livres sacrés, des pratiques pieuses, des jeûnes et des abstinences, des pénitences rigoureuses, de longues prières et tout un enseignement à la fois symbolique et pratique, dont la similitude avec celui du catholicisme a longtemps fourni à certains esprits cette opinion que le catholicisme n'était et ne pouvait être qu'un frère puîné du bouddhisme. On comprend que ces nombreux points de contact fournissent matière à réflexions graves aux

II. CONSEIL DE GUERRE

Lamas du Tibet.

Ceux-ci sentent, assurément, combien le voisinage d'une religion plus rationnelle peut nuire à la leur, surtout si le peuple, qui ne s'attache qu'aux pratiques rituelles et superstitieuses, accepte une croyance qui ne changerait rien à ses habitudes. Dès lors, la prudence étant, comme l'assure le proverbe, la « mère de la sûreté », il est normal que les ministres des Lamas de Lassa et de Chigatsé appliquent tous leurs efforts à éloigner d'eux une concurrence fatalement désastreuse.

Telles furent les considérations pleines de sens invoquées par le Kchatryia Goulab.

Il n'eut pas de peine à réunir tous les avis en un commun assentiment. Sa parole avait éclairé les esprits.

« Tout ça, c'est très bien, opina Euzen Graec'h. Mais nous ne devons pas nous attarder.

– D'autant, appuya Salem-Boun, que si l'avis de Goulab est fondé, c'est à l'ensemble de la colonie que s'adresse le défi.

– Il faut donc savoir au plus tôt quelle route ont pu prendre les ravisseurs », ajouta le jeune chirurgien Lormont.

Ces mots mettaient le problème au point. Il ne s'agissait pas tant de connaître les intentions que l'itinéraire des bandits.

Là les avis furent partagés.

Le plus grand nombre estimèrent que les voleurs d'enfants avaient dû prendre la route du nord-est, celle de Chigatsé, en ce moment de l'année surtout, était l'objet d'une surveillance trop active.

« Le Tachi-Lama, fit observer Mac-Gregor, n'a aucune raison d'être désagréable au gouvernement anglais devenu son trop proche voisin, surtout depuis que la présidence du Bengale construit la route de Dardjiling au Tibet.

– Cela me paraît évident, dit Merrien. D'ailleurs, ce chemin est par lui-même trop difficile.

– C'est donc au nord-est que nous devons courir, appuya Goulab, à travers le Tchoumbi, pour regagner l'avance que ces coquins ont sur nous et leur fermer les voies de fuite vers la Chine. »

Il ajouta avec toute la force du bon sens :

« Mais avant tout, il me semble urgent de prévenir les autorités du Dardjiling, afin qu'elles prennent des mesures immédiates. »

Une fois encore, le sentiment du chikari prévalut, et l'on décida sur l'heure l'envoi d'un messager spécial à Dardjiling.

En attendant son retour, qui ne pouvait avoir lieu que le surlendemain au plus tôt, il fut décidé qu'une première colonne, courant au plus pressé, partirait vers l'est, à travers la vallée de Tchoumbi. Un courrier spécial porterait à cette colonne l'autorisation écrite du radjah de Tamloung, indispensable pour aplanir les difficultés des frontières.

Mais quels seraient les hardis chasseurs qui composeraient cette première expédition ?

Il va sans dire que tous, parmi les assistants, voulaient en faire partie.

Mais Euzen Graec'h, appuyé par le prudent Goulab, objecta qu'une telle mission ne pouvait être confiée qu'à des hommes aussi résolus qu'habiles à se dissimuler pour mieux surprendre les secrets de leurs adversaires. Trop nombreux, ils seraient promptement signalés et, par conséquent, dépistés. L'essentiel, dans cette chasse à l'homme, n'était-il pas, tout d'abord, de retrouver la trace des enfants et des ravisseurs ?

Ce sentiment fort sage fut néanmoins l'objet d'une discussion.

Merrien, résumant les débats et forçant même la conclusion, décida que, sur-le-champ, la colonne se formerait de trois petits groupes marchant à une demi-journée de distance l'un de l'autre, afin de maintenir entre eux les communications nécessaires à leur réussite.

Le premier groupe ainsi formé se composa de Jean Merrien lui-même, d'Euzen Graec'h et de Goulab.

Le second comprit le docteur Mac-Gregor, M. Rezowski et un domestique leptcha, du nom de Saï-Bog, attaché à sa personne depuis une dizaine d'années et dont la fidélité lui paraissait être à toute épreuve.

Le troisième, destiné à ne se mouvoir que plus lentement, comprenait Morley, l'ancien serviteur de miss Cecily Weldon, du babourchi Salem-Boun et de l'héroïque jeune femme elle-même, qu'aucune objection ne put détourner du projet formé par elle de prendre sa part des fatigues et des dangers à courir.

« Un homme de plus ne serait pas de trop, prononça Goulab en hochant la tête.

– Ah ! fit tristement Mme Merrien, que n'ai-je près de moi mon brave petit Christy ! Mais il est marié aujourd'hui et fixé à Madras, où il avait toujours eu le rêve de s'établir à la tête d'un bazar.

– Sans doute, dit encore le chikari. Mais nous n'avons pas Christy, et nous ne savons par qui le remplacer. »

Ces réflexions étaient échangées à haute voix dans la grande chambre formant antichambre, dans laquelle on avait laissé Miles Turner sous la surveillance de quatre robustes gardiens.

L'outlaw entendit ces paroles. Un éclair brilla dans ses yeux et, s'avançant brusquement :

« Monsieur Merrien, dit-il sans préambule, j'entends que vous êtes dans l'embarras, que vous cherchez un homme de courage et d'expérience pour vous aider dans la recherche des enfants. Prenez-moi. »

Ceci fut dit avec une fière assurance qui jeta d'abord une véritable stupéfaction dans l'esprit des auditeurs.

« Toi ? se récria Jean Merrien, en toisant l'Anglais de la tête aux pieds.

– Oui, moi, répondit Miles, dont l'œil supporta cet examen presque injurieux. Vous m'avez pris pour ce que je ne suis pas. Je ne vous en garde pas rancune. C'est ma triste situation qui en est la cause. Mais je veux vous prouver votre tort. Et d'ailleurs ce me sera un vrai bonheur que de rendre service à ces chers petits que j'aimais comme s'ils eussent été à moi. »

Les spectateurs de cette scène se regardèrent, fort émus. Ils étaient ébranlés.

Mais Merrien ne voulait pas commettre d'imprudence, bien qu'il sentît, lui aussi, son cœur troublé.

« Et quelle preuve peux-tu nous donner de ta sincérité et de ton affection pour les enfants ? »

Un sourire triste, qui confirmait son attitude, passa sur les traits du vagabond.

« Quelle preuve pourrais-je vous donner ? dit-il. Je n'ai rien à moi, pas même la liberté. »

Puis, se reprenant, il ajouta avec un accent de vérité qui acheva de convaincre ses auditeurs :

« Écoutez, vous avez entre les mains tout ce qui m'appartient. Cette peau de tigre que j'ai apportée vaut douze cents roupies. Gardez-la. Je vous en fais cadeau. Vous avez aussi mon fusil. Gardez-le. Vous m'emmènerez en qualité de guide. De Khatmandou au Pomi, je connais tous les secrets des gorges, toutes les ouvertures des passes. Il n'y a pas un indigène du pays qui puisse vous renseigner mieux que moi. »

L'offre était acceptable, et d'ailleurs les préventions à l'encontre du convict étaient déjà tombées.

« Soit ! répondit Merrien, j'accueille ta demande. Tu n'auras pas à te plaindre de nous. »

Et, remarquant l'accoutrement misérable, le délabrement du malheureux, il ajouta :

« Tu ne pourrais aller bien loin vêtu comme tu l'es. Suis-moi donc. Je vais te fournir un autre costume. »

Une demi-heure plus tard, Miles Turner, absolument transformé, transfiguré pour mieux dire, la barbe frais rasée, à la suite d'un bain réparateur, et pourvu de solides chaussures et d'un complet de laine souple, venait rejoindre la colonne expéditionnaire qui allait s'élancer à la poursuite des enfants et de leurs ravisseurs.

« Tu m'as l'air d'un brave compagnon, fit Euzen en lui tendant la main, et je crois que nous serons bons amis. »

L'outlaw parut fort touché de cette marque de sympathie du marin et répondit énergiquement à l'étreinte.

Il ne restait plus qu'à dresser la carte du parcours, et ce fut pour lui la première occasion de prouver efficacement son utilité aussi bien que sa reconnaissance.

« Puisque tu connais les chemins, interrogea Merrien, tu vas nous rendre le service de tracer toi-même l'itinéraire.

– Je veux bien, répliqua Miles, mais à la condition que vous suiviez vous-même sur la carte, car je n'y entendrais pas grand'chose pour le moment, vu que je n'en ai pas eu sous les yeux depuis dix ans au moins. »

On apporta de grandes cartes anglaises dressées depuis les plus récentes explorations.

Alors, Merrien et Mac-Gregor se mirent à appeler successivement les noms reconnus exacts et les appellations hypothétiques consignées sur les cartes, tantôt d'après des documents certains, tantôt d'après des indications de voyageurs, eux-mêmes imparfaitement renseignés, ou des graphiques fournis par les lettrés chinois.

À mesure qu'ils les prononçaient, Miles Turner les arrêtait pour leur indiquer le tracé à faire, ou leur faisait entendre que le vocable énoncé n'éveillait en lui aucun souvenir.

Ainsi fut arrêté, tant bien que mal, l'itinéraire assez vague que l'on allait suivre.

Il indiquait un chemin problématique qui, partant de Dardjiling, s'élevait par Tamlong et la vallée de Tchoumbi jusqu'à la rencontre des chaînes du Tibet et du Bhoutan, c'est-à-dire à la région, d'ailleurs inconnue, où le Tsan-Bo opère sa jonction soit avec le Brahmapoutra, soit avec l'Irraouaddi, ou peut-être, unit en un réseau concentrique les sources des fleuves qui, de là, descendent vers les multiples côtes de la Birmanie, de l'Annam, du Siam et de la Chine, le Salouen, le Ménam, le Mékong et le Yang-Tsé-Kiang.

Ce premier travail accompli, on se distribua tout aussitôt la besogne. Le premier groupe, composé ainsi qu'il avait été convenu, de Merrien, de Graec'h et de Goulab, s'adjoignit encore Miles Turner.

Il devait partir sur-le-champ afin de regagner, s'il était possible, l'avance prise par les bandits.

Le deuxième groupe ne se mettrait en mouvement que six heures plus tard, afin de permettre aux premiers partants de laisser une sorte de jalonnement indicateur de leur passage. On gagnerait ainsi douze heures complètes avant le départ du troisième groupe, auquel ce délai suffirait sans doute pour obtenir de Tamlong les sauf-conduits indispensables.

Avant de partir, Merrien rédigea divers télégrammes qu'un porteur de dépêches fut chargé de transmettre de Dardjiling aux différents destinataires de ces messages.

L'une de ces dépêches était adressée à l'un des officiers du Lord

Gouverneur du Bengale, avec lequel Merrien était lié d'une étroite et forte amitié.

Ces précautions prises, et après avoir laissé au jeune docteur Lormont le soin de veiller aux intérêts de la colonie, l'explorateur français prit congé de sa femme et de ses amis, le cœur serré, bien qu'il comptât les revoir dans quelques heures, et donna le signal du départ, malgré l'heure déjà avancée de la journée. On était tout au début de la saison sèche et les journées n'avaient pas encore la durée favorable aux longues expéditions.

Ce départ était plein d'appréhensions et de menaces. On allait vers l'inconnu, soutenus par une bien faible espérance.

Car on allait s'engager à travers une contrée si peu peuplée qu'on la pourrait dire déserte, n'étaient les quelques postes de troupes mongoles et tartares que le gouvernement chinois entretient sur les frontières, et les caravanes de pasteurs nomades qui sont en même temps les muletiers de ces régions montagneuses.

Comment, au sein de pareilles solitudes, non plus seulement suivre la piste des voleurs d'enfants, mais même trouver et maintenir son chemin ? À des hommes moins vaillants, moins résolus, une telle tentative eût paru souverainement folle.

Où allait-on, en effet ? Une seule route s'ouvrait devant les voyageurs, celle qui les menait au nord-est.

Tant qu'on pourrait s'y maintenir, les choses n'iraient pas trop mal.

Mais, dès qu'on aurait franchi la vallée de Tchoumbi, au delà de laquelle la route n'était plus qu'un sentier, la marche deviendrait impossible par suite des empêchements moraux, aussi grands que les obstacles matériels. Car cette vallée de Tchoumbi, nominalement enfermée dans les limites du Sikkim, n'est guère qu'un territoire contesté entre le Tibet proprement dit, le Sikkim et le Bhoutan. Serait-il possible aux vaillants chasseurs d'y retrouver quelque indice de la marche des fugitifs ? Réciproquement méfiants les uns envers les autres, jaloux de leur propre autorité, les divers États, indépendants ou tributaires, qui se disputent la possession de la vallée, exercent sur les voyageurs leurs revendications injustes et tracassières. De quel œil ces autorités rivales verraient-elles des blancs pénétrer ainsi, presque par force, et en toute liberté, sur un

II. CONSEIL DE GUERRE

domaine dont chacune d'elles prétend à la suprématie ? Ne fallait-il pas craindre, au contraire, qu'en haine des intrus européens, les peuplades à demi sauvages de ces régions presque inconnues ne protégeassent leurs ennemis, si elles n'allaient pas jusqu'à manifester leur hostilité séculaire ? Autant de questions cruelles auxquelles il était impossible de répondre.

Et, pourtant, pas un instant les hardis compagnons ne se laissèrent arrêter par une pensée de découragement. Ils n'en avaient pas le droit. À défaut de leur tendresse pour les chères créatures si violemment arrachées à leur affection, le devoir ne leur enjoignait-il pas de tout tenter pour rejoindre au plus tôt les bandits et délivrer les innocentes victimes ?

Ils firent donc à la hâte leurs préparatifs. Chacun d'eux emportait une carabine Winchester à répétition et un fusil de chasse à deux coups, un revolver de fort calibre et un solide coutelas ou une hache. Cette dernière arme était celle qui convenait le mieux à la main herculéenne d'Euzen Graec'h. Il conseilla même à Miles Turner de suivre son exemple, mais l'outlaw préféra s'armer d'une lance à la fois aiguë et large qui lui parut d'un maniement plus aisé.

On leur amena quatre chevaux, de ces poneys d'assez petite taille qui sont une des richesses du Tibet, bêtes sobres et vigoureuses, à l'allure rapide et sûre, qui peuvent fournir d'invraisemblables traites dans ces pays de montagnes.

En enfourchant sa monture, Miles, qui n'était point un cavalier émérite, fit tout haut cette réflexion :

« Il est certain que je préférerais mes jambes, mais ces poulets d'Inde doivent marcher plus vite que moi. Ils ont quatre pieds, alors que je n'en ai que deux. J'espère que le mien voudra bien me porter.

– Parbleu ! ricana Euzen, tu n'as pas l'air de t'y fier, camarade. Bah ! on apprend tous les jours quelque chose. Ainsi, moi, qui le parle, je n'ai guère enfourché que des vergues et des haubans en ma vie. Ça ne m'empêchera pourtant pas de gouverner cette petite bête comme une chaloupe. »

Et, prêchant d'exemple, le brave Breton se mit en selle avec la conviction d'un écuyer de cirque.

Comme on s'apprêtait à partir, Goulab risqua une question pleine de sens.

« Sahib, demanda-t-il à Merrien, un ou deux chiens ne seraient pas de trop pour éveiller la piste.

– Vous ayez raison, Goulab, répliqua Jean, et il est certain que si nous avions avec nous Duc, le chien de nos pauvres enfants, nous aurions tôt fait de retrouver leurs traces. Mais ces coquins ont dû le tuer.

– Emmenez avec vous Pouck, intervint M. Rezowski. Il connaît bien Sonia. »

Pouck était un grand danois aux formes développées par l'avant, mais dont l'arrière-train évidé décelait les qualités de coureur. C'était assurément un excellent auxiliaire, en même temps qu'un redoutable adversaire pour les bandits.

L'ex-consul fit flairer à l'intelligente bête un petit manteau que portait souvent l'enfant.

Puis il confia le vêtement à Merrien afin que celui-ci pût entraîner l'animal et maintenir par ce moyen sa fidélité.

« En route ! ordonna enfin l'explorateur, en rendant les rênes à son cheval. Nous n'avons que trop tardé. »

La colonne des quatre cavaliers partit d'un bon trot sur la route bien entretenue qui menait à la vallée.

Les renseignements des coolies envoyés en reconnaissance avaient été fort précis, en effet.

Ils avaient relevé des traces jusqu'à dix milles environ de la station et avaient pu les voir se perdre dans l'étroite plaine qui va en s'élargissant entre les rameaux amoindris de l'Himalaya oriental.

C'était donc bien vers l'est que les voyageurs devaient diriger leur course.

Ils savaient que les vestiges se continuaient sur un assez long parcours.

« Il est manifeste, dit Merrien à ses compagnons, que ces bandits veulent gagner les passes du Nord-Est. »

Son regard interrogeait surtout le visage pensif de Goulab, en la sagacité duquel tous avaient foi.

« Je suis assez de cet avis, répondit le chikari. Cependant, dans

II. CONSEIL DE GUERRE

l'incertitude où nous sommes, nous ne devons adopter une opinion qu'après l'avoir débattue et contrôlée plutôt dix fois qu'une. »

Et, désignant du doigt Miles Turner, qui paraissait fort mal à son aise sur le dos de sa monture :

« Voici, dit-il, l'homme qui peut nous fournir les meilleurs renseignements. C'est lui qu'il faut consulter le premier. »

Merrien poussa son cheval tout contre celui de l'outlaw et il demanda à celui-ci :

« Tu nous as dit que tu connaissais toutes les passes qui vont de l'Inde au Tibet ?

– Je l'ai dit et je le répète, dit le vagabond avec une assurance qui prouvait au moins la sincérité.

– Hum ! C'est beaucoup t'aventurer, mon garçon. Sais-tu que la chaîne de l'Himalaya a trois cents lieues de développement ?

– Je le sais, mais je sais aussi que cette ligne de trois cents lieues n'a pas plus de cent trente cols ou passages.

– Et ces cent trente cols où passages, tu les connais ?

– Mieux que vous ne me connaissez, monsieur Merrien, car il y a quatre heures que nous sommes ensemble, tandis qu'il y a quatre ans que je parcours les gorges et les cluses de l'Himalaya, des sources de l'Indus aux fourches du Brahmapoutra. »

Il avait prononcé ces paroles avec un mélange de malice et d'orgueil.

Merrien en fut frappé et demanda encore :

« Alors, donne ton avis. Tu es le mieux renseigné parmi nous. Que nous faut-il faire ? »

L'ex-convict regarda le ciel et, prenant subitement son parti, il formula la décision suivante :

« Écoutez : nous avons de bons chevaux. Profitons-en et marchons jusqu'à la nuit. Alors nous camperons pour attendre les autres. Il est certain que nous avons le temps de rattraper les voleurs, et si nous ne les avons pas rattrapés, ce sera une preuve indubitable que nous nous serons trompés de chemin. »

On n'échangea plus une parole. En revanche on pressa l'allure des bêtes, afin d'atteindre quelque village avant la nuit.

Pierre Maël

III. LES VOLEURS D'ENFANTS

Ainsi que l'avait deviné Goulab, le rapt des deux enfants était un acte de violence inspiré par le fanatisme religieux.

Le bouddhisme passe à bon droit pour la plus tolérante des religions orientales, en ce sens qu'il ne prend aucun ombrage du voisinage des autres cultes. Convaincus de la supériorité de leur croyance, les disciples de Çakya-Mouni ne se laissent point troubler par les prédications des missionnaires, à quelque confession que ceux-ci appartiennent. Eux-mêmes n'ont pas l'esprit de prosélytisme et ne tiennent point à provoquer des conversions parmi leurs dissidents.

De même, ils n'attachent qu'une médiocre importance aux biens terrestres, vouant toute leur science et tous leurs efforts à la glorification d'une foi qui doit les conduire, par la voie des épurations successives, au Nirvàna final, c'est-à-dire à l'immobilisation définitive de leurs intelligences et de leurs énergies dans le grand repos de toute existence, repos qu'on prend fort à tort pour l'anéantissement de la personnalité humaine.

Dès lors toute la religion, à leurs yeux, n'est que la pratique étroite d'un certain nombre d'actes symboliques et superstitieux.

Sur la foi de quelques charlatans ou l'affirmation de certains imaginatifs qui n'ont, jamais vu l'Inde et n'en savent que ce que d'autres imaginatifs leur en ont raconté, nombre d'Européens ont donné à cette religion contemplative des attributs et des mérites que ne lui trouvent pas les hommes d'observation qui ont visité l'Extrême-Orient. Les mystérieux bandits du brahmanisme, possesseurs de tous les secrets de la nature, n'existent pas plus que les *mahatmas* de la théosophie, inventeurs de l'élixir de longue vie.

Ce qui existe, par contre, et cela suffirait à assurer au Tibet son titre de « pays du mystère », c'est le prodigieux détachement que pratiquent ses prêtres et ses pontifes de toute jouissance matérielle, au point qu'on ne s'explique pas quel usage ils peuvent faire des trésors réputés incalculables que renferment leurs couvents et leurs monastères. Certaines villes de cet étrange État ne sont que des lieux de retraite pour toute une population de moines et de recluses, et la périodicité de certaines fêtes obligatoires ramène à

Lassa, pour ne citer que cette capitale, une telle affluence de religieux que le nombre de ses habitants en est quelquefois triplé.

Ce qui existe également, c'est la fréquence de phénomènes merveilleux que la science n'a pu encore étudier, mais sur l'authenticité desquels les récits des voyageurs qui ont pu franchir les limites de cette région en dépit des interdictions, ne laissent aucun doute. Tels sont les faits vraiment surprenants de catalepsie volontaire et prolongée, d'abiose, de jeûne inexplicable, de macérations à peine croyables, de suspension des lois de la pesanteur et de la cohésion. Il est vrai que l'Inde brahmanique connaît, elle aussi, ces stupéfiantes manifestations d'une force encore inconnue qu'on ne saurait expliquer par le seul mot de jonglerie, lui-même sujet à explications.

Or, tandis que les Lamas s'adonnent aux pratiques de la spéculation, la population civile ne prend de ce culte éminemment métaphysique que les menues superstitions dont s'alimente l'ignorance d'une tourbe fanatique.

Et c'est cette tourbe qui, poussée par les conseils de la caste sacerdotale, s'acharne à combattre l'influence européenne, afin de garder le plus longtemps possible le pouvoir temporel de trois ou quatre Bouddhas incarnés à l'abri de tout contact nuisible.

Sous ce rapport, la plèbe tibétaine ne diffère aucunement des sectes violentes et homicides du brahmanisme.

Il y a pourtant cette différence entre elles que le bouddhisme interdit à ses fidèles d'attenter à la vie, aussi bien dans les animaux que dans l'homme. Aussi la mort n'est-elle jamais donnée, même aux criminels, par la main du bourreau. On se borne à laisser les condamnés mourir de faim dans leurs cachots, ce qui est une aggravation du châtiment.

Ceci n'est point une loi absolue cependant. En certains États de religion bouddhique, la Birmanie notamment, elle a fléchi au point de permettre la violence. Mais, afin d'éviter l'effusion du sang, qui ne saurait être permise en aucun cas, les bourreaux ont recours à des procédés qui jettent un singulier jour sur leur casuistique. Ils étranglent, comme les Thugs, ou bien encore assomment les victimes à coups de bâton. Parfois on les étouffe sous des matelas ; en quelques régions, on les enterre vivantes. Là, comme ailleurs, il existe une morale qui consiste à tourner la loi.

Ces mœurs, par bonheur, sont, presque partout, adoucies par l'égalité d'humeur et la douceur de caractère des habitants. Les Leptchas, en particulier, se font remarquer par leur gaîté, leur loyauté, la générosité de leur accueil, la fidélité à leur parole. De toutes les populations du Bod-Youl, réputées pour leur mansuétude, ils sont les meilleurs.

La connaissance qu'ils avaient du caractère des habitants avait permis à Merrien et à ses amis de conclure que les auteurs du rapt ne pouvaient être des Leptchas, ni même des Tibétains des plateaux supérieurs.

Mais à côté de ces races franches et hospitalières il en existe parmi lesquelles le fanatisme religieux n'a point pour contrepoids les vertus sociales et humaines qui font l'honneur des peuples plus civilisés.

Les Européens le savaient. Ils savaient que les populations du Bhoutan, plus pauvre, soumis à une autocratie tyrannique, qui ne laisse à l'habitant ni la terre, ni même la propriété du produit de son travail, sont arrivées à ce degré de dégénérescence morale qu'elles aiment l'abominable régime d'oppression sous lequel elles vivent, et considèrent leurs odieux tyrans comme des êtres d'une essence supérieure, tenant du ciel l'investiture qui leur donne des droits les plus abusifs. Ils savaient que certaines peuplades guerrières de la Haute Birmanie et de l'Assam, les Pomis, par exemple, allient cette honteuse et dégradante abnégation de leur dignité humaine à la plus virile énergie en face de l'étranger à combattre.

Ce fut l'avis de Goulab, d'ailleurs confirmé par les déclarations de Turner, que les ravisseurs devaient appartenir à ces races.

Une autre raison, d'ordre purement économique, semblait toutefois faire obstacle à cette opinion.

Le Tibet religieux est tributaire de la Chine, à laquelle il ne paie, d'ailleurs, qu'un tribut dérisoire et dont il reçoit une garnison de quatre à cinq mille soldats, distribuée dans les citadelles des villes frontières.

Or ces soldats chinois ne sont, à proprement parler, que des douaniers.

Leur fonction est de fermer les portes de l'empire du Milieu, et plus spécialement du Bod-Youl, aux importations anglaises. Et, parmi ces importations, la plus contraire aux intérêts financiers du Céleste Empire est celle du thé de l'inde et de l'Assam. La menace contenue dans la désagréable missive laissée par les ravisseurs n'était-elle pas plutôt révélatrice d'une hostilité fondée sur la crainte qu'inspirait ce nouvel empiétement des blancs sur le terrain commercial de la Chine ?

Et l'injonction de quitter le pays, sous peine de ne plus revoir, les enfants, n'était-elle pas l'indice d'une préoccupation d'ordre matériel ?

Cette double interprétation contradictoire avait laissé les esprits en proie à toutes les perplexités.

Cependant, tandis que Merrien et ses amis s'élançaient à leur poursuite, les ravisseurs continuaient leur chemin.

Dès l'abord, durant les premières heures qui avaient suivi le rapt, ç'avait été une course folle.

Enveloppés de la tête aux pieds, empaquetés plutôt, Michel et Sonia n'avaient pu se rendre compte de ce qui se passait autour d'eux. Leur voyage à travers les fourrés et les bois avait été des plus pénibles.

Sonia s'était évanouie de frayeur et, dès lors, n'avait opposé aucune résistance.

Quant à Michel, après avoir vainement tenté de rompre ses liens, il avait fini par comprendre l'inutilité de ses efforts et s'était abandonné, de son plein gré, à la fatalité des événements. Mais en cette âme d'enfant persistait l'espoir vivace d'une prochaine délivrance.

Il ignorait la haine et le mal. Il ne pouvait deviner le motif de l'agression. Mais il comprenait que ce qui lui arrivait était un accident fâcheux auquel l'intervention de son oncle et de ses amis ne tarderait pas à apporter une heureuse terminaison. On lui avait raconté des histoires de brigands qui finissaient toutes par l'action providentielle d'un sauveur surgissant au moment le plus critique. Michel comptait sur le sauveur traditionnel.

Combien de temps avait duré cette course effrénée dans la montagne boisée ? Les enfants n'auraient su le dire.

Ils s'étaient arrêtés enfin à la nuit tombante, et, alors seulement, on les avait débarrassés de leurs liens.

Étourdis, engourdis, ils avaient eu, tout d'abord, quelque peine à se remettre.

Ils se trouvaient dans une sorte de caverne creusée au flanc d'un énorme pan de muraille granitique. Un feu de branches sèches brûlait au centre de la grotte, éclairant d'une lueur fantastique leurs ravisseurs.

Ceux-ci étaient au nombre de quatre, presque nus. C'étaient des hommes de taille moyenne, d'une maigreur robuste, d'une souplesse comparable à celle des reptiles. Ils n'étaient point de même race.

Deux d'entre eux appartenaient au type aisément reconnaissable des pasteurs bhoutias de la région. Leur face plate, leurs pommettes saillantes, leur large bouche, leurs yeux sans aucune méchanceté, par-dessus tout leur peau lisse sous laquelle aucun muscle ne faisait saillie, décelaient leur origine tibétaine. À défaut d'autre signe extrinsèque, leurs vêtements de laine déposés sur le sol, près du feu, afin de les faire sécher, auraient indiqué leur nationalité septentrionale.

Les deux autres, au contraire, qui grelottaient en claquant des dents, s'étant dépouillés, dans la même intention, de leurs minces tissus de cotonnade, avaient le menton proéminent attaché à de larges maxillaires. Leurs pommettes, saillantes aussi, les reliaient au type mongol, caractéristique de tous les peuples de l'Extrême-Orient, mais leur teint plus foncé, leur redoutable carrure, leurs muscles énormes, et surtout l'air de férocité répandu sur leurs faces laides, révélaient des hommes du Sud venus des îles Malaises. Ceux-ci inspirèrent aux enfants une véritable frayeur.

Le premier mouvement de Michel et de Sonia avait été de s'élancer hors de la caverne.

Mais tout aussitôt un des Malais s'était levé avec un grognement et leur avait barré le passage.

Ce que voyant, les deux Bhoutias s'étaient mis à rire, dilatant leurs larges faces jaunes sous cet accès de gaîté.

Sonia, épouvantée, et d'ailleurs endolorie, se mit à fondre en larmes.

Michel, plus vaillant, refoula son chagrin et, se penchant sur sa sœur de misère, l'entoura de ses bras.

Elle resta ainsi à pleurer sur l'épaule de son petit compagnon, à la grande hilarité des deux Bhoutias.

Mais il faut croire que ce rire n'avait aucune méchanceté, car, brusquement, un des hommes sortit de l'antre et, après quelques minutes d'absence, revint portant un plat de terre où fumait une sorte de potage au riz, qu'il plaça devant les enfants.

En même temps, il leur tendit deux spatules de bois légèrement évidées qui avaient la prétention d'être des cuillers.

Le premier mouvement des jeunes captifs fut pour repousser ce mets rudimentaire. Mais la faim était là, les tenaillant. Elle fut la plus forte et vainquit leurs résistances.

Michel tira le plat à lui et, réconfortant Sonia par de douces paroles, l'engagea à manger la première.

Car il ne pouvait venir à la pensée des deux enfants, élevés dans le confortable et les convenances de l'éducation européenne, de mettre ensemble la main à cette gamelle primitive.

« Est-ce que tu en mangeras aussi, toi, Michel ? questionna la petite fille, encore hésitante.

– Certainement que j'en mangerai, répondit bravement le gamin. Ce n'est peut-être pas très bon, mais j'ai bien faim. »

La fillette n'attendait que cet encouragement. Elle avait aussi grand'faim que son ami.

Elle mangea donc de bon appétit, ce qui parut charmer les gardiens, d'ailleurs peu farouches.

Leur contentement s'accrut encore lorsque Michel, prenant la suite de sa compagne et trouvant sans doute le plat meilleur que sa mine, eut achevé de vider l'écuelle. Cela prouvait, du moins, la bonne volonté des jeunes prisonniers.

À plusieurs reprises, les deux Bhoutias avaient essayé d'entrer en conversation avec eux.

Par malheur, les enfants ignoraient complètement cette langue gutturale et presque monosyllabique.

Ils ne tenaient, d'ailleurs, aucunement à engager une conversation avec leurs gardiens.

Ce que voyant, ceux-ci, poussant plus avant leur sollicitude, allèrent chercher une gourde, qu'ils tendirent à Michel, dans l'intention manifeste de lui être agréable.

Mais le breuvage que contenait cette gourde arracha une grimace au petit garçon.

C'était une espèce de bière très aigre, faite du suc de plantes inconnues, d'une sorte de vin tiré de l'ananas frais.

Michel rendit donc le récipient à son propriétaire, sans essayer de celer son dégoût.

Mais alors se produisit un incident qui dérida brusquement tous les fronts, même celui de la pauvre Sonia.

Au moment où le Bhoutanais, après avoir fait claquer sa langue, s'apprêtait à porter le goulot à ses lèvres, la gourde lui fut arrachée.

Une main d'une incroyable adresse saisit la bouteille de courge, et tout le monde put voir le petit singe Boule, à peine haut comme un enfant naissant, se dresser sur l'épaule du pâtre ahuri et essayer d'imiter son geste de buveur.

Le spectacle était d'une drôlerie si irrésistible que la caverne s'emplit des échos d'une orageuse gaîté. Les Malais, jusque-là silencieux et sombres, se roulèrent sur le sol, avec de véritables convulsions de rire. Les enfants en oublièrent le chagrin de leur enlèvement et le souci de l'heure présente, qui commençait à hanter leur esprit, ne s'expliquant point l'attentat dont ils avaient été victimes.

Et puis, c'était pour eux comme une consolation, cette présence du gracieux animal compagnon de leurs jeux.

Il est vrai que cette présence leur devenait en même temps un sujet de réminiscences pénibles et d'amères réflexions.

Avec l'insouciance de leur âge ils n'avaient souffert, jusqu'à ce moment, que de la violente interruption de leurs habitudes, du changement imprévu de leur existence. Tout cela avait été trop brusque, trop violent, pour qu'ils n'en fussent pas tout d'abord étourdis.

Maintenant la vérité se faisait jour peu à peu dans leurs esprits et leur ouvrait les yeux.

Michel surtout, plus âgé de deux ans que sa compagne, se rendait

III. LES VOLEURS D'ENFANTS

mieux compte de la situation.

Il s'alarmait, ne s'expliquait point dans quel but ces hommes les avaient conduits en ce lieu, s'effrayant de voir la nuit venir et l'ombre descendre sur la caverne. Avec une ingénuité qui eût désarmé des monstres, Sonia demanda :

« Quand allez-vous nous ramener à la maison ? »

Aucun des quatre gardiens n'était en mesure de lui répondre, ne comprenant point son langage.

Et, pourtant, quelqu'un lui donna la réponse, et l'enfant en fut toute rassérénée.

« Si tu ne pleures pas, si tu ne cries pas, nous te ramènerons demain à ton père, dit une voix en dialecte hindoustani.

– Et Michel ? interrogea la fillette, qui ne voulait pas séparer son sort de celui du gamin.

– Michel aussi, nous le ramènerons », prononça nettement l'inconnu.

Les deux enfants considérèrent à la lueur indécise du foyer celui qui venait de parler.

C'était un homme de haute taille, au teint olivâtre, à la figure régulière, encadrée d'une barbe noire abondante.

Celui-là était d'une autre race que les quatre gardiens. C'était un Hindou pur sang, mais dont les traits accusés et le teint plus clair décelaient une origine septentrionale. Cet homme n'appartenait point à la région du Sikkim. Il venait du Népal, peut-être même des vallées du Kachmir.

Malgré la promesse rassurante qu'il venait de faire, Michel éprouva comme une terreur à sa vue.

Il semblait à l'enfant que ce nouveau venu, au sombre regard, était une menace nouvelle suspendue sur son avenir.

Mais, à cet âge, si profondes que soient les impressions, ce n'est point sur le moment qu'elles sont le plus vivaces.

La joie de Sonia eut bientôt dissipé les craintes mal définies du gamin, et, rendu à la confiance par la contagion de cet espoir, Michel accepta de dormir sur la pauvre couche de feuilles, à peine couverte de quelques peaux, qu'il dut partager avec son amie Sonia, sa sœur de captivité.

Au matin, un incident tout à fait imprévu apporta une nouvelle distraction à l'esprit des deux enfants.

Ils venaient de s'éveiller et, très dépourvus, n'ayant plus autour d'eux les soins habituels de leur existence jusque-là si heureuse, privés du déjeuner qu'ils trouvaient tout prêt chaque jour, ils sentaient leurs pensées s'assombrir graduellement.

L'homme qui, la veille, leur avait donné de si bonnes assurances, pénétra brusquement dans la grotte.

Il était accompagné d'un des Leptchas qui, sur un signe, plaça devant les enfants deux écuelles de lait pur et une galette de riz.

« Mangez vite, dit durement l'Hindou, nous n'avons pas de temps à perdre. Nous allons partir.

– Partir ? s'écria joyeusement Sonia. Vous nous ramenez à nos parents, n'est-ce pas ?

– Oui, oui, je vous ramène », répliqua le personnage avec mauvais rire qui accentua la férocité du regard.

Les deux petits prisonniers ne se le firent pas dire deux fois. Ils rompirent la galette, et, bien qu'ils la trouvassent amère et sèche, la faim la leur fit dévorer d'un appétit égal à celui que leur suggérait la vue du café au lait quotidien de la villa.

Certes tout était bien changé. Mais ils avaient l'espérance au cœur. Ils comptaient sur la délivrance prochaine.

À peine eurent-ils mangé que l'Hindou leur fit signe de le suivre.

Ils sortirent donc de la caverne et se mirent à descendre par un sentier étroit, tout bordé de hautes herbes et de plantes épineuses.

Le spectacle qui s'offrit à leurs yeux était d'une admirable majesté, et des touristes se fussent certainement arrêtés pour le contempler.

On était encore dans les montagnes, mais les hautes cimes n'apparaissaient plus que lointaines. À l'extrême limite de l'horizon, un cône blanc, couvert de neige, montait dans l'azur radieux. Les enfants ne reconnurent point la cime superbe du Tchoumalari que, naguère, ils pouvaient admirer fermant le ciel à l'est, comme le Kintchindjinga le bornait à l'ouest.

Autour d'eux s'ouvrait une large vallée, descendant par une pente

III. LES VOLEURS D'ENFANTS

rapide au travers d'une merveilleuse efflorescence d'arbres et de plantes. Mais un observateur eût tout de suite constaté la différence entre cette flore tropicale et les essences plus majestueuses des croupes himalayennes. Et pourtant, il n'y avait pas encore vingt-quatre heures que les pauvres enfants avaient quitté le riche versant des crêtes qui dominent la vallée du Tchoumbi.

Ce qu'ils ne pouvaient savoir, c'est que cette vallée, large d'une trentaine de kilomètres dans sa plus vaste mesure, est comprise entre la masse compacte de l'Himalaya proprement dit et une chaîne bordière de beaucoup moindre élévation qui se projette en terrasses disposées en gradins le long du Brahmapoutra.

Grâce à la vigueur et à l'agilité de leurs ravisseurs, les malheureux enfants avaient donc franchi, en quelques heures, l'énorme distance de quinze lieues françaises ou de trente-quatre milles anglais.

Aucun cheval, si bon coureur qu'il fût, n'aurait pu fournir cette traite en une pareille région de montagnes.

Ce qu'ils pouvaient savoir encore moins, c'est qu'ils étaient aux mains d'une secte fanatique qui, si elle n'avait pas l'intention de nuire à leurs existences, avait du moins celle de se servir d'eux comme instruments pour l'accomplissement de ses desseins.

Le sentier qu'ils suivaient était assez ardu. À plusieurs reprises, les gardiens durent intervenir pour préserver les enfants d'une chute dangereuse dans les ravins qui le bordaient. Ils le firent avec une brusquerie qui ne témoignait guère leurs bons sentiments à l'endroit des jeunes prisonniers. Il était manifeste qu'ils obéissaient à un ordre donné.

Lorsqu'ils eurent atteint le fond de la vallée, sur un signe de l'Hindou, les deux Malais firent sortir d'un bouquet d'arbres un mulet portant un cacolet analogue à ceux qu'emploie l'armée anglaise dans ses marches de montagne.

C'était le véhicule, peu commode, que les ravisseurs avaient adopté pour transporter leurs captifs.

À cette vue, toute la gaieté de Sonia reparut. Elle se mit à battre des mains et cria à Michel :

« Tu vois ! tu vois ! Il a dit vrai. On nous ramène à la maison. Au moins nous ne nous fatiguerons pas, cette fois. »

Mais Michel demeurait sombre. Il avait des souvenirs qui lui fournissaient des termes de comparaison.

Si ces gens-là voulaient les ramener à leurs parents, c'était bien certainement de l'aveu des parents.

Comment se faisait-il donc qu'on ne vît parmi eux que des figures rébarbatives ? Aucun visage ami, ni même bienveillant, ne se montrait, et rien ne paraissait confirmer les paroles évasives de l'Hindou.

Bien plus. Si ces hommes étaient des émissaires des colons de Tamlong, comment se faisait-il qu'on n'eût pas mis à leur disposition des moyens de locomotion plus commodes ? Michel se rappelait ces petites voitures basses et étroites auxquelles on attelle indifféremment des chevaux, des mulets ou des bœufs, et grâce auxquelles les caravanes franchissent les cols les plus ardus. Pourquoi les hommes que Merrien ou M. Rezowski avaient envoyés à leur recherche n'employaient-ils pas ces légers et pratiques véhicules ?

L'Hindou fit un nouveau signe, et les Malais, prenant les enfants sous les bras, s'apprêtèrent à les placer dans les paniers.

Mais en ce moment, un aboiement sonore éclata, et, bousculant les gardiens, un magnifique chien se jeta sur Sonia, puis sur Michel, dont il se mit à lécher les mains et le visage avec tous les transports d'une folle joie.

Les enfants l'avaient reconnu au seul bruit de cette voix puissante jaillie d'une poitrine de bronze.

« Duc ! Duc ! » répétait joyeux le neveu de Jean Merrien, dont cette arrivée inattendue du bon animal avait dissipé le chagrin.

Il ne doutait plus. Comment aurait-il pu douter ? Puisque Duc était là, n'était-ce pas le signe que les parents et les amis n'étaient pas loin ? Non, l'Hindou n'avait pas menti, et Sonia avait raison de s'abandonner à l'allégresse.

Hélas ! Le pauvre enfant ne soupçonnait pas même l'astucieuse malice de ses ennemis.

Au moment où le chien avait paru, les gardiens avaient cédé à une véritable stupeur.

Comme Michel, ils s'étaient dit que la présence de l'animal annonçait le voisinage des Européens lancés à leur poursuite, et une terreur mêlée de colère avait été le premier sentiment qui eût germé en leurs cœurs.

L'Hindou n'avait pu retenir un geste de dépit, accentué d'une exclamation gutturale.

De leur côté, les deux Malais, séparés des enfants par la subite irruption de Duc, avaient jeté un cri de colère.

L'un d'eux même, emporté par la première impulsion, avait tiré son kriss de sa ceinture, et les enfants, terrifiés, le virent agiter l'arme courte et acérée avec l'intention manifeste de s'en servir contre le chien.

Avec la promptitude de la pensée, Michel noua ses bras autour du cou de l'animal et défia l'agresseur d'un regard indigné.

« Je ne veux pas que tu lui fasses du mal ! » s'écria-t-il avec une attitude énergique de défense.

Mais déjà l'Hindou, qui était évidemment le chef de la petite troupe, avait, d'un bref commandement, enjoint au sauvage de borner là sa démonstration. Le Malais remit donc son arme dans sa ceinture et, comme radouci, aida le petit garçon à monter dans le cacolet.

L'instant d'après, Sonia y prenait place aussi.

L'autre Malais prit le mulet par la bride, et la colonne continua à descendre dans la vallée sans paraître attacher plus d'importance à la présence du chien, qui se mit à suivre, aboyant joyeusement, bondissant aux flancs du mulet, peu soucieux des ruades que celui-ci, par précaution sans doute, détachait de temps à autre à son intention.

La marche fut assez lente. Il était visible que les cinq gardiens observaient une règle de prudence.

Ils n'avançaient, en effet, qu'avec la plus grande circonspection, inspectant les alentours, se détournant de tous les endroits découverts, surtout des coudes et des dos de la route qui auraient pu permettre de les apercevoir des hauteurs voisines. Tous ces détails frappaient l'œil de Michel et retenaient son attention. Mais il ne pouvait en pénétrer le sens. Il ne devait s'en rendre compte que plus tard.

Au bout d'une heure de ce manège précautionneux, le groupe eut atteint le fond de la vallée.

Une forêt l'emplissait, rendant désormais toute recherche, sinon impossible, du moins très difficile.

À peine l'Hindou et ses acolytes se sentirent-ils en sûreté sous le rideau des arbres, qu'ils firent halte.

L'un des Leptchas, portant les deux mains à sa bouche, se mit à moduler un son très doux, une note filée d'une étrange harmonie qui s'envola dans les bois comme un appel. Puis l'homme se tut, attendant la réponse.

Elle ne fut pas longue à venir. La même note, le même son filé traversa l'épaisseur de la forêt, avec une telle rigueur de reproduction qu'on eût pu comparer cet échange de signaux à un jeu de balles exécuté par deux partenaires d'une adresse identique.

Brusquement le visage de l'Hindou s'éclaira d'un reflet de joie, et, suivi de sa troupe et du mulet, il s'enfonça dans une étroite sente, à travers des branches serrées et des frondaisons touffues, à la rencontre des alliés et des complices qu'il venait d'avertir.

Moins d'un quart d'heure plus tard, la petite troupe débouchait dans une clairière poétiquement éclairée par les rayons du soleil trouant les voûtes de feuillage qui formaient un large dôme vert au-dessus de l'espace libre ainsi ménagé par la nature.

Là ce tenaient une cinquantaine d'hommes appartenant, pour la plupart, aux races du Bod-Youl.

Aucun d'eux n'avait la physionomie cruelle et dissimulée des deux voleurs malais.

Mais dans leurs yeux brûlait ce feu étrange que le fanatisme peut seul allumer au fond d'une prunelle humaine.

À la vue des deux enfants, ils levèrent les bras au ciel, puis, comme Michel, le premier descendu de sa monture, s'arrêtait effrayé devant cette soudaine affluence, ils se prosternèrent à ses pieds.

Au même instant, deux hommes, dont l'un était vêtu du costume des montagnards du Sikkim, arrivaient à l'entrée de la grotte que les enfants et leurs gardiens avaient quittée une heure plus tôt, et la fouillaient dans tous les sens avec rage.

« Malédiction ! s'écria l'un d'eux en serrant les poings, ils sont

III. LES VOLEURS D'ENFANTS

partis. C'est le chien qui nous a trahis ! »

IV. ENTRE DEUX PISTES

Il faisait nuit lorsque Merrien et ses compagnons avaient atteint le point où la vallée de Tchoumbi s'élargit brusquement au pied de l'énorme massif du Tchoumalari. Force leur avait été de s'arrêter pour maintenir leurs communications avec le second groupe, qui ne pouvait les rejoindre qu'au bout de six heures, au plus tôt.

La vallée de Tchoumbi, longue de 60 kilomètres, du col de Sintchal aux premiers degrés du Tchoumalari, en mesure 30 des gorges du Tchola aux monts du Bhoutan. Elle sert de séparation entre ce royaume et celui du Sikkim soumis à l'Angleterre, et appartient elle-même au Tibet, dont la petite ville de Tchoumbi est la cité frontière.

C'est à cette extrémité orientale de sa chaîne que l'Himalaya devient le plus dense et projette dans toutes les directions ses branches les plus enchevêtrées.

Des pics formidables le hérissent, tels que le Donkia, le Tchoumalari, le Ghariam, le Tchola, le Ghipmotchi, qui, tous, s'élèvent au-dessus de 5000 mètres (le Tchoumalari, pour sa part, atteint 7298 mètres d'élévation). Mais, de ces niveaux stupéfiants et inabordables, l'altitude s'abaisse presque mathématiquement de 2000 et 5000 mètres pour la chaîne moyenne qui vient égaliser ses rameaux en terrasses successivement dégradées jusqu'au Téraï, des basses terres.

Entre ces massifs énormes se creusent des vallées et des cols dont quelques-uns, comme celui de Djaïlap, reçoivent la grande route anglaise qui va de Dardjiling au Tibet.

C'est aussi par ces cluses étroites que s'échappent les cours d'eau qui s'épanchent vers les versants méridionaux.

Tels sont la Tista, avec le Randjit, son affluent principal, qui va rejoindre le Gange, et le Manas, qui gagne le Brahmapoutra.

À l'est de la vallée de Tchoumbi commence le domaine de l'inconnu, et les géographes de l'Europe, pas plus que ceux de l'Asie, n'ont pu résoudre encore les multiples problèmes que suscite la recherche des sources des plus grands fleuves descendus des vallées du Tibet. C'est à bon droit que, même à ce point de vue restreint, le Tibet a pu s'appeler le « pays du mystère ».

Or c'était à cette limite entre le mystère et la réalité que venaient d'arriver Merrien et ses compagnons.

La contrée qu'ils avaient atteinte était absolument déserte. Pas une fumée montant sur les crêtes n'indiquait le voisinage, d'un village bhoutanais ou même d'une de ces hôtelleries misérables où l'on accueille les caravanes importatrices du quinquina et du thé de l'Assam, malgré la prohibition des autorités chinoises.

Il fallait donc se résigner à dresser la tente et à passer la nuit en plein air.

La perspective, bien qu'elle ne fût point agréable, n'était nullement inquiétante, néanmoins, au point de vue de la salubrité, car à ce moment de l'année soufflaient les vents du nord-est qui sèchent rapidement, aux niveaux de plus de 2000 mètres, les flancs des monts détrempés par la longue humidité des moussons du sud.

On pouvait donc éviter les refroidissements et les miasmes délétères, à la condition de ne point coucher sur le sol même, mais sur des lits de sangle de facile installation.

En revanche, la perspective était moins rassurante en ce qui concernait la menace du voisinage des fauves.

Car dans cette partie des montagnes comme dans tout le reste de la chaîne, on retrouve la même faune aux mêmes niveaux.

Le tigre, la panthère, le guépard ou tchita montent jusqu'à 3000 ou 4000 mètres. L'éléphant va plus haut encore, à la faveur d'une température qui suit les lignes isothermes beaucoup plus que les latitudes. Et ce sont là des caprices de la nature qui s'expliquent aisément par l'influence des vents chauds qui soufflent du midi, car sur le versant septentrional cette même flore, cette même faune disparaissent, cédant la place à des solitudes dépouillées et glaciales.

Les quatre cavaliers arrêtèrent leurs montures à la cime d'un coteau étroit et escarpé, dont la situation permettait à l'œil de dominer le paysage environnant et de surveiller les abords du campement. Ils détachèrent des flancs de leurs chevaux les piquets et les toiles dont l'assemblage devait leur fournir une tente spacieuse, et se mirent en devoir de la dresser pour passer la nuit.

Mais la tente oblige celui qui l'occupe à dormir sur le sol. Merrien avait paré à cette éventualité dangereuse.

Avec les piquets qui soutenaient la tente, les voyageurs avaient emporté d'autres toiles, munies d'œillères de cuivre destinées à laisser passer une corde de cuir d'une résistance à toute épreuve. Les toiles se suspendaient à six poteaux de fer dont l'inclinaison en sens contraire assurait l'équilibre, et formaient ainsi un lit pliant auquel on ne pouvait rien reprocher, sauf le manque de matelas et d'oreillers.

Le vent soufflant du nord-est, on n'avait point à redouter l'importunité des moustiques et autres insectes nocturnes, si abondants et si désagréables en ces régions à la fois humides et chaudes. L'Anglais Miles Turner proposa même de mettre le feu aux broussailles et aux arbustes épineux qui formaient à la colline un fourreau dense, véritable nid à tigres aussi bien qu'à serpents.

Mais Goulab fit très justement remarquer que cette mesure préventive à l'encontre des bêtes féroces qui pouvaient ne pas se montrer offrait le grave inconvénient d'alarmer les tribus nomades des pasteurs bhoutias.

Il conseilla de s'en tenir au mode d'éclairage peu dispendieux auquel ceux-ci ont recours.

On s'empressa donc de couper dans les pins qui revêtaient les nombreux contreforts une quantité de branches suffisante pour fermer le campement d'une quadruple haie de torches allumées.

Dans l'intérieur du rectangle ainsi formé on enferma les chevaux et les vivres.

Puis on tira au sort les noms pour assigner le quart à chacun des veilleurs.

Ce fut à Euzen Graec'h qu'échut le premier tour.

L'hercule s'arma d'une mèche et, la tenant entre ses doigts, se mit en devoir d'allumer la barrière avec la symétrique ponctualité d'un enfant de chœur qui allumerait les cierges de l'autel.

Quand le campement fut ainsi entouré d'une bordure de flammes crépitantes, le Breton bourra paisiblement sa pipe et, dégageant à coups de hache une vieille souche, s'assit dessus, la carabine entre les jambes.

Il était convenu qu'on veillerait ainsi trois heures chacun. Cela donnait aux voyageurs un répit suffisant pour le sommeil, car la nuit ne devait point avoir plus de huit heures en cette saison, et ce partage du temps permettait aux dormeurs de ne point recourir aux bons offices de Miles Turner, auquel ils n'osaient encore se fier.

Au surplus, la seconde troupe devait arriver six heures après la première, et il s'en était déjà écoulé une entière depuis qu'on avait fait halte sur ce point culminant des premiers contreforts.

Les voyageurs pouvaient donc se reposer en toute sécurité en un lieu dont la solitude même leur était une garantie.

« Allons ! fit Graec'h, avec un de ces beaux gestes qui décèlent la force, faites-moi le plaisir d'aller vous coucher. »

On ne se fit pas tirer l'oreille. Malgré le chagrin qu'il ressentait, Merrien lui-même dut s'incliner devant la nécessité de prendre des forces en prévision des fatigues du lendemain.

Euzen monta sa première garde sans trop de souci. Aucun incident fâcheux ne se produisit.

Et cependant la nuit fut troublée par l'incommode voisinage des fauves. À l'intérieur de la haie de torches, les chevaux frémissaient de terreur chaque fois que l'écho des cimes avoisinantes renvoyait jusqu'à eux le feulement d'un tigre ou le rauquement altéré d'une panthère. Ils tendaient violemment leurs longes, et il fallait le brusque rappel de la voix du veilleur pour leur rendre un peu de calme en leur imposant silence.

Celui-ci même eut plusieurs fausses alertes et se leva brusquement de sa place, épaulant son arme dans la direction de quelque fourré d'herbes d'où lui avait paru jaillir certain bruit inquiétant.

Par bonheur, tout se borna là. Les félins, quoi qu'on en dise, n'attaquent pas volontiers l'homme lorsque leur instinct leur révèle que celui-ci est en force, et, sans doute, la vue de la barrière enflammée du campement les tint en respect.

Euzen Graec'h était un ami dévoué. Maintenant qu'il avait pris la faction, il ne voulait plus la quitter.

Aussi les trois heures convenues furent-elles si bien dépassées que

IV. ENTRE DEUX PISTES

le vaillant Breton était encore à son poste près de ses compagnons endormis lorsqu'un coup de feu, éclatant dans la vallée, vint l'informer de l'arrivée du second détachement.

Il répondit au signal en brûlant une cartouche à blanc de son revolver, ce qui réveilla en sursaut les dormeurs.

Cinq cavaliers, au lieu de trois qu'on attendait, gravirent la pente du coteau.

C'étaient M. Rezowski et son Leptcha Saï-Bog, le docteur Mac-Gregor, Salem-Boun, et un chasseur à la frêle et élégante stature, dans lequel Merrien, Graec'h et Goulab reconnurent au premier coup leur compagnon du Gaurisankar, Cecil Weldon.

« Oh ! Mme Merrien qui redevient Cecil Weldon ! s'exclama joyeusement le Breton.

– Oui, mon bon Euzen, répondit la jeune femme en serrant la main de l'hercule, Cecil Weldon reparaît. »

Et, lisant une inquiétude mêlée de reproche dans les yeux de son mari, elle s'empressa de lui imposer silence.

« Jean, dit-elle, je n'y tenais plus. Je voulais savoir à tout prix. Vous ne pouvez m'empêcher de courir l'aventure. Il me semble que je n'ai pas fait trop mauvaise figure au cours de notre première expédition pour avoir le droit de prendre part à celle-ci. »

L'explorateur n'eut pas le courage de blâmer la vaillante jeune femme.

« Cecily, répondit-il ému, vous savez que si j'ai voulu vous laisser là-bas, c'est uniquement parce que ma tendresse s'alarme des fatigues et des périls que nous allons affronter. Mais, puisque vous insistez pour nous accompagner, je ne saurais refuser votre concours, ma chère aimée, car je sais par expérience quel est votre courage et de quel héroïsme vous êtes susceptible.

– J'ai laissé des ordres à la villa, dit encore Mme Merrien. À l'heure qu'il est, une troisième troupe est en chemin sous la conduite de Morley. Elle nous rejoindra très certainement à la pointe du jour. »

Et, interrogeant à son tour :

« Avez-vous fait bonne chasse, découvert quelque trace, quelque indice sérieux ? » demanda-t-elle.

On ne pouvait lui répondre avec beaucoup de précision.

Jusqu'alors tout s'était borné à suivre la passée probable des ravisseurs sur l'unique sentier qu'ils pouvaient suivre. Aucune autre voie, en effet, n'était praticable.

C'étaient encore l'incertitude et le doute, et la campagne, à vrai dire, n'était pas même commencée.

On s'assembla donc sous la tente et l'on consacra les dernières heures de la nuit à tenir conseil.

Deux hommes furent appelés surtout à fournir des renseignements : Miles Turner et le Leptcha Saï-Bog.

L'outlaw ne pouvait que maintenir ce qu'il avait dit précédemment, à savoir que les routes de la montagne étaient encore impraticables en ce moment de l'année et qu'il était matériellement impossible que les ravisseurs se fussent jetés dans les gorges du grand massif. Les cluses qui, d'ordinaire, livrent passage aux pillards tibétains ou chinois, étaient certainement ravinées par les torrents et la fonte des neiges au point de ne pas même permettre l'ascension à un mouflon ou à une chèvre.

Saï-Bog confirma les dires de Turner. Les voleurs n'avaient pu suivre qu'une route, celle de la vallée.

Malheureusement ils avaient pris, depuis la veille, une avance considérable, et s'ils avaient continué au nord-est leur course à la même allure, il était à craindre qu'ils ne se trouvassent sur le territoire tibétain proprement dit.

« Comment pourrons-nous le savoir ? demanda fiévreusement M. Rezowski, que l'angoisse rongeait.

– Il n'y a qu'une chose à faire, fit observer Goulab, c'est de gagner au plus tôt la frontière. »

Il y eut quelque hésitation. N'était-ce pas jouer gros jeu et courir le risque de perdre encore un temps précieux ?

Merrien résuma les avis et fournit lui-même la conclusion.

« Voyons, dit-il, il me semble que nous pouvons agir avec promptitude et décision. Miles Turner et Saï-Bog affirment que l'hypothèse d'une fuite par les défilés de la montagne doit être rejetée sans examen. Nous n'avons donc aucune surveillance à exercer sur la chaîne elle-même. Reste la possibilité d'une évasion par le nordest…

– Ou par les vallées du sud-est, fit judicieusement remarquer le Leptcha.

– Pourquoi par les vallées du sud-est ?

– Parce que ces vallées offrent des chemins relativement faciles et qu'elles s'inclinent vers le Brahmapoutra. Or toute cette partie du Bhoutan est la moins connue de la région, attendu que la frontière en est sévèrement gardée, dans la crainte des contrebandiers.

– Mais une telle hypothèse est-elle vraisemblable ? risqua M. Rezowski. Qu'iraient-ils faire au sud ? »

Le Leptcha eut un vague sourire et répondit paisiblement à son maître :

« Il faut bien supposer que ceux qui ont enlevé les enfants ont un but. L'avis qu'ils en ont jeté indique qu'ils n'ont pas l'intention de leur faire du mal, mais bien plutôt de s'en servir pour influencer nos décisions. En conséquence, il faut admettre qu'ils ont prévu la chasse implacable qu'on va leur faire et pris leurs précautions à cet égard. Or ils savent aussi bien que nous que les montagnes du nord leur sont fermées. Au nord-est, ils n'ont qu'un chemin, celui sur lequel, nous sommes. Encore est-il des plus difficiles. Au contraire, en se jetant dans les hautes vallées du Bhoutan, ils ont pour eux l'abri des forêts, la complicité des tribus hostiles à l'Angleterre et l'appui des petits lamas indépendants.

– Et ton avis, demanda encore le père de Sonia, est que nous devrions les chercher de ce côté-là ? »

Saï-Bog fit un geste évasif, qui semblait subordonner son avis à tout autre qu'on jugerait plus sage.

« Écoutez, conclut Merrien, voici, me semble-t-il, ce que nous devons faire. Au point du jour, nous serons tous réunis, soit douze ou quatorze hommes, prêts à l'action. Je propose donc que nous relevions encore les traces et que quatre d'entre nous parcourent à franc étrier les quarante kilomètres qui nous séparent encore de l'extrémité de la vallée. Quatre autres la traverseront dans sa largeur et se jetteront dans les gorges du Manas. Les six qui resteront prendront une route oblique vers le nord-est, au pas, en longeant ces gorges, de manière à maintenir les distances entre les deux colonnes extrêmes. Avant la fin du jour, nous aurons relevé indubitablement quelques vestiges. »

Pierre Maël

Et sa main tendue montrait sur la carte l'énorme dédale des montagnes qui couvre de son réseau le Sikkim et le Bhoutan.

Ce plan était d'une prudence qui réunit tous les assentiments. On fit donc les préparatifs du départ afin qu'aucun retard ne pût être apporté à l'exécution du plan qu'on venait d'arrêter et dont la première lueur de l'aube marquerait l'exécution.

Il pouvait être trois heures du matin : on n'avait donc plus bien longtemps à attendre.

Une demi-heure plus tard, un nouveau coup de feu annonça l'arrivée de la troisième troupe.

Elle était commandée par l'Américain Morley et comptait dans ses rangs un jeune Russe, Ivan Goulouboff, âgé de dix-huit ans, dont le père avait pu s'évader du bagne sibérien, grâce à l'appui de M. Rezowski, et qui, depuis lors, avait voué à l'ancien consul un dévouement de chien fidèle et intelligent. Trois Leptchas complétaient ce contingent.

On forma donc les trois détachements de la manière suivante :

Merrien, M. Rezowski, Ivan et Miles Turner furent chargés de poursuivre leur route jusqu'aux passes du Tchoumalari ;

Euzen Graec'h, Goulab, Saï-Bog et l'un des Leptchas derniers venus durent fouiller les gorges de l'est ;

Enfin Mme Merrien, le docteur Mac-Gregor, Morley, Salem-Boun et les deux Leptchas se dirigèrent d'une allure lente vers le village militaire de Tchoumbi, où ils devaient séjourner assez longtemps pour recevoir l'avis de l'une ou l'autre colonne.

L'ordre était donné que celui des deux groupes qui, le premier, aurait relevé des vestiges, détacherait successivement un de ses membres pour informer au plus tôt la colonne centrale, sans cesser pour cela la poursuite.

À son tour le groupe central enverrait des estafettes successives à la rencontre de l'autre colonne, afin de hâter le rassemblement.

Un peu avant quatre heures, une lueur pâle blanchit le ciel au-dessus des crêtes qui dominent Tchoumbi.

Tout le monde était prêt. Merrien donna le signal et, suivi de ses trois compagnons, s'élança vers le nord-est.

En même temps, Euzen Graec'h et sa troupe traversaient la vallée

IV. ENTRE DEUX PISTES

et se jetaient résolument dans les gorges bhoutanaises.

Les recherches n'étaient pas faciles. Outre que la nuit se prolongeait, grâce à l'ombre dense des montagnes, l'humidité du sol faisait monter un épais brouillard qui rendait la marche pénible. Elle devint, en outre, très périlleuse lorsque, après avoir franchi les huit kilomètres que mesure la vallée sur ce point, les chevaux commencèrent à gravir les rampes ardues qui font face au col de Sintchal, rampes sans cesse coupées de failles profondes par les petits affluents torrentueux de la Tista et du Manas. Les voyageurs durent mettre pied à terre et, tenant leurs bêtes par la bride, ne s'avancer qu'avec la plus grande circonspection.

Par bonheur, ces assises de l'énorme chaîne sont toutes à base de syénite et de gneiss et forment un sous-sol homogène qui retient l'humus propice aux exubérantes végétations des versants méridionaux.

Il fut donc possible à la petite colonne de se guider assez facilement au milieu de ces méandres et d'y chercher, par une marche de flanc, les cluses qu'ils jugeaient propices au passage d'une troupe aussi nombreuse que devait l'être celle des voleurs d'enfants.

Elle avait trouvé, d'ailleurs, une aide imprévue et des plus précieuses dans la présence du chien Duc.

Au milieu du trouble qu'avait jeté dans les esprits le terrible événement de la veille, personne n'avait songé, en effet, à s'occuper du chien, dont, pourtant, l'infaillible instinct eût été le meilleur des guides.

Cependant, en faisant des recherches aux abords de la villa, on avait constaté que les deux animaux, compagnons habituels de jeux des deux enfants, avaient disparu en même temps que ceux-ci. On avait donc supposé que les ravisseurs, dans leur précipitation à fuir, avaient été suivis par les pauvres bêtes, à moins qu'ils ne les eussent tuées par mesure de prudence, dans la crainte d'être dénoncés par elles.

Cette supposition était trop vraisemblable pour n'être point admise sans discussion.

Or, tandis que le petit singe Boule, surpris en même temps que Sonia et emporté dans les plis de la couverture qui couvrait sa maîtresse, partageait sa captivité, Duc, qu'une distraction sans doute avait tenu loin du lieu de l'attentat, y était accouru dès que son flair lui avait livré la trace des enfants si rapidement dérobés.

Les pillards du nord de l'Inde, comme ceux de l'Indo-Chine et des îles Malaises, pratiquent communément un stratagème pour dépister les chiens, ou plutôt pour les éloigner de la piste. Ils s'enduisent d'une mixture dans laquelle domine l'asa fœtida et parviennent ainsi à mettre en défaut la sagacité des chiens de chasse.

Il arriva donc que Duc fut, tout d'abord, rebuté par l'odeur, et s'écarta un moment de la trace. Mais, si habiles qu'eussent été les voleurs, ils n'avaient pas eu le temps de prendre les mêmes précautions à l'égard des enfants.

Le chien retrouva donc la passée de ses jeunes maîtres et s'élança d'une course furieuse à la poursuite.

Il rentra à la villa dans la nuit, au moment même où la colonne de Morley se mettait en route.

Personne ne fit attention à lui. On ne remarqua même pas son retour, et le brave animal, qui venait de fournir sans arrêt une traite d'au moins vingt kilomètres, reprit, à la suite, de la colonne, le chemin qu'il avait déjà parcouru.

Ce ne fut qu'au moment où les trois groupes se rassemblèrent que la présence du chien fut remarquée et, il faut l'ajouter, chaleureusement fêtée. C'était un précieux auxiliaire qu'allaient avoir en lui les libérateurs.

On se demanda, tout d'abord, auquel des trois détachements il faudrait l'adjoindre.

Goulab trancha la difficulté en chasseur expérimenté qu'il était. « Laissons la bête libre de suivre qui elle voudra. C'est la meilleure manière de lui permettre d'exercer son flair. »

On se rangea à cet avis, et ce fut ainsi que Duc s'adjoignit lui-même à la colonne que conduisait Euzen.

Il prit les devants avec une telle sûreté que les cavaliers auraient eu toutes les peines du monde à le suivre si l'intelligent animal n'avait pris lui même la peine de les diriger à travers les fourrés et les sentes invisibles.

Duc, en effet, connaissait le chemin. Il l'avait sans nul doute parcouru la veille.

IV. ENTRE DEUX PISTES

Il bondissait donc au travers des fougères et des rhododendrons, sans souci des épines meurtrières ni de l'ortie gigantesque qui le fouettaient de leurs terribles lanières, laissant de sa robe aux buissons, s'arrêtant en des haltes propices pour donner de la voix ou, lorsque ses compagnons n'accouraient point assez vite à ses appels, revenant sur ses pas pour leur frayer la voie.

« Le chien a trouvé la piste, bien certainement, dit Goulab à Euzen Graec'h.

– Vous croyez ? s'écria joyeusement le Breton.

– Je fais plus que de le croire, j'en suis sûr. Seulement une chose me surprend, je l'avoue.

– Qu'est-ce qui vous surprend ? Si ce brave animal a retrouvé les traces des fugitifs, il va nous conduire. »

Le chikari hocha la tête et expliqua au marin qu'il croyait pouvoir attribuer le retour de Duc à la villa à l'interposition de quelque obstacle qui l'avait empêché de suivre les enfants jusqu'au bout.

« Cela ne me semble pas démontré, répondit le Breton. Qui vous dit que Duc ne va pas nous faire trouver la pie au nid ? »

Goulab fit un geste évasif, et la poursuite continua à travers les sentes ardues de la montagne.

La marche devenait d'autant plus difficile qu'il fallait amener les chevaux, qui se refusaient parfois à avancer dans l'épaisseur des fourrés.

Par bonheur le soleil était déjà haut dans le ciel et fondait rapidement le brouillard.

Goulab arrêta ses amis.

« Nous avons dû parcourir huit bons milles depuis notre départ. Il me semble prudent de détacher un premier émissaire. »

Le conseil était sage. On décida que le Leptcha reviendrait sur ses pas afin d'avertir le groupe stationnaire à Tchoumbi.

Il ne restait plus que trois hommes.

Le chien, qui avait disparu depuis un instant, revint les presser de ses aboiements.

On franchit ainsi, très péniblement, un peu plus d'un demi-mille, au bout duquel on dut s'arrêter.

La montagne, en effet, devenait de plus en plus sauvage et hérissée de pièges.

« Allons, fit Euzen Graec'h, il faut détacher une deuxième estafette et renvoyer nos chevaux. Qui de nous va partir ? »

Il y eut un moment d'hésitation bien naturelle. Aucun des trois compagnons ne voulait renoncer à la poursuite.

« Voyons, dit le marin, il est prudent que celui de nous qui va continuer, garde pour guide celui de nous trois qui connaît le mieux le pays. Moi, je n'en ai jamais vu autant qu'aujourd'hui. Et vous, Goulab ?

– Ma foi, répliqua le Kchatrya, si nous étions dans les montagnes du Koumaon ou du Népâl, je serais un guide aussi habile qu'un autre. Mais, ici, j'avoue que je ne puis vous être d'aucun secours.

– Et toi, demanda Graec'h à Saï-Bog, tu dois être familiarisé avec ce pays, qui est le tien ?

– Oui, répliqua le Leptcha. Je connais même le chemin d'ici à la plaine.

– Alors tirons au sort celui de nous deux qui doit rejoindre le poste de Tchoumbi. »

Le sort désigna Goulab.

Le chikari serra la main du Breton et redescendit vers la vallée, ramenant les trois chevaux avec lui. Et ce fut un coup d'œil pittoresque que celui de l'homme s'avançant en tête de colonne, suivi par les trois animaux.

Il avait été convenu que Graec'h et Saï-Bog s'avanceraient encore d'un mille dans la montagne, après avoir laissé derrière eux des branches coupées comme points de repère et jalons du chemin parcouru, puis qu'ils feraient halte pour attendre le retour de leurs camarades. Ce plan fut rigoureusement suivi.

Les deux hommes avaient déjà franchi un kilomètre environ lorsque Duc, qui n'avait cessé de courir en avant, revint vers eux avec des signes non équivoques d'impatience, presque de dépit. Le Breton et Saï-Bog n'eurent pas longtemps à attendre pour être renseignés sur ce changement d'humeur du chien.

Le sentier qu'ils suivaient venait de les amener, par une rampe de plus en plus raide et escarpée, à un véritable cul-de-sac formé de

IV. ENTRE DEUX PISTES

blocs énormes éboulés dans tous les sens et dont le moindre était trop haut pour permettre au chien de l'escalader. Au-dessus de cet amoncellement de roches titaniques, placées comme les degrés d'un escalier de géants, le sentier reprenait, s'élevant sinueusement jusqu'à la crête du contrefort, où l'on apercevait vaguement d'en bas comme l'ouverture d'une caverne tapissée de plantes vivaces et d'arbustes nains.

« Ah ! fit vivement Euzen, Goulab avait raison. Voici l'obstacle qui a dû arrêter le chien. »

Comme pour confirmer cette parole, Duc se dressait contre la plus basse des roches, ou s'élançait à l'assaut par bonds désordonnés, ne cessant d'aboyer avec fureur.

D'autres fois, il venait se traîner aux pieds du Breton avec de petits cris plaintifs, comme pour le supplier de l'aider à franchir ce pas difficile.

« Allons ! je te comprends ; un peu de patience, mon vieux ! » fit plaisamment le marin.

Et, se courbant à moitié, il fit signe au Leptcha de se servir de cette courte échelle.

Mais avant que Saï-Bog n'eût eu le temps de profiter du conseil, Duc, d'un élan prodigieux, s'était fait un tremplin de l'échine puissante de Graec'h.

Un quart d'heure plus tard les deux hommes, précédés par le chien, avaient atteint l'antre à l'abri duquel Michel Merrien et Sonia Rezowska avaient passé la nuit sous la garde de leurs ravisseurs. Ce fut alors qu'Euzen jeta son exclamation de dépit : « Malédiction ! Ils sont partis ! C'est le chien qui nous a trahis ! »

L'accusation était peut-être injuste, mais elle était rendue vraisemblable par les faits.

Cette fois, Duc ne revint pas.

Euzen Graec'h et le Leptcha, satisfaits néanmoins de leur découverte, redescendirent vers l'escalier de roches pour attendre leurs compagnons.

Pierre Maël

V. INCERTITUDES

L'attente fut assez longue pour permettre au chien fugitif de revenir vers le marin et son compagnon.

Au bout d'une heure, il n'avait pas encore reparu, et, d'autre part, Goulab ni aucun des membres du groupe de la vallée ne se montrait sur l'étroit sentier par lequel Graec'h et Saï-Bog avaient atteint l'escalier de roches.

Ce que voyant, Euzen laissa derechef le Leptcha en observation sur la plate-forme supérieure des éboulis et remonta vers la caverne, dans l'espoir qu'un examen plus attentif lui livrerait peut-être quelque nouvelle et utile indication.

Il ne se trompait pas.

En jetant pour la seconde fois tes yeux sur la caverne, mieux éclairée par les rayons presque perpendiculaires du soleil, il put constater la trace formant empreintes des corps des enfants sur le lit de feuilles sèches que les bandits n'avaient pas pris la précaution de disperser. En outre, les cendres qui occupaient le milieu de la grotte indiquaient qu'on y avait allumé du feu. Le marin y porta la main : elles étaient encore chaudes. Il les remua avec une branche coupée sur un rhododendron, et put constater avec joie que des paillettes de braise rouge y couvaient encore.

La preuve était désormais indéniable. Les voleurs d'enfants et leurs petites victimes avaient dormi sous ce précaire abri.

Surpris peut-être par l'arrivée inopinée du chien, ils s'étaient empressés sans doute de fuir la venue imminente des blancs, qu'annonçait manifestement la soudaine entrée en scène du brave Duc.

Ainsi renseigné, le marin redescendit vers son compagnon. Il ne le trouva plus seul.

Goulab était revenu, escorté de toute la colonne centrale. Toutefois on avait laissé les chevaux presque au pied de la montagne, afin d'en rendre l'ascension plus facile aux piétons. Deux Leptchas en avaient la garde.

On tint conseil sur-le-champ, bien que Merrien, Rezowski et l'ex-convict Miles Turner manquassent à l'appel.

Euzen Graec'h exposa la situation et montra la nécessité d'une décision immédiate.

Les traces qu'on venait de relever étaient trop fraîches pour que les ravisseurs fussent bien loin.

Il fallait donc se hâter de les rejoindre, et, pour ce faire, il était urgent de s'élancer tout de suite sur leurs vestiges.

Le marin proposa donc de prendre les devants avec Goulab et Saï-Bog. Le reste de la colonne attendrait, pour se mettre en mouvement, l'arrivée de Merrien et de ses compagnons. Des signes convenus, branches ou arbustes coupés, serviraient de jalonnement à la route parcourue par les trois premiers émissaires.

Il n'y avait pas un instant à perdre. En conséquence, Mme Merrien, résumant les avis, conclut à la mise en pratique du plan proposé par Euzen Graec'h. On envoya aux deux Leptchas l'ordre de rassembler les chevaux de la colonne Merrien avec les leurs, dès que cette colonne serait de retour, et de reprendre avec eux le chemin de la colonie.

Sans plus tarder, Graec'h et ses deux compagnons s'élancèrent dans le sentier de la grotte. Une demi-heure plus tard, ils avaient retrouvé l'étroit chemin des mules et le descendaient en courant.

Pendant ce temps, les ravisseurs et leurs victimes poursuivaient leur route sous le couvert des bois.

L'Hindou, qui semblait être le véritable chef de l'expédition, s'était empressé d'imposer silence aux manifestations de la foule fanatique aux pieds des deux enfants. Il comprenait que ce n'était point le lieu de s'abandonner aux démonstrations d'un culte imprudent, alors que les Européens acharnés à la poursuite pouvaient se montrer d'un instant à l'autre.

Sur un geste du taciturne personnage, la troupe se remit en marche, après que les Malais eurent replacé les enfants dans leurs paniers.

Et, cette fois, grâce à la protection de la forêt, grâce surtout à une pente moins déclive, la course se précipita.

En moins de deux heures, toute la colonne eut franchi une dizaine de milles.

Elle s'arrêta dans une seconde clairière dont un habitant du pays pouvait seul connaître la présence.

Pierre Maël

C'était comme une salle circulaire d'un diamètre de cent yards, entièrement fermée et comme palissadée d'arbres énormes, pins, tecks, sequoias, dont les interstices étaient bouchés par des magnoliers géants, des tamarins, des massifs de rhododendrons et de rosiers sauvages. L'influence des vents du sud se faisait largement sentir sur ce versant, à une altitude de plus de 2000 mètres, car la flore des tropiques s'y mêlait à celle des zones tempérées, quelques centaines de mètres plus bas, et elle devait certainement prendre le dessus.

Tout au fond de cette salle verte se dressait un édifice carré, à toiture plate, qui devait être la survivance de quelque lamaserie abandonnée, car aucun bruit ne s'y faisait entendre, nulle vie apparente ne l'animait.

Ce fut vers ce monastère déserté que s'avança la troupe des fanatiques.

Sur le seuil, l'Hindou s'arrêta et fit entendre le même sifflement bizarre qui lui avait servi naguère à rassembler sa caravane.

Et, de la même façon, il lui fut répondu des profondeurs du temple mort.

Alors seulement, le chef leva la main, et la foule s'engouffra dans l'enceinte.

Puis l'Hindou entra à son tour, suivi des deux Malais tenant par la bride le mulet qui portait les enfants.

Michel remarqua alors, autant à la secousse imprimée au cacolet qu'au bruit des sabots sur la pierre, qu'on entrait dans une salle dallée et voûtée, car l'obscurité de sépulcre qui régnait dans la demeure déserte ne permettait d'en distinguer ni les dimensions ni les contours.

Il régnait sous ces voûtes un froid humide et pénétrant qui fit grelotter les deux enfants.

On entendit encore la voix de l'Hindou jetant quelques ordres rapides, et soudain l'espèce de cave s'éclaira du feu de vingt torches, tandis que des hommes pareils à des fantômes noirs entassaient au milieu de la salle des fagots de branches coupées à la hâte.

Ils y mirent le feu. Une grande flamme s'éleva, réchauffant l'atmosphère et jetant une vive lueur sur les objets.

V. INCERTITUDES

Cette pièce était bien la chapelle d'une lamaserie ou, plutôt, le chœur abbatial où devaient s'assembler les prêtres.

Elle était faite de murs épais soutenant une façon de coupole percée au centre d'un trou à ciel ouvert, au-dessous duquel s'ouvrait un bassin analogue à l'impluvium des maisons latines. C'était dans ce bassin, maintenant à sec, que les Tibétains de l'escorte venaient d'allumer le feu.

Alentour, des gradins de pierre, ou plutôt des bancs circulaires, s'étageaient, comme pour fournir des sièges à une nombreuse assemblée.

À l'extrémité de l'un des diamètres s'élevait un autel de bois tout à fait semblable à ceux des églises catholiques.

Derrière cet autel, un piédestal de pierre qu'on n'avait pu déplacer gardait encore les pieds d'une idole colossale.

C'était là, sans doute, le lieu où les moines bouddhistes du monastère devaient se livrer à la méditation en commun.

Michel et Sonia considéraient d'un œil un peu effrayé cet étrange lieu et sa mise en scène plus étrange encore.

L'Hindou fit approcher le mulet, et les gardiens firent descendre les deux enfants.

Puis, les enlevant dans leurs robustes bras, ils les portèrent jusqu'à l'autel de bois, sur lequel ils les firent asseoir côte à côte.

Une terreur sans nom envahit l'âme de Michel et faillit lui arracher un cri.

Il se souvenait, en effet, de choses que lui avait jadis racontées sa nourrice ou qu'il avait lus dans les récits de voyageurs anglais.

Et son imagination, lugubrement impressionnée, lui montrait, en cette foule, une bande d'adorateurs de divinités malfaisantes qui se complaisent dans le meurtre et le sang et auxquelles on immole en holocauste des victimes.

Or n'étaient-ils pas, lui et Sonia, les victimes désignées pour être égorgées sur cet autel ?

Son cœur se serrait affreusement et un tremblement convulsif envahissait ses membres.

Heureusement, cette crainte fut promptement dissipée. L'Hindou s'était avancé vers l'autel, dont il avait gravi les trois marches. Debout devant les enfants, il parla.

On l'écouta dans un religieux silence. Sa harangue ne fut pas longue.

L'homme s'exprimait en hindoustani, ce qui permit aux deux enfants de comprendre toutes ses paroles.

Mais il n'en fut pas de même pour l'assistance, car, à peine le chef eut-il fini de parler qu'il alla s'asseoir à l'un des angles des marches, tandis qu'un des Leptchas s'avançait à son tour et traduisait son discours aux assistants.

Ce fut ainsi, du moins, que Michel interpréta les gestes et les éclats de voix du nouvel orateur.

Car, maintenant, il avait l'esprit tout à fait tranquille, et, n'eût été le chagrin d'être séparé de sa famille, il se fût presque amusé à ce spectacle qu'on lui donnait ainsi, gratuitement. Il en aurait ri de grand cœur.

Voici quelle avait été, en substance, l'extraordinaire déclaration faite par le chef hindou. Il avait dit :

« Mes frères, moi, Tibboo, qui suis le dernier venu parmi vous, j'ai reçu mission de nos pères de Tchetang de vous révéler le Bouddha nouveau qu'annoncent les prophéties. Vous savez que nos livres sacrés parlent de l'incarnation en nos jours de l'esprit divin en un fils de la race odieuse qui, d'année en année, et de jour en jour, se fait plus audacieuse et plus agressive sur nos terres. Vous savez aussi que le divin Tsoukappa a prédit que cet enfant de race blanche serait l'exterminateur de sa race et le zélé protecteur de la nôtre, au sein de laquelle il trouvera les vertus qui doivent lui plaire.

« Eh bien, mes frères, je vous amène cet enfant, car il a tous les signes annoncés par Tsoukappa et les prophètes.

« Il n'est point de l'odieux sang des Saxons, mais de celui des Francs, qui sont nos frères de l'Occident. Son père et sa mère sont morts, le laissant orphelin à la garde d'un homme redoutable qui s'est juré de pénétrer nos mystères et qui, après avoir profané l'asile sacré du Tchingo-pa-mari, nourrit l'abominable pensée d'entrer jusque dans nos sanctuaires de Lhassa et de Chigatsé.

« Peut-être vous semble-t-il étrange que le soin de vous conduire

V. INCERTITUDES

cet enfant ait été confié à un homme du Midi ? Je ne suis point un Bod, je le reconnais, mais j'avais sur vous l'avantage de mieux connaître les usages des blancs, ayant longtemps vécu parmi eux, et c'est grâce à cette expérience que j'ai pu tout préparer pour l'enlèvement de l'enfant.

« Maintenant, sachez-le bien, vous lui devez, non l'obéissance, mais le respect et le dévouement. Dieu ne manifestera en lui sa présence que lorsqu'il sera devenu un homme. Jusque-là nous devons éviter la rencontre de ceux qui le recherchent, car ils nous l'enlèveraient, et le grand mystère de la Divinité ne pourrait s'accomplir.

« Voilà ce que j'ai voulu vous dire, moi, Tiboo, très humble, disciple des Mounis, et j'éprouve un orgueil plus grand à vous l'apprendre en ce lieu qui fut autrefois un monastère sacré, et dont les prêtres maudits du Christ ont fait une église de leur Dieu. Mais vous avez purifié cet asile par le feu et vous avez lavé les dalles du sanctuaire avec le sang des profanateurs. Que le Père des Êtres en ses incarnations soit éternellement loué ! »

Ce discours de Tibboo n'avait pas été perdu pour les deux enfants. Mus par une même pensée, Michel et Sonia se regardèrent. Mais ils ne purent échanger aucune parole, se sentant surveillés par l'Hindou et son escorte d'adorateurs.

Ceux-ci, d'ailleurs, une fois la harangue de Tibboo traduite par l'interprète, se livrèrent à une joie extravagante.

Ils se levaient et s'agenouillaient successivement, se prosternant, le front dans la poussière, avec toutes les marques extérieures de l'adoration. Ce manège dura une demi-heure environ, accompagné de psalmodies bizarres.

Michel se dit fort judicieusement que ce qu'il avait de mieux à faire, c'était de ne point interrompre ces simagrées.

Tant que ces maniaques l'adoreraient, ils ne pourraient lui nuire. L'idolâtrie contredit au sacrilège.

Une crainte néanmoins se faisait jour dans l'esprit du petit garçon et lui serrait le cœur.

Tibboo et ses coreligionnaires voyaient en lui un Bouddha vivant. Mais ce privilège divin n'appartenait qu'à lui.

Pierre Maël

Pas une seule fois, dans le discours de Tibboo, il n'avait été question de Sonia Rezowska.

Et c'était là ce qui tourmentait le jeune Merrien. Son cœur voulait partager son immunité avec sa petite compagne.

Il se mit donc à réfléchir profondément à ce sujet, bien résolu à ne point se laisser séparer de son amie.

Mais il n'eut pas le loisir de mûrir cette réflexion ni d'arrêter sa volonté sur un projet déterminé. L'ordre de départ était donné.

À vrai dire, maintenant qu'il était rassuré sur les intentions des Bouddhistes, il se reprenait à espérer une délivrance prochaine.

Ses amis étaient à sa recherche. S'il avait pu en douter un seul instant, les paroles de Tibboo l'auraient amplement renseigné.

L'Hindou n'avait-il pas dit que les blancs s'acharnaient à la poursuite des ravisseurs ?

Il est vrai qu'une telle déclaration allait à l'encontre de la promesse précédemment faite par lui de ramener les enfants à leurs familles.

Michel ne se laissa pas pour cela aller au découragement. Avec une force d'âme bien supérieure à celle que peut montrer un enfant de cet âge, il se prépara à soutenir le courage de sa petite compagne, sentant bien qu'elle allait l'assaillir de plaintes et de questions.

Cependant la troupe avait repris sa marche, descendant vers le sud.

Le plan de Tibboo était fort simple. Il s'agissait de faire perdre au plus tôt toute trace aux poursuivants. Le Manas, principal cours d'eau du Boutay, ressemble à toutes les rivières de ce pays montagneux. Fantasques et capricieuses, elles déplacent fréquemment leur lit et portent l'appoint de leurs eaux, tantôt à l'un, tantôt à l'autre des deux grands fleuves qui se jettent dans le golfe du Bengale : le Gange et le Brahmapoutra.

Ce qu'on nomme le delta du Gange pourrait s'appeler aussi bien le delta du Brahmapoutra. Les deux fleuves, en effet, fraternisent au point de se confondre, mêlent leurs branches, enchevêtrent leurs canaux, se cèdent ou se reprennent le terrain, s'absorbent par des bouches communes et, rivaux dans leur œuvre de lutte contre la mer, créent ensemble ou séparément ces terrains d'alluvions dont les Sonderbunds, à l'embouchure du Gange et de l'Hougly, sont la

V. INCERTITUDES

plus fertile mais aussi la plus dangereuse partie.

Et c'est pour cela que les rivières des montagnes, grossies prodigieusement par les pluies, n'ont pas d'itinéraires fixes et se jettent au hasard dans l'un ou dans l'autre des deux puissants cours d'eau. En moins d'un siècle, la Tista a varié trois fois dans sa direction, et la Maha-Naddi du nord a progressé de plus de cinquante lieues sur les points mobiles de son confluent.

Tibboo, « homme du sud », ainsi qu'il se désignait lui-même aux Bods, peuples de la montagne, connaissait ces anomalies étranges de la géographie gangétique. Il avait donc résolu de descendre le cours du Manas jusqu'à sa première jonction avec le Brahmapoutra, puis, ce point atteint, de se rejeter brusquement dans l'est, afin de remonter à travers les territoires inexplorés et dangereux des Dapla et des Michmi.

C'était un projet aventureux, mais qui offrait l'avantage de permettre une fuite plus rapide.

On descendit donc en doublant les étapes. Les montagnards sont de merveilleux piétons et l'on en a vu fournir des étapes de soixante kilomètres par jour un mois durant. On sait que, dans l'Inde transgangétique, là où l'usage du palanquin se maintient, les porteurs hindous fournissent sans s'arrêter des traites de douze milles, se relayant sans même s'arrêter.

Or, en cette circonstance, les ravisseurs n'avaient qu'à s'occuper de leurs personnes, le mulet suffisant amplement à transporter les petits captifs. On put donc marcher à cette vitesse énorme et gagner au plus tôt les derniers rameaux de la chaîne.

Mais un dernier trajet restait à accomplir, la traversée du Terraï.

Les bandits ne s'en préoccupaient guère, parce que à ce niveau de longitude, la terrible forêt himalayenne occupe à peine un tiers de sa largeur aux portes du Népâl. Il ne forme guère qu'une bande marécageuse et fourrée de six à huit kilomètres, et n'étaient les inconvénients de la fièvre, en permanence dans ces redoutables régions, des fauves qui y ont établi leur séjour d'élection, cette traversée ne serait qu'une promenade.

Les fanatiques, cela va sans dire, ne s'arrêtèrent point à de semblables considérations.

Le quatrième soir après l'enlèvement des enfants, toute la bande fit halte à l'entrée de la forêt pour y passer la nuit.

Chacune des haltes précédentes s'était faite en quelque monastère ou, tout au moins, dans un village où les enfants avaient pu dormir sous un toit. Ici, ni maison, ni temple, pas même une hutte, pas même une tente pour les abriter contre les miasmes de la plaine.

Et, pourtant, jamais le besoin d'un abri ne s'était fait plus vivement sentir.

Torturés par le chagrin qui les étreignait plus fort à chaque aurore nouvelle, fatigués par cette course incessante à dos de mulet, ne quittant le panier qui leur servait de véhicule que pour se coucher tout habillés sur un lit des moins confortables, Michel et Sonia commençaient à se ressentir de la double influence du désespoir croissant et du manque absolu de soins.

Sonia surtout, plus jeune et plus faible que son compagnon de captivité, subissait les effets déprimants de ce dénuement.

Depuis vingt-quatre heures la petite fille semblait comme engourdie. Une somnolence, dont l'empressement de Michel ne l'arrachait que péniblement, courbait sa jolie tête comme une fleur dont la tige s'affaisse. Aux exhortations du petit garçon, elle ne trouvait à répondre que ces mots :

« Laisse-moi, Michel, je t'en prie. Ne me parle pas. Je suis très lasse, je veux dormir. »

Et Michel qui, grâce à son ignorance, ne pouvait s'alarmer, se reprochait d'interrompre ce sommeil qu'il croyait bienfaisant.

Mais Tibboo qui, à défaut de science médicale, avait l'expérience des fièvres pernicieuses et de leurs processus insidieux, s'inquiétait.

Ce jour-là, quand la bande fit halte au seuil du Téraï, la fillette était plus abattue que jamais.

L'état comateux se faisait de plus en plus visible. En même temps le bleuissement des paupières, la décoloration de la face et des mains indiquaient l'invasion de l'organisme par les miasmes pestilentiels.

L'Hindou n'était pas sans connaître l'emploi que les blancs font de la quinine. Il savait combien les plantations de cinchonas ont contribué à rendre plus salubres les régions humides des hautes vallées.

V. INCERTITUDES

Il s'était donc pourvu d'une abondante provision de bromhydrate de quinine, achetée à Dardjiling, ce produit chimique étant préféré au sulfate pour combattre les pyrexies à tendances ataxiques ou nerveuses. Il y eut recours sur-le-champ, et, malgré les résistances de l'enfant, lui fit absorber une dose suffisante du fébrifuge.

Puis, avec un zèle que tout le monde eût loué, s'il n'eût été mis au service d'une aussi déplorable cause, il fit rechercher avec soin un endroit élevé et découvert où les deux enfants pussent passer le plus commodément possible cette nuit à la belle étoile.

On découvrit une plate-forme rocheuse, haute de deux cents mètres environ et recevant directement le vent de la montagne.

Sur cette façon de piédestal, une hutte fut rapidement construite à l'aide de branches élaguées et tissées à la manière d'un paillasson. Deux longues et larges couvertures de laine furent suspendues à de solides pieux en guise de hamac, et l'on y coucha les enfants, placés sous la garde des deux Malais, sentinelles de choix, et du brave Duc, qui ne quittait plus ses jeunes maîtres.

La nuit fut meilleure qu'on ne pouvait l'espérer, grâce à l'emploi très opportun de la quinine.

Sonia dormit plusieurs heures, d'un sommeil paisible et réconfortant, qui n'était point du coma, cette fois.

Mais, au lever du jour, un accès de fièvre se déclara et la petite fille se plaignit de douleurs de tête et de reins.

L'Hindou fit une seconde application de quinine et, très humain en son fanatisme, n'osa reprendre sur-le-champ le voyage.

C'était là une grave imprudence, qui faisait honneur, il est vrai, à sa générosité.

Car, à la même heure, les Européens lancés à sa poursuite arrivaient à les rejoindre, après d'incroyables fatigues.

Le conseil de guerre tenu au pied de la caverne par Merrien et ses compagnons avait été suivi d'une exécution immédiate.

Selon les dispositions arrêtées, Euzen Graec'h et le Leptcha Saï-Bog avaient continué leur marche en avant, sans s'attarder à laisser à leurs acolytes une relation détaillée de leur course aventureuse.

Mais, dès la première étape, le marin avait tracé sur la feuille d'un palmier nain, dont il avait abattu la cime en guise de signal, l'avis suivant, très explicite :

« Descendons droit au sud. Sommes sur piste. Voyez ce qu'il y a à faire. »

À la lecture de cette épître en plein air, Merrien, auquel on avait remis le commandement, prit une décision rapide.

Mac-Gregor et M. Rezowski reçurent mission de regagner la colonie et, de là, Dardjiling, afin de télégraphier de nouveau aux autorités de Calcutta pour que celles-ci, de leur côté, prévinssent les divers stationnaires des nations civilisées chargés de surveiller les côtes du Bengale et, plus spécialement, les deltas du Gange et du Brahmapoutra.

Le reste de la troupe suivit à vue les deux hardis émissaires, comptant les mêmes étapes, s'arrêtant aux mêmes haltes.

Ils parvinrent ainsi jusqu'à la lamaserie en ruines, dans laquelle, cette fois, Euzen et Saï-Bog trouvèrent un indice certain, un fragment d'étoffe noire et blanche à grands carreaux qu'ils reconnurent pour un morceau de la robe de Sonia.

Mais, mieux encore que les vestiges laissés par les enfants, un avertissement laissé par Tibboo lui-même les avait renseignés.

Le farouche Hindou avait compris que, découverts par le chien, lui et sa bande allaient être serrés de près.

C'était même pour ce motif qu'il avait, après réflexion, toléré la présence de Duc, que les Malais voulaient égorger.

Retenu auprès des enfants, le brave animal pouvait, malgré lui, servir les desseins des ravisseurs. Son flair infaillible devait éventer aussi bien l'approche des blancs qu'il avait éventé le voisinage des fanatiques et mis les Européens sur leurs traces.

Toutefois il fallait, par tous les moyens, empêcher que la poursuite devînt trop pressante.

Dans cette intention, l'Hindou traça sur une feuille de papier, qu'il laissa en évidence sur l'autel profané du monastère abandonné, ces mots, écrits en un anglais d'un style et d'une orthographe ultra-fantaisistes :

« Ne vous souciez pas des enfants. Ils sont en bonne santé. Mais si vous nous rejoignez, nous les tuerons. »

Cette menace était bien pour faire hésiter l'homme le plus coura-

V. INCERTITUDES

geux. Euzen se sentit troublé.

Mais Saï-Bog releva son énergie en lui représentant combien cette hypothèse était peu vraisemblable. La menace, d'ailleurs, allait à l'encontre de l'avis laissé à la villa le jour de l'enlèvement. Toutefois, en homme prudent, le Leptcha ajouta :

« Il est dangereux cependant que vous conserviez votre vêtement d'Européen. Mieux vaudrait vous habiller comme moi.

– Tu as raison, répondit Graec'h. Mais où trouverai-je des habits ? »

Saï-Bog se mit à rire. Rusé et ingénieux comme tous ses compatriotes, il avait prévu le cas.

Il retira de dessous ses vêtements un paquet roulé dans une couverture et en fit sortir successivement toutes les pièces d'un costume en cotonnade rayée, qu'il étala sous les yeux d'Euzen, émerveillé.

« Vous n'avez qu'à les mettre par-dessus vos habits, et vous serez suffisamment déguisé.

– Soit ! dit le marin, mais il me faut aussi me faire une tête convenable. »

De nouveau le Leptcha eut ce rire silencieux qui avait tant de mystérieuses significations.

Il tira de sa poche une petite trousse de cuir contenant deux de ces rasoirs pareils à des grattoirs dont se servent les barbiers indiens.

« Je comprends, fit gaiement Euzen ; tu vas me faire un masque chinois. »

Et, de bonne grâce, il se prêta à l'opération.

En quelques minutes, le Leptcha eut abattu la belle barbe noire et touffue qui ornait l'énergique figure du Breton.

Mais là ne se borna pas la métamorphose nécessaire. Les cheveux eussent été compromettants.

En un tour de main, Saï-Bog rasa au plus près l'épaisse toison du marin, ne laissant au sommet de la tête que la bordure en cercle qui est pour les Bod une sorte de coiffure officielle imposée par les prescriptions religieuses.

Puis il tendit à Euzen Graec'h une glace de toutes petites dimensions.

« Pouah ! suis-je assez laid comme cela ! s'écria celui-ci en portant à plusieurs reprises la main sur sa face glabre et sa tête aussi hérissée qu'une brosse. Ma mère elle-même ne me reconnaîtrait pas, si elle était de ce monde, la pauvre chère femme. »

Alors, avec une patience de modiste française, Saï-Bog tailla dans une ceinture de laine de longues bandes qu'il tordit en cordelettes, et parvint à fixer sur le chef de son compagnon une sorte de turban tout à fait semblable à ceux des paysans du Sikkim.

Cela fait, les deux hommes se comparèrent l'un à l'autre. Euzen était merveilleusement grimé. Sa taille n'était pas supérieure à celle du Leptcha, lequel appartenait à une tribu des hautes terres célèbre dans tout le Tibet par la grandeur de sa stature.

« Vous ne parlerez pas, dit Saï-Bog, jusqu'à ce que vous sachiez assez de mots pour répondre aux principales questions. »

Séance tenante, il donna au Breton, qui n'avait pas précisément le don des langues, une première leçon des dialectes bod.

« Bah ! fit Graec'h en riant, je crois que tu auras plus court de me faire passer pour muet, à l'occasion. »

Il enterra sous une pierre ceux des vêtements européens dont il avait dû se défaire, et laissa un nouvel avis à Merrien.

« Nous nous rapprochons des coquins. Surveillez l'est et la trouée des montagnes. Saï-Bog assure qu'ils peuvent fuir par là. »

Et, sans plus tarder, les indomptables chasseurs d'hommes reprirent leur poursuite acharnée.

Elle fut âpre et laborieuse. Sans l'aide du Leptcha, Euzen ne serait jamais parvenu à conserver ses distances.

Par malheur, le marin n'était point un marcheur capable de rivaliser avec les infatigables montagnards.

Aussi avaient-ils pu prendre une énorme avance et gagner les confins du Téraï sans être sérieusement inquiétés, lorsque la maladie de la petite Sonia les contraignit à s'arrêter avant de tenter le passage de la dangereuse région.

Cette halte de vingt-quatre heures permit à Euzen et, à Saï-Bog d'arriver en vue du campement.

V. INCERTITUDES

Le marin eut grand'peine à contenir sa joie, et saisissant le bras de son compagnon, il lui dit à demi-voix :

« Je crois que nous les tenons, cette fois. Qu'en penses-tu, camarade ? »

Le serviteur de Rezowski hocha la tête et, mesurant de l'œil la distance de près d'un mille qui les séparait de leurs ennemis :

« Wah ! fit-il, il y a encore assez de ciel et de terre pour permettre aux oiseaux de s'échapper. »

VI. À TRAVERS BOIS

Depuis qu'ils avaient retrouvé, avec l'aide de Duc, la caverne qui avait fourni un premier abri aux enfants et à leurs ravisseurs, Euzen Graec'h et le Leptcha Saï-Bog avaient vu trois fois se coucher le soleil. La fuite du chien les avait tout d'abord déconcertés. Mais ils avaient attendu le rassemblement des colonnes d'exploration avant de se lancer derechef en éclaireurs sur la route probable des fugitifs.

De leur côté, Merrien et ses compagnons avaient modifié sur-le-champ leur premier plan de campagne.

Depuis qu'on avait retrouvé la piste et que l'on constatait l'inutilité de recherches au nord-est par les gorges de Tchoumbi, on s'était arrêté au projet de descendre avec les bandits jusqu'au sud, dussent-ils se jeter dans la mer.

Mais une telle campagne se hérissait de difficultés, dont la première était qu'elle offrait une base d'opérations trop étendue.

D'un avis unanime, on s'était donc résolu à scinder les forces en deux groupes inégaux, dont le moindre, composé de Rezowski et du Dr Mac-Gregor, avait mission de regagner Dardjiling et les possessions anglaises pour descendre au plus tôt à Calcutta afin d'aviser les postes anglais de la frontière d'Assam et les stationnaires anglais, français, allemands et américains qui surveillent incessamment ces parages réputés dangereux. On n'en était point encore à la saison chaude qui oblige ces croiseurs à chercher un refuge dans les ports contre les cyclones, fort redoutables en cette partie du littoral indien.

Pierre Maël

Le reste de la troupe, comprenant Merrien et Cecily Weldon, Goulab, le jeune Yvan Golouboff, Salem-Boun, Miles Turner, Morley et deux domestiques leptchas, continua à marcher par étapes aussi rapides que possible sur les traces d'Euzen Graec'h et de Saï-Bog.

Ceux-ci se tinrent donc en communications suivies avec le gros des forces dont ils n'étaient que l'avant-garde.

Ce fut ainsi que, le soir du quatrième jour, après une traite de cent milles à travers la chaîne décroissante de l'Himalaya, ils se trouvèrent brusquement en vue du campement des bouddhistes fanatiques et qu'ils purent, à distance, reconnaître l'emplacement où s'élevait une hutte de feuillage récemment construite, qu'ils devinèrent être l'abri provisoire des enfants.

À cette vue, le marin sentit son sang bouillonner et il faillit s'élancer hors du rideau d'arbres qui le cachait à la vue des bandits.

Mais Saï-Bog, toujours prudent, le retint à temps, en lui disant : « Ce serait une folie de notre part de les attaquer en ce moment. Ils sont là une cinquantaine au moins, avec de bons fusils, et nous avons plus de huit cents mètres à parcourir sur le versant découvert de la montagne. Nous serions tués avant d'avoir fait cent pas.

– Quel est ton avis, alors ? questionna Graec'h avec impatience. Parle vite.

– Il nous faut attendre, répliqua le Leptcha, sans cesser d'observer tous leurs mouvements.

– Attendre… quoi ? S'ils lèvent le camp et s'enfoncent dans la forêt ?

– Nous serons toujours à temps d'agir alors. Mais il faut attendre, d'abord parce que les autres peuvent nous rejoindre, et, en ce cas, nous serons plus en force ; ensuite, parce que, d'ici une heure ou deux, la nuit sera faite, et nous pourrons nous approcher sans être vus.

– Tu as raison, soupira le marin, mais qu'allons-nous faire en attendant ? Si je fumais une pipe ?

– Oh ! non, pas cela. L'air est très pur et ils ont de bons yeux : ils verraient la fumée.

– Alors, te charges-tu de surveiller ? Je vais dormir un brin. J'en ai le plus grand besoin. »

Sur la réponse affirmative du Leptcha, le Breton s'étendit voluptueusement sur le tapis de fougères et de mousses.

Il n'y devait pas reposer bien longtemps. Une heure s'était à peine écoulée qu'un bruit de branches et d'herbes froissées fit tourner la tête à Saï-Bog. Par mesure de précaution, celui-ci arma rapidement sa carabine et se tint prêt à toute éventualité.

Mais c'étaient les amis attendus qui arrivaient à la rescousse. Ils éveillèrent Euzen Graec'h et se disposèrent à une attaque immédiate.

En effet, certains mouvements de va-et-vient se produisaient dans le campement ennemi, faisant présager un départ soudain.

« Ne perdons pas un instant, ordonna Merrien. L'occasion pourrait ne pas se retrouver. »

Et, sous les feux obliques du soleil qui touchait à la bordure extrême du couchant, il montrait le large cours du Manas sortant de la montagne pour s'élancer dans un lit sans rives fixes à travers la mince zone qui sépare les hautes terres des forêts inférieures.

On se compta rapidement, on vérifia les armes, toutes chargées pour l'assaut.

Et par deux points opposés, prenant le campement par devant et derrière, deux colonnes de quatre assaillants chacune s'élancèrent en avant.

« Trop tôt d'une heure ! » disait Napoléon à Waterloo, devant les charges héroïques de la cavalerie conduite par Ney.

Ici l'on aurait pu dire : « Trop tôt d'une demi-heure ».

Car, en ces régions des tropiques privées d'aube et de crépuscule, le jour garde son éclat jusqu'au dernier moment.

Et la lumière était si nette, si crue, que la plus petite ombre pouvait être vue et signalée à une grande distance.

Aussi les assaillants ne se furent-ils pas plus tôt montrés sur la crête du versant que Tibboo jeta un ordre de ralliement.

Vingt des Leptchas armés de fusils s'avancèrent à la rencontre des blancs, qu'ils accueillirent d'une décharge désordonnée.

Pas un des Européens ne fut atteint. Seul un des Leptchas auxiliaires reçut une balle dans son turban.

Mais ce n'étaient là que les péripéties habituelles de la guerre. Un fait plus grave vint jeter l'effroi dans les âmes des hardis libérateurs.

Au premier signal d'alarme, Tibboo, l'œil ouvert sur les prisonniers, avait donné l'ordre de replacer ceux-ci dans les poches d'osier du cacolet et de s'enfoncer sur-le-champ dans le Téraï. Cet ordre fut exécuté en un instant.

Saisis par des bras vigoureux, les enfants furent enlevés comme des colis et jetés un peu brusquement dans les paniers.

Et, pourtant, cette action ne fut pas si promptement accomplie que Michel, arraché à son sommeil, ne pût apercevoir, au travers des branches de la hutte et sous la lueur du jour mourant, ses parents et ses amis accourus pour les délivrer.

« Maman, maman ! » cria le petit garçon avec désespoir.

C'était dans sa bouche une appellation familière à l'adresse de Mme Merrien, devenue sa seconde mère.

Ce cri de détresse emplit l'âme de la jeune femme d'une immense désolation.

Emportée par l'ardeur de son dévouement, n'écoutant que son amour pour le cher petit être qu'on lui ravissait, la vaillante créature descendit en courant la pente et, arrivée la première au contact de l'ennemi, épaula son arme et fit feu.

Le bandit qui fuyait en emportant Michel tomba lourdement, la cuisse traversée.

Car Mme Merrien n'avait pas osé le viser plus haut, dans la crainte de blesser l'enfant.

Un moment, on eut l'espoir de délivrer celui-ci.

L'homme, en tombant, en effet, avait ouvert les bras, et Michel en avait profité pour s'élancer vers ses libérateurs.

Mais, hélas ! cet espoir fut de courte durée. Il fut suivi d'une affreuse douleur.

Dix démons grimaçants avaient jailli en même temps des fourrés.

En un clin d'œil l'enfant fut saisi, enveloppé dans une couverture et emporté sous l'abri des arbres du Téraï. En même temps, une deuxième décharge accueillit les blancs, qui n'avaient pas eu le

VI. À TRAVERS BOIS

temps de combiner leur double attaque. On put voir Mme Merrien s'arrêter court et chanceler.

Les bras de son mari la reçurent défaillante et couverte de sang.

« Jean », murmura-t-elle en s'affaissant sur l'épaule du jeune et brave Français.

Ce grave incident arrêtait la poursuite et permettait aux fanatiques d'achever leur retraite vers les bois.

Car le premier souci de Merrien et de ses compagnons était désormais de veiller au salut de la jeune femme.

Rapidement Merrien avait défait la vareuse de toile de la blessée et mis à nu le bras droit de celle-ci, que venait de traverser la balle d'un Leptcha.

La blessure était de celles qui, dans les climats tempérés, ne donnent point, quelque douloureuses qu'elles soient, de graves inquiétudes.

Mais ici, sous ce ciel implacable, dans ce désert, à quatre longs jours de marche d'une habitation européenne, elle pouvait alarmer à bon droit. D'autant plus que le plomb avait troué la chair d'outre en outre, intéressant l'humérus.

« Ah ! s'écria Merrien, nous avons eu tort de faire partir Mac-Gregor. »

Par bonheur, l'ancien babourchi du capitaine Plumptre, Salem-Boun, avait fait auprès du docteur et de son collègue français un sérieux apprentissage d'aide-chirurgien. Il rassura donc tout de suite les Européens consternés sur la gravité de la blessure, tout en prodiguant à la jeune femme des soins aussi entendus qu'empressés.

Il commença par laver la plaie à l'eau phéniquée qu'il portait dans sa trousse. Puis, enveloppant le bras de compresses habilement liées, il l'immobilisa afin que le déplacement du corps dans le transport n'occasionnât pas de chocs trop rudes.

Pendant ces soins, Cecily Weldon avait repris ses sens. Bien qu'elle souffrît cruellement, elle n'eut de larmes qu'à la pensée des enfants perdus pour la seconde fois, et demanda qu'on reprît la poursuite à travers les hautes futaies du Téraï.

Il fallut toutes les peines du monde pour la faire renoncer elle-même au désir d'accompagner ceux des membres de la colonie qui allaient continuer leur marche en avant. On dut recourir à une pieuse violence pour la contraindre à se laisser ramener à la colonie.

Cependant la nuit était venue et il était impossible de s'engager à pareille heure dans les profondeurs pleines d'embûches de la forêt.

Le Téraï, ou Tarriani, surtout dans cette partie de la montagne, sans doute à cause de l'éloignement de l'homme, est le séjour de prédilection des grands fauves, des grands ruminants et des grands reptiles. Euzen Graec'h, Salem-Boun, Merrien et sa femme avaient trop présents à l'esprit les souvenirs d'une traversée analogue, accomplie six ans plus tôt, lorsque, à la tête d'une caravane plus forte et mieux approvisionnée que celle-ci, ils s'étaient élancés vers les montagnes du Népâl, à la découverte du Gaurisankar.

Et, l'eussent-ils oublié, que le chikari Goulab eût été là pour leur rappeler le terrible combat qu'ils avaient dû soutenir contre les buffles et les gaours, combat dans lequel Mme Merrien, alors miss Cecily Weldon, avait failli perdre la vie.

On décida donc de passer la nuit sur le champ de bataille, abandonné par l'ennemi, pitoyable victoire trop chèrement payée.

La hutte sous laquelle Michel et Sonia venaient de passer cette journée et la nuit précédente offrait une sorte d'abri.

Les hamacs improvisés pendaient encore à leurs poteaux. On plaça la pauvre blessée dans le plus grand et le plus solide des deux. Après quoi les hommes de la colonne s'occupèrent à allumer un grand feu, en prévision du froid nocturne et de l'agression des bêtes fauves.

Ce fut une douloureuse veillée pour tous, attristée par le souvenir de l'espoir déçu, par ce deuxième rapt des enfants et par le spectacle des souffrances endurées par la jeune femme blessée.

Le jour se leva enfin dans un ciel très pur et il fallut prendre une prompte décision.

La première nécessité était celle de ramener Mme Merrien à la colonie.

On tint donc conseil de nouveau. Graec'h et Saï-Bog devaient continuer leur marche à la poursuite des ravisseurs.

VI. À TRAVERS BOIS

On leur adjoignit Goulab, le chasseur expérimenté. Pendant ce temps, le reste de la troupe fabriquait une civière avec les branches de la hutte et la couverture qui avait tenu lieu de hamac. On y étendit la blessée, que les deux serviteurs leptchas chargèrent sur leurs épaules, Merrien, Ivan et Salem-Boun fermant la marche.

Ce fut une séparation douloureuse. On se quitta les larmes aux yeux et le découragement dans l'esprit.

Alors, tandis que Merrien et ses compagnons remontaient vers le nord-ouest, Euzen, Goulab et Saï-Bog s'enfoncèrent dans le Téraï.

Ce trajet de cinq milles à peine fut plus pénible que la marche de quatre jours dans la montagne.

Des arbres géants dominaient la forêt, formant au-dessus des têtes une voûte impénétrable au soleil. Et, sous l'abri de ces colosses, sous l'ombre humide qui tombait de leurs rameaux, croissait une végétation puissante et désordonnée. D'autres arbres, de moindre taille, s'efforçaient de lutter contre leurs altiers rivaux et de conquérir sur eux un peu de cet air que leurs cimes élancées allaient chercher plus haut. Moins grands, ils étaient plus épais, larges, trapus, noueux, difformes, mais robustes, étreignant le sol de leurs racines pareilles à des tentacules de poulpe.

Et pas un pouce de ce sol qui fût perdu, pas un pied carré où ne bouillonnât la sève d'une vie végétative pleine de fougue. Des lianes formidables et raboteuses, plus grosses que le corps d'un homme, enlaçaient les troncs et escaladaient les branches, se suspendant de l'un à l'autre en guirlandes feuillues, en festons vivants, jetant leurs inextricables lacis sur les buissons impénétrables, nids à pythons et à cobras-capelles, formidables remparts, embuscades derrière lesquelles pouvaient se cacher le tigre ou la panthère, le buffle, le rhinocéros ou l'éléphant.

Ce n'était pas une petite besogne que d'avancer dans ce réseau de tiges et de cordes vivantes.

La hache à la main, Euzen Graec'h, Goulab et Saï-Bog se frayaient un douloureux passage.

Et ce qui les affligeait surtout, c'était le chagrin d'avoir perdu la piste des ravisseurs.

Cela, ils ne pouvaient le comprendre. Car là où eux trois rencontraient de pareils obstacles, quelles difficultés n'avait pas dû éprouver une troupe de cinquante personnes, entraînant avec elle un mulet chargé de deux enfants et un blessé, celui dont la balle de Mme Merrien avait troué la cuisse ?

Et si une masse d'hommes aussi énorme avait pu passer, comment n'en retrouveraient-ils pas les traces ?

Ils mirent un jour entier à franchir le Téraï. Il est vrai que le trajet fut interrompu par un redoutable incident.

Les trois compagnons venaient d'atteindre ce qu'ils supposaient être le milieu de la forêt, quand, tout à coup, les fourrés se montrèrent à eux comme éventrés et piétinés par une lourde pesée. Goulab saisit Graec'h par le bras et l'arrêta court.

En même temps, le chikari mettait un doigt sur sa bouche pour commander le silence.

On était manifestement en présence des foulées de quelque grosse bête, éléphant ou rhinocéros.

Peut-être même un troupeau nombreux avait-il passé par là quelques instants plus tôt ?

Il suffisait, en effet, d'un simple coup d'œil pour s'assurer que les traces étaient toutes fraîches.

Goulab se pencha sur la terre défoncée afin de relever les empreintes. La chose n'était pas facile dans ce tassement d'herbes drues et serrées qui, presque partout, avaient formé un tapis élastique sous la course de l'animal.

Le Kchatryia parvint néanmoins à mesurer sur quelques points les dimensions de l'empreinte.

Ce n'étaient point celles d'un sabot fourchu, qui eussent indiqué le gaour ou le buffle. D'ailleurs l'absence d'eau dans le voisinage immédiat ne laissait aucune place à cette hypothèse du passage d'un ruminant. L'empreinte était beaucoup plus large et presque circulaire. En outre, des tiges de lianes écrasées étaient écorchées par places.

« Un éléphant ? Je pense que ce doit être un éléphant, hasarda Goulab, en interrogeant Saï-Bog.

– Non, répondit le Leptcha, qui connaissait bien la faune de son pays, les éléphants remontent en cette saison. Ce doit être un rhinocéros de grande taille, un rhinocéros blanc. »

Goulab esquissa un geste qui n'avait rien de rassurant. Le hardi chasseur connaissait le gibier.

Soudain il tendit l'oreille et fit signe à ses compagnons d'écouter.

À travers les opaques masses du bois, sur leur droite, un son rauque, un bramement bizarre venait jusqu'à eux.

« Oui, fit affirmativement le chikari, c'est bien cela. C'est un rhinocéros. »

Et, de l'œil, inspectant les alentours, il chercha un lieu moins découvert qui pût leur servir d'asile contre une agression.

Le rhinocéros, en effet, est de tous les animaux sauvages le plus formidable assurément.

Sa taille énorme, qui atteint jusqu'à trois mètres de longueur et peut s'élever à celle d'un cheval, sa peau à l'épreuve des balles, sa force prodigieuse, la rapidité de sa course et, par-dessus tout, l'implacable acharnement dont il fait preuve, la rage qu'il met à toujours attaquer ce qui bouge auprès de lui, rendent ce pachyderme à peu près invincible.

Les naturalistes attribuent ces fureurs et cet entêtement à la nature ombrageuse et craintive de la bête.

On peut dire que ce « poltron » fait preuve d'un courage que beaucoup de héros ne montreraient pas.

Tel était le désagréable voisin dont Goulab et ses amis venaient de constater la proximité.

Le barrissement du rhinocéros se faisait plus sonore. Maintenant on percevait même le bruit de son galop pesant, malgré le tapis de verdure qui l'assourdissait. L'animal revenait ventre à terre, selon son habitude.

Saï-Bog désigna du doigt une sorte de monticule dressé à quelques pas de là et barricadé, en quelque sorte, par des troncs abattus et pourris dont les fougères et les phanérogames de toute espèce s'étaient emparés.

Les trois hommes coururent à ce retranchement naturel.

Graec'h le gravit le premier, puis, tendant ses mains d'hercule à ses compagnons, il les aida à se hisser à leur tour.

Il était temps. Une âpre clameur discordante venait d'éclater à moins de cinquante pas.

Le pachyderme accourait à toute vitesse, obéissant à quelque terreur stupide, ou peut-être se livrant à un exercice d'hygiène que la nature prescrivait, de père en fils, à ceux de sa race et de sa famille.

Ni le Breton, ni les deux Indiens n'eurent le loisir de résoudre ce délicat problème.

Les fourrés s'ouvrirent violemment, déchirés par la course de la bête furieuse. Ils la virent passer de cette allure à la fois rapide et grotesque qui ressemble au galop de chasse d'un cheval, mais qui donne à l'effroyable pachyderme une apparence aussi terrifiante que ridicule.

« Nous avons bien fait de changer de place », dit Euzen bas à l'oreille de Goulab.

Et il lui montrait la ligne suivie par la bête à l'endroit même où ils se tenaient quelques secondes auparavant, et l'on pouvait espérer qu'elle ne reviendrait point sur ses pas, quand un nouveau coup de trompette annonça son retour par le même chemin.

Trois fois de suite, l'animal, en veine de distractions sans doute, se livra à cet exercice sous les yeux des spectateurs ennuyés.

« Ah çà ! gronda le marin, est-ce qu'il va nous ennuyer longtemps avec ce jeu de cirque ? Si nous lui envoyions une balle ? »

Il n'eut pas le loisir de renouveler sa question. Un péril plus voisin et plus redoutable menaçait les trois compagnons.

À dix pas d'eux, sortant traîtreusement, insidieusement d'une souche pourrie, une, deux, trois têtes triangulaires et plates rampaient vers les assiégés avec un susurrement ininterrompu. Et, à cette vue, le marin et ses amis eurent un frisson d'épouvante.

« Des cobras ! murmura Goulab. Il y en a trois : un pour chacun de nous !

– De deux maux il faut choisir le moindre », fit le marin en armant sa carabine. Juste en ce moment le rhinocéros passait pour la quatrième fois au pied du talus.

Euzen avait épaulé. Il visa à la hâte et pressa la détente. Le pachyderme s'arrêta court.

Cependant le rhinocéros, emporté par son élan désordonné,

VI. À TRAVERS BOIS

s'était enfoncé dans l'épaisseur du bois.

« Attention ! cria Goulab. Il nous a vus, il va nous charger, et le rempart ne tiendra pas une minute. »

La situation était critique.

Le coup de feu d'Euzen avait atteint l'énorme bête au défaut de l'épaule, ce qui, pour un tigre ou un lion, eût été une blessure mortelle ou foudroyante.

Mais dans les plis énormes que forme le cuir autour de la puissante encolure, la balle du marin avait à peine écorché l'épiderme du terrible herbivore.

Un filet de sang zébrait son cou.

Par bonheur, le rhinocéros a la vue courte, et c'est peut-être ce défaut d'optique qui le rend si ombrageux.

Il s'était arrêté, surpris évidemment par ce qui lui arrivait, ne sachant pas d'où venait l'agression.

Ce qui faisait trembler les trois hommes, c'était la perspective d'un assaut qui eût tout de suite effondré leur retranchement, les faisant s'écrouler eux-mêmes dans ce nid à serpents venimeux, dont ils n'auraient pu éviter les crochets mortels.

Ce fut une minute d'angoisse sans nom, et chacun d'eux à sa manière adressa une brève prière à Dieu.

Dieu les prit en pitié. Le rhinocéros, après une courte hésitation, reprit le chemin qu'il venait de parcourir, pressé peut-être de soigner une blessure qui, pour n'être pas mortelle, n'en devait pas moins le faire cruellement souffrir.

Ce répit, si court qu'il pût être, permit aux assiégés de faire face au second danger.

L'un des cobras avait déroulé déjà la moitié de ses anneaux et dilatait sa gorge, devenue d'un blanc bleuâtre, en poussant des sifflements de plus en plus aigus. Les deux autres, encore engagés dans l'épaisseur du tronc vermoulu, ne dressaient guère que leurs têtes menaçantes. Il fallait prévenir une attaque générale.

Mais il n'était pas facile de se débarrasser du premier des reptiles. Quelques secondes encore, et, entièrement déroulé, il prendrait, appuyé sur la queue, cet élan qui le fait bondir, à deux ou trois mètres de distance, sur la proie qu'il convoite.

Mais Saï-Bog veillait.

Il avait, sans un mouvement apparent, saisi entre le pouce et l'index une liane mince et flexible, et, de ses ongles durs et tranchants, l'avait littéralement sciée. Puis, toujours sans remuer le haut du corps, sans bouger de place, il avait donné à cette façon de fouet une oscillation progressivement croissante, selon un plan horizontal, rasant le sol.

Au moment où le reptile, déroulant son dernier anneau, se ramassait sur lui-même pour bondir, la branche décrivit une sorte de huit de chiffre et le frappa en même temps au ventre et sur le cou, largement distendu.

Le serpent s'affaissa, la colonne vertébrale rompue, désormais impuissant à se redresser.

Le Leptcha montra à ses compagnons les deux autres têtes. Simultanément deux coups de crosse résonnèrent.

C'en était fait. Les trois cobras étaient morts, ou peu s'en fallait.

« Nous pouvons reprendre notre route », dit paisiblement Saï-Bog.

Euzen Graec'h eut une hésitation.

« Et... le rhinocéros ? demanda-t-il.

– Il ne reviendra pas, répondit en riant le montagnard. Il est allé faire panser sa blessure. »

Goulab confirma la parole du Leptcha. Il connaissait les mœurs du pachyderme et savait que son ombrageuse susceptibilité, qui le rend si redoutable au premier abord, fait place, à la réflexion, à une sorte de prudente apathie.

« Partons vite, dit-il. Ce ne sera pas trop des heures de jour qui nous restent pour sortir de ce dangereux passage. »

Ils se remirent donc en marche avec une courageuse obstination.

Tout à coup, comme ils parvenaient à un centre de la forêt plus vierge et plus dense, Saï-Bog fit entendre un petit cri de joie.

Il venait de retrouver la piste qu'on cherchait inutilement depuis le matin.

Devant eux une sorte de chemin avait été récemment pratiqué par le passage d'une troupe nombreuse.

VI. À TRAVERS BOIS

L'herbe et les lianes, piétinées et fauchées çà et là, ne s'étaient pas encore relevées pour boucher les trous faits par les haches et les coutelas.

Cette découverte releva le courage des trois hommes et, bien que harassés de fatigue, ils redoublèrent d'énergie.

Une heure plus tard, des éclaircies successives dans l'épaisseur des arbres et des fourrés leur annoncèrent l'approche des plaines.

La déclivité du sol, en effet, était beaucoup moins prononcée. En même temps l'humidité plus grande indiquait le voisinage de quelque grand cours d'eau dont les infiltrations détrempaient le sol sur une vaste étendue.

Saï-Bog se frappa le front.

« Le Manas ! expliqua-t-il. Je comprends pourquoi nous avons perdu les traces. »

Et, comme ses deux compagnons l'interrogeaient d'un regard plein de surprise et de curiosité :

« Oui, reprit le Leptcha, nous aurions dû nous rappeler qu'en cette saison, les eaux baissent considérablement et que le lit des rivières se transforme sur beaucoup de points en véritables chemins pour ceux qui savent éviter les sables mouvants. »

L'explication était aussi claire que logique. La fuite rapide des bandits et leur non moins rapide disparition étaient dues à cette particularité qu'ils avaient dû, tout de suite, se jeter plus à l'est, dans l'un des bras asséchés du Manas.

« Et, acheva Saï-Bog, ils ont dû le quitter pour reprendre à travers le Téraï, dès que cette branche a dû aboutir au grand lit de la rivière. Très certainement, nous allons aboutir à quelque boucle de cette rivière. »

Il ne se trompait pas. Brusquement, par une large déchirure du rideau, les plaines basses et nues leur apparurent.

À moins d'un kilomètre, dans la plate étendue de la jungle, aux hautes herbes coupées de buissons et de bouquets d'arbres, une nappe claire étincelait.

C'était la rivière Manas franchissant sa dernière étape avant de se perdre dans le Brahmapoutra.

Et, tout au bord du cours d'eau, mais sur la rive opposée, à une distance double, un grouillement de taches noires et blanches, une fourmilière en aval indiquait la caravane des voleurs d'enfants.

Sur leur droite, en aval, on apercevait un village aux toits de chaume dominé par un édifice en coupole.

Goulab se rapprocha d'Euzen Graec'h, et, lui montrant la construction d'architecture caractéristique :

« C'est un village de mahométans, dit-il. Ils nous prêteront assistance certainement contre les bouddhistes. »

L'avis était bon. Et pourtant Goulab, brahmaniste de la secte de Vichnou, n'était guère l'homme qu'il fallait pour servir d'ambassadeur. Lui-même s'en rendit compte, car il laissa échapper un sourire avec ces paroles de doute :

« Quel dommage que Salem ne soit pas avec nous ! »

Saï-Bog se rapprocha et les rassura d'un mot.

« Tranquillisez-vous. J'ai habité six ans chez les Hor du Tibet et les Katchis du nord-ouest. Je me charge de parler à ceux-ci. »

VII. SUR LE MANAS

Le Leptcha avait dit vrai. Il connaissait les usages des peuplades musulmanes disséminées sur le territoire du sud.

L'Inde est, en effet, la plus étrange contrée qui se puisse voir, et ses cent cinquante millions d'habitants se distribuent en une centaine de races d'origines extrêmement diverses. Tandis que le rameau aryen, ou caucasique, y est représenté par quatre-vingts millions d'êtres humains, la branche sémite pure y compte environ trente millions, et le reste se distribue en des croisements innombrables parmi lesquels la race noire elle-même apparaît comme la survivance de quelque population primitive, dépossédée en des temps préhistoriques par des conquérants de couleur blanche ou jaune.

Les caractères ethnologiques eux-mêmes ne servent qu'à accroître la confusion et à mettre le trouble dans l'esprit des savants.

Ainsi nombre de tribus du sud de l'Inde sont, en même temps, noires comme les nègres de l'Afrique et ulotriques comme les peuples d'origine septentrionale. Parmi les cuivrés, qui sont l'immense majorité, on trouve aussi bien les traits fins, le profil rectiligne des Aryas, que les fortes pommettes, les mâchoires protubérantes et les tempes déprimées des Sémites jaunes. En plein Bod-Youl, c'est-à-dire dans le Tibet, beaucoup de montagnards, au type de Finnois, de Kalmouks et de Samoyèdes, sont aussi blancs que des Allemands ou des Anglais, tandis que, à leurs côtés, des hommes et des femmes à figures d'Européens on pris la teinte bistrée et les formes massives des montagnards ghourkhas ou népalais.

Les Leptchas, les Daplas, les Mitchmis, les Birmans de l'Assam appartiennent à ce dernier modèle.

Au point de vue religieux, la même confusion stupéfiante se manifeste.

Mais ici elle s'explique beaucoup plus aisément.

Trois religions principales se partagent l'Inde : le brahmanisme, le bouddhisme, dérivé du premier, et le mahométisme.

Le paganisme grossier, sous ses diverses formes, chamanisme, fétichisme, etc., compte près de dix millions de fidèles.

Les diverses confessions chrétiennes en réunissent à peine six millions.

Le village auquel venaient d'arriver les trois voyageurs appartenait à une tribu de Daplas descendus de la montagne.

On sait que, dans l'Inde, les guerres de religion ont duré plus longtemps qu'en toute autre partie de l'Asie.

Les conquérants mogols, successeurs et continuateurs de Tamerlan qui, lui, ne put jamais franchir la barrière du Kouen-Lun et, comme Alexandre, dut s'arrêter en deçà des monts Vindhyas, ne parvinrent point à dompter les populations au sein desquelles leurs armées, si puissantes qu'elles fussent, venaient s'engloutir et se fondre.

Leurs lieutenants, pareils en cela aux lieutenants des grands *conquistadores* espagnols en Amérique, entreprirent pour leur compte des courses sur les terres plus lointaines et fondèrent, çà et là, de moindres établissements, oubliés de l'histoire, mais dont la science historique de nos jours, acharnée à interroger les moindres survivances, croit retrouver des vestiges dans des groupements isolés de sectaires dissidents au milieu d'agglomérations considérables qui ne les ont point absorbés.

Telle devait être l'origine de ce village qui ne comptait pas trois cents feux, avec une population d'un millier d'âmes.

Persécutés sans doute par leurs frères de sang, leurs ennemis en religion adonnés aux pratiques de l'idolâtrie, ces Daplas avaient émigré vers les basses terres du sud-ouest et, de bergers ou chasseurs qu'ils étaient sur les cimes, s'étaient faits pêcheurs dans la plaine.

Ils rendaient haine pour haine à leurs adversaires, se montrant, au contraire, serviables et généreux pour leurs coreligionnaires.

Aussi, après un premier mouvement de méfiance, accueillirent-ils avec empressement Saï-Bog, tant celui-ci joua bien son rôle.

Il leur présenta Euzen Graec'h comme un berger du pays katchi, ignorant de leur langue, et Goulab, quoique Hindou, comme un ami venu du Kachmir, en quoi il ne mentait nullement. Puis, très sincère, il expliqua qu'ils étaient tous trois à la recherche de deux enfants volés par des bouddhistes du nord et dont les parents, des Européens, donneraient une forte récompense à tous ceux qui aideraient à retrouver les petits captifs.

Ces Mahométans étaient de fort honnêtes gens en leur pauvreté.

Ils compatirent sur-le-champ à la douleur des parents éprouvés, et leur chef, à la fois pontife et monarque temporaire, mit à la disposition des trois amis cinquante hommes et quatre embarcations pour traverser le Manas et livrer bataille aux bandits aperçus sur l'autre rive.

Le Breton voulut les récompenser sur l'heure. Il remit donc au chef vingt-cinq roupies de monnaie anglaise, ce qui plongea le brave homme en une indicible joie. Vingt-cinq roupies lui représentaient le traitement mensuel d'un des petits chefs de la montagne auxquels la Grande-Bretagne achète, pour ce prix modique, leur neutralité, à défaut d'une entière tranquillité.

Le jour touchait à sa fin et il fallait agir au plus tôt, si l'on ne voulait pas, pour la troisième fois, perdre de vue l'ennemi.

À l'aide des lunettes d'approche qu'ils avaient pris la précaution d'emporter, Euzen Graec'h et Goulab purent observer les mouvements des ravisseurs sur la rive opposée du Manas.

Ce leur fut une grande satisfaction de constater que, loin de chercher à fuir, les fanatiques prenaient leurs dispositions pour camper.

Ils tinrent donc conseil sur-le-champ et, avec l'avis du chef de village, décidèrent d'attendre que la nuit fût entièrement faite pour traverser la rivière et attaquer la bande à l'improviste.

« Allons ! fit Euzen joyeusement, la chance décidément nous guide. Cette fois, il faudrait que ces coquins eussent des ailes pour nous échapper. En attendant de les surprendre, je vais inspecter les sabots que ces bons diables nous prêtent. »

Il descendit donc au bord de la rivière, où une douzaine de barques de pêche se balançaient sur leurs grappins.

C'étaient de longs bateaux plats à l'avant, et à l'arrière relevé comme les pirogues des îles micronésiennes.

Faites de troncs fort habilement creusés et dégrossis, ces embarcations, d'une douteuse stabilité, étaient équilibrées à l'aide d'un tronc flottant qui leur tenait lieu de contrepoids. Étroites au point de ne contenir qu'un homme sur chaque banc, elles s'enlevaient à la lame avec la légèreté d'une plume, ce qui leur permettait d'aller à la mer sans dommage.

Euzen, qui avait couru le monde pendant dix ans, les reconnut au premier coup d'œil, et ne put retenir cette exclamation :

« Si le docteur Mac-Gregor était ici, lui qui étudie les races, il ne manquerait pas de dire que ces gens-là sont les frères des Fidjiens. »

Il remarqua, d'ailleurs, que ces frères devaient être en retard, leurs barques n'ayant pas, comme celles de leurs congénères, ces multiples cloisons étanches qui en divisent la coque profonde et renflée et les rendent insubmersibles.

Et comme Goulab hochait la tête, ne se fiant pas outre mesure à ces bateaux étroits et débiles, Graec'h ajouta :

« Bien sûr, ami Goulab, que j'aimerais mieux un canot ou une baleinière de mon pays. Mais, bah ! ces petites choses-là sont suffisantes pour passer l'eau et elles feront notre affaire. Le proverbe ne dit-il pas : « À la guerre comme à la guerre ! »

Cette inspection faite, il alla aux renseignements et, grâce à Saï-Bog, put recueillir quelques utiles indications.

Ils se trouvaient présentement sur la rive droite du Manas, à cent soixante milles au sud-est de la colonie de Tamlong. Ils avaient donc fait une moyenne de trente-deux milles par jour, ce qui était énorme. Quarante milles plus bas, ils devaient trouver le confluent de la rivière avec le Brahmapoutra. Mais les Daplas affirmaient qu'à une très courte distance, à l'est du Manas, un autre cours d'eau parallèle, qui n'était peut-être qu'une autre branche du Manas, ou l'un de ses affluents, descendait aussi vers le fleuve.

La nuit s'était faite au cours de ces pourparlers. Les pêcheurs parèrent les embarcations et la traversée s'opéra.

Elle dura une vingtaine de minutes, Graec'h ayant préféré qu'on marchât à l'aviron, la vue des mâts pouvant prévenir les bandits dans leur campement. On prit terre à quelque cinq cents mètres en amont de la troupe, et l'on courut sans retard vers les feux qu'on apercevait allumés et sur lesquels des marmites bouillaient déjà.

Le désappointement des trois amis fut profond lorsque, en abordant leurs adversaires, ils ne trouvèrent aucun vestige des enfants, ni de leurs ravisseurs. Aux questions qui leur furent posées, les Leptchas de la caravane répondirent, avec des mines niaises, qu'ils ne savaient pas même de quoi on leur parlait.

Cette ignorance absolue éveilla les soupçons de Saï-Bog. Sans préambule, il demanda à parler au chef de la troupe.

À cette question, pourtant fort simple, les voyageurs se troublèrent. Ils avaient oublié de prendre cette précaution de faire remplir par l'un d'eux le rôle de guide et de commandant. Il n'y avait plus de doute à conserver. Les bandits avaient deviné la poursuite dont ils étaient l'objet, et, tandis que le plus grand nombre d'entre eux s'arrêtaient pour donner le change, Tibboo, le véritable instigateur du rapt et la forte tête de l'expédition, entraînait les enfants dans une autre direction.

Rapidement les trois amis tinrent conseil.

Euzen, que les voyages comme marin avaient instruit et familiarisé avec l'usage des cartes, fit allumer des torches, et, déployant sur le sol un rouleau, se mit à étudier avidement le tracé fait par les savants ingénieurs et géographes de la Présidence du Bengale.

Une exclamation sourde, une sorte de juron étouffé lui monta aux lèvres.

La carte ne lui était d'aucune utilité. Dressée avec une remarquable exactitude en tout ce qui concernait le littoral, depuis les baies des Sonderbunds gangétiques jusqu'aux anses de l'Assam, elle indiquait les régions situées à vingt milles et au-dessus dans les terres, comme inconnues et inexplorées, à partir du quatre-vingt-dixième degré à l'est de Greenwich.

« Nous voilà bien avancés ! gronda-t-il. Qu'allons-nous faire ? »

Il était inutile de jouer plus longtemps la comédie du déguisement. Saï-Bog lui-même le comprit et, s'adressant à Euzen :

« Nous ne pouvons être renseignés qu'à la suite d'un acte d'autorité et d'intimidation », dit-il.

Le Breton ne se le fit pas dire deux fois.

Rejetant en un clin d'œil l'espèce de sac-blouse qui le recouvrait, il apparut aux yeux épouvantés des Tibétains et des Daplas dans ce qui lui restait du costume européen. Alors, avisant le plus grand des montagnards, qui semblait en être aussi le plus robuste, il lui fit un signe impératif de s'approcher.

Sans doute l'homme ne comprit point l'ordre qu'on lui jetait, car il ne bougea point.

Le marin fit entendre une telle imprécation que toutes les oreilles en tintèrent.

Il fit un bond en avant et sa main droite, comme un grappin d'abordage, s'abattit sur l'épaule du Leptcha.

Celui-ci fut en un instant plié comme un jonc, enlevé dans les bras du colosse, qui lui ramena les coudes derrière le dos et, le maintenant ainsi courbé, dans la plus désagréable des postures, cria au fidèle serviteur de M. Rezowski :

« Saï-Bog, traduis-leur mes paroles. Je vais couper l'une après l'autre les oreilles à ce coquin, et je lui romprai l'échine, s'ils ne nous indiquent pas, les uns ou les autres, la direction qu'ont prise les enfants et leurs gardiens. »

Le Leptcha répéta textuellement à ses compatriotes la phrase qu'Euzen venait d'articuler si nettement.

Celui-ci, pour la mieux souligner, avait tiré de sa poche un couteau à lame large et tranchante et, retenant son adversaire du bras gauche replié autour de son cou, dirigeait le terrible instrument vers la tempe droite, au-dessus de l'oreille.

L'homme demanda grâce. Ses compagnons, terrifiés, joignirent leurs gémissements aux siens.

Saï-Bog répéta la question.

Tous ensemble, bredouillant, ânonnant, se coupant les uns les autres, ils répondirent inintelligiblement.

« Ce n'est pas cela, ordonna le Breton. Qu'ils laissent parler tout seul l'homme que je tiens. »

Ils se turent. Force fut au prisonnier de s'exécuter. Il sentait déjà le froid de l'acier sur son oreille.

Alors il déclara que Tibboo, accompagné de dix hommes et entraînant les enfants, avait pris les devants, descendant le cours de la rivière au sud-ouest, vers le Brahmapoutra. Il fit cet aveu sur un ton dolent, entrecoupé de vraies larmes.

« Crois-tu à la véracité de cet animal-là ? demanda Euzen Graec'h à Saï-Bog.

– Je n'en crois pas un traître mot, répliqua le domestique de Rezowski. Mais je connais les gens de mon pays. Ils ne savent pas mentir. Pour savoir la vérité, nous n'avons qu'à prendre le contrepied de ses paroles, et chercher à l'est ce qu'ils nous disent être à l'ouest.

– Bien. En ce cas, que ferais-tu ?

– Je ferais ce que je viens de vous dire : j'irais chercher les voleurs à l'est. »

Goulab ratifia cet avis, et l'on se mit tout de suite en mesure de regagner le temps perdu.

Il fallait empêcher les fanatiques présents d'avertir leurs complices.

Pour ce faire, Goulab s'offrit à demeurer sur place en compagnie du chef des Daplas et d'une trentaine de ses hommes bien armés, pendant qu'Euzen Graec'h et Saï-Bog, à la tête de vingt autres pêcheurs, s'élanceraient à la recherche des fugitifs.

Ce plan fut immédiatement adopté et mis à exécution.

La nuit était superbe, rafraîchie par le vent des montagnes. On marchait en plaine, sur un terrain encore inculte, mais tapissé

VII. SUR LE MANAS

d'une herbe assez courte. L'œil pouvait embrasser un vaste horizon et prévenir à distance la venue des fauves qui, dans ces solitudes, ne trouvant aucun obstacle à leurs déprédations, sortent des bois pour chasser à découvert.

On marcha rapidement, à la faveur d'un clair de lune merveilleux.

Après s'être derechef renseigné auprès des Daplas, Saï-Bog donna le conseil de remonter un peu plus haut vers le nord, afin de couper la route aux voleurs s'ils suivaient en amont la seconde rivière signalée par les pêcheurs alliés.

Les indications de ceux-ci se trouvaient être rigoureusement exactes. À une dizaine de kilomètres au nord-est, Graec'h et sa troupe se virent arrêtés par un cours d'eau parallèle au Manas, mais à peine large de quelques centaines de mètres et dont le cours paresseux avait la même lenteur que celui qu'on venait de quitter.

« Inutile d'aller plus haut, fit Saï-Bog. Nous venons de perdre deux heures.

– Hein ! fit le Breton, désagréablement surpris. Pourquoi dis-tu cela ?

– Parce que l'eau qui coule là est la même que celle qui coule là-bas. Nous sommes dans une île du Manas.

– Ah ! les gredins ! s'exclama Euzen en serrant le poing dans la direction du camp des Leptchas, ils nous ont roulés en nous disant la vérité. Nous aurions dû descendre sur l'autre rive jusqu'au confluent du Manas. »

Le domestique leva les bras en un geste évasif. Puis, appelant un des Daplas, il lui donna la mission de retourner sur ses pas afin de prévenir Goulab et ceux de ses compatriotes qui étaient restés en observation, de reprendre, eux aussi, la marche vers le sud. En même temps, avec une prévoyante sagacité, il enjoignait aux bateaux de descendre le cours de la rivière.

Une hypothèse tout à fait vraisemblable s'était, en effet, offerte à son esprit.

L'île pouvait fort bien et devait même se terminer en une pointe assez rapprochée qui laisserait les voyageurs enfermés entre les deux bras du Manas. Or, si cette supposition était justifiée, il leur deviendrait presque impossible de compenser l'énorme avance prise par la bande des ravisseurs qui avaient su, de leur côté, trouver des embarcations à leur gré.

La même pensée venait de se faire jour dans l'esprit d'Euzen Graec'h, qui, tout en marchant, questionnait son acolyte.

« Comment ces bandits-là ont-ils fait pour continuer leur route ? Ils ont donc pu se procurer des bateaux ?

– Je me le suis demandé comme vous. Nous allons le savoir. Peut-être ont-ils franchi la rivière à gué au sortir des montagnes ? En ce cas, si l'île se termine bientôt, comme je le crois, nous allons les trouver acculés à sa pointe. Marchons toujours. »

Saï-Bog était décidément un homme d'une rare intelligence. Il avait deviné juste.

L'île, ainsi qu'on l'avait prévu, se rétrécissait progressivement. Au bout de deux heures de marche, les voyageurs purent voir les deux bras du Manas, serrant l'île d'une étreinte de plus en plus étroite, tendre vers leur angle de jonction.

Le jour se levait lorsqu'ils parvinrent à ce confluent. Goulab et le reste des Daplas les y attendaient depuis une demi-heure environ.

Les barques les y avaient suivis et on les voyait se balancer, pareilles à des fantômes, dans le brouillard matinal.

Euzen et Saï-Bog interrogèrent anxieusement le chikari. La réponse de Goulab fut concluante.

Il avait suivi le bras droit de la rivière et n'avait rien vu dans la plaine.

Aucun groupe suspect n'avait attiré son regard.

Les Daplas avaient fouillé les berges sans découvrir un être vivant.

Cependant le jour grandissait et les objets se faisaient plus distincts.

Les trois compagnons et leurs bénévoles auxiliaires interrogèrent de nouveau, minutieusement, les sables de la rive.

Leurs investigations furent couronnées de succès.

Des traces nombreuses de pieds nus et de chaussures sans talons furent relevées, mêlées à des empreintes de sabots.

Ces traces allaient se perdre dans l'eau.

« Ils ont eu des bateaux, fit Saï-Bog en montrant sur le sable le sillon creusé par des fonds de barques.

– Oui, dit Euzen, et voici même deux marques qui n'ont pu être faites que par des bateaux à quille, de forts bateaux. »

Il y eut un instant d'indécision cruelle. Qu'allait-on faire maintenant ? La rivière, elle, ne garderait pas de vestiges.

On était en pays perdu, en des régions presque inconnues, sans communications avec les amis que l'on avait laissés derrière soi. Il y avait à peine vingt-quatre heures que l'on s'était séparé de Merrien et du reste de la troupe, et ceux-ci devaient cheminer encore péniblement à travers les chaînes bordières de l'Himalaya oriental. Quelle résolution prendre ? À quel parti s'arrêter ?

Goulab essaya de réconforter ses amis, qu'il sentait fléchir sous cette nouvelle épreuve.

« Peut-être le docteur est-il déjà à Calcutta ? Peut-être même a-t-il réussi à faire partir quelque colonne anglaise ? »

Le Breton leva le bras avec un geste vague et découragé :

« Et quand cela serait ! murmura-t-il, quel avantage en retirerions-nous ? En admettant que le docteur ait remué ciel et terre, quel résultat aurait-il obtenu ? Savez-vous que nous devons être ici à cent cinquante ou deux cents lieues de Calcutta ; qu'une colonne de cavaliers aurait tout au plus parcouru une centaine de milles, sans but, sans direction ; qu'enfin un vaisseau de guerre, marchant nuit et jour sous haute pression, serait à peine à la hauteur de notre latitude, en face d'une côte dont nous sommes encore éloignés d'au moins une cinquantaine de lieues ? »

Le raisonnement du marin était juste. Il laissa le Kchatrya sans réplique.

Mais alors Saï-Bog prit à son tour la parole et fit entendre un langage plein de bon sens.

« Il me semble, dit-il, que rien n'est encore perdu. Ce n'est pas parce que les voleurs ont pris le chemin du sud, par eau, que nous devons renoncer à les poursuivre. La trace n'est pas perdue parce qu'ils ont pris de l'avance. Au surplus, nous sommes en une situation telle, que nous avons plus court d'aller en avant que de retourner sur nos pas.

– Tu as raison, fit énergiquement Euzen. Il ne sera pas dit que j'aurai coupé ma barbe et mes cheveux, que j'aurai endossé cette défroque pour rien. Autant vaut donc continuer notre course, si ces bons sauvages consentent à nous prêter leurs pirogues. »

Le Leptcha se mit encore une fois en rapport avec le chef des Daplas. Sur l'offre nouvelle de vingt-cinq roupies supplémentaires, les pêcheurs acceptèrent de porter les trois compagnons et de leur fournir une escorte jusqu'au confluent du Manas et du Brahmapoutra.

On s'embarqua en un clin d'œil et, profitant de la brise qui soufflait des monts, les voiles de nattes s'ouvrirent.

« Tiens ! tiens ! tiens ! fit Euzen Graec'h, joyeusement surpris, ces sabots filent tout de même leurs dix nœuds. Sais-tu, Saï-Bog, que tu pourrais avoir raison, et que, si nous marchons de ce train-là, nous rattraperons nos voleurs. »

En même temps, il sondait de l'œil le lit de la rivière et s'émerveillait de son peu de profondeur.

Il était visible que l'on descendait au fil d'un de ces cours d'eau erratiques qui, comme la Mahanaddi et la Tista, n'ont pas encore creusé leur voie définitive. Traversant un sol mou et friable, le Manas n'y laissait point d'autre marque que l'écorchure superficielle que fait à la terre le soc d'une charrue. Mais, en même temps, l'humus charrié des montagnes par ces flots longtemps torrentueux avait tôt fait de combler les trous, et, d'année en année, de saison en saison, la capricieuse rivière élevait plus le terrain d'alluvion qu'elle ne défonçait la terre pour son propre compte.

De temps à autre, malgré la largeur du lit et peut-être même à cause de cela, la profondeur devenait si inférieure qu'un homme n'en aurait pas eu plus haut que l'aisselle. C'était à peine si un chenal de quelques mètres de largeur, maintenu par la force du courant, pouvait permettre le passage aux embarcations.

Et Euzen Graec'h, penché sur le bord, avait de petits rires et se frottait les mains en interpellant ses amis.

« Hé ! hé ! pas bêtes, pas bêtes du tout, ces prétendus sauvages. Sais-tu, Saï-Bog, qu'ils sont très intelligents, tes compatriotes, et que ces embarcations-là sont les seules qui puissent servir ici. Un pied d'eau de moins, et une baleinière s'échouerait, tandis que ces fonds plats nageraient dans une cuvette. »

VII. SUR LE MANAS

Et, en fait, les pirogues méritaient les éloges de l'ancien marin. Elles filaient d'une superbe allure.

On s'en allait vent arrière, sur une nappe unie comme un miroir, à travers des plaines si unies que les berges s'élevaient à peine de quelques centimètres au-dessus de l'eau. Et, selon que le chenal, dans ses méandres, tenait le milieu du lit ou longeait la terre, les embarcations couraient dans le vent ou rangeaient la rive, sans que le moindre heurt menaçât leur stabilité.

On courut ainsi jusque vers midi.

Le soleil était perpendiculaire et la chaleur devenait très lourde. Par bonheur le vent du nord-est rafraîchissait l'atmosphère. Toutefois on sentait cette fraîcheur décroître à mesure qu'on se rapprochait du confluent.

En même temps la largeur de la rivière devenait excessive, ses eaux revêtaient une teinte ocreuse qui révélait le voisinage de l'énorme fleuve dans lequel le Manas allait se perdre. À l'horizon du sud, c'est-à-dire dans le sens de la descente, une sorte de bouillonnement lointain se manifestait en un bourrelet de vagues clapotantes.

« Voilà le fleuve », dit le Leptcha en allongeant le bras dans la direction du confluent.

Soudain le barreur eut un brusque haut-le-corps et rejeta l'embarcation sur tribord avec un virage si inattendu que, sans la présence du tronc d'arbre qui servait de contrepoids, elle eût infailliblement chaviré.

« Maladroit ! cria Euzen en se levant sur son banc, est-ce qu'on vire comme ça, à angle droit dans le vent ? »

Le Dapla ne pouvait comprendre cette apostrophe rude. D'ailleurs il ne s'en fût que médiocrement soucié.

Sa manœuvre, si imprudente qu'elle fût, venait de sauver la pirogue d'un naufrage.

On s'en aperçut au choc qu'elle reçut, et aussi au grincement de sa coque sur les rochers du fond, à fleur d'eau.

VIII. LE BRAHMAPOUTRA

Brahmapoutra !

Ce nom venait d'être prononcé avec un respect religieux, une terreur presque superstitieuse.

Car le Brahmapoutra, la « Salive de Brahma », est l'un des fleuves saints de l'Inde, le voisin du Gange, moins célèbre, moins vénéré surtout que le « divin Ganga » pour cette excellente raison qu'il arrose une contrée infiniment moins peuplée et surtout parce que le brahmanisme pur ne compte sur ses bords qu'un nombre fort restreint de sectateurs.

Le Brahmapoutra, dont les anciennes cartes anglaises défiguraient le nom en l'écrivant *Burrampooter*, n'en est pas moins l'un des cours d'eau mystérieux de l'Asie indienne, l'un des trois où quatre dont la source est encore inconnue, puisque Schlagintweit et Markham veulent voir en lui, sinon le continuateur, du moins la maîtresse branche du Tsang-Bo, dont l'autre branche, sinon le véritable continuateur, serait l'Irraouaddi ou la Salouen.

Par le volume de ses eaux, par le nombre de ses bouches sans cesse changeantes, il est l'égal du Gange, son illustre frère.

Comme le Gange, il prend sa source… présumée dans les massifs de l'Himalaya. Comme le Gange, il se déverse dans le golfe du Bengale par des bouches qui se multiplient et s'échevellent.

Mais il lui est inférieur sous le rapport de la beauté de ses rives et de la majesté de son cours.

Les plaines qu'il arrose sont moins fertiles, plus humides, plus exposées aux vents salins, moins peuplées.

Il traverse l'Assam et borde la Haute-Birmanie et, avant de se faire connaître sous le nom que lui ont donné les riverains et que lui ont définitivement conservé les géographes, il n'est qu'un fleuve anonyme, douteux, si bien resserré entre le Tsang-Bo, l'Irraouaddi et la Salouen que personne n'a pu mesurer son cours, ni lui assigner une origine. Son principal affluent au nord, le Dibong, est si peu connu que plusieurs explorateurs en ont fait un simple bras du Tsang-Bo.

Quoi qu'il en soit, le Brahmapoutra, au moment où il reçoit le Manas, est un puissant cours d'eau dont tous nos fleuves de France réunis n'égaleraient pas le volume.

Au moment où la pirogue qui portait Euzen Graec'h, Goulab et Saï-Bog entra dans le remous du fleuve, les deux côtres qui la précédaient, dégagés enfin des hauts fonds sablonneux du Manas, donnaient un libre essor à leurs voiles et fuyaient d'un vol rapide sur la grande nappe paisible.

Le Breton eut un geste de découragement à cette vue.

« Nous ne les rattraperons jamais ! murmura-t-il avec une sourde colère.

– Soit ! fit Goulab, mais, cette fois, du moins, nous chassons à vue et nous savons où nous allons. »

Il avait raison. La journée entière se passa dans cette poursuite, les embarcations maintenant leurs distances.

Mais une menace demeurait suspendue sur la tête des poursuivants, un obstacle insurmontable allait surgir.

Vers trois heures de l'après-midi, les Daplas refusèrent de pousser leur course plus avant.

Ils avaient promis de conduire leurs hôtes jusqu'au confluent du Manas et du Brahmapoutra. Ils avaient tenu plus que leur promesse, puisque maintenant ils étaient engagés dans le grand fleuve.

En outre, depuis le matin ils n'avaient pas mangé.

Dans le feu de la poursuite, personne n'avait pris garde à ce détail, pourtant plein d'importance.

Saï-Bog fit part au marin des légitimes réclamations des pêcheurs.

« On mangera plus tard ! répliqua violemment Euzen. Pour le quart d'heure, l'essentiel est d'atteindre nos voleurs. »

Et, néanmoins, comprenant le bien fondé de ces plaintes, le Breton tira de dessous sa blouse tibétaine le bissac de voyageur qu'il avait emporté de la colonie, garni de ces biscuits au gingembre et à la rhubarbe dont les Anglais font, à l'occasion, un si fructueux usage. Il les jeta à pleines mains à ses auxiliaires.

Une idée héroïque lui venait à l'esprit. Il voulut l'exposer à ses amis.

« Saï-Bog, interrogea-t-il, demande donc à ces gens-là s'ils ont mis toute leur toile dessus, et si la pirogue peut en supporter davantage. »

La réponse du Leptcha fut très dubitative. Les pêcheurs, gens prudents, ne savaient pas exactement la force de résistance de leur esquif. Ils n'avaient jamais navigué que sous leur unique voile de nattes.

« Soit ! conclut Euzen Graec'h, quand la nuit sera venue, nous doublerons la toile. J'ai mon idée. »

Et, tirant de sa ceinture une douzaine de roupies, il les tendit au patron de la pirogue en lui adressant ces paroles, que Saï-Bog eut mission de lui traduire :

« S'il arrive malheur à ta chaloupe, mon garçon, tu auras là de quoi t'en offrir une neuve. En attendant, presse les camarades de se rapprocher de nous pour être prêts à nous recueillir en cas de besoin. »

Chose singulière ! cet inquiétant discours ne parut pas alarmer autrement les Daplas.

Ces pêcheurs, quoique musulmans, étaient aussi stoïquement fatalistes que des sectateurs de Bouddha. Et puis cet hercule blanc leur inspirait de la confiance. Ils avaient le culte de la force et du courage.

À la chute du jour, Euzen releva au jugé la position des deux côtres qui fuyaient.

Ils n'étaient pas à plus d'un mille dans le sud-ouest, poursuivants et poursuivis ayant atteint la courbe du Brahmapoutra où le fleuve cesse de couler horizontalement pour prendre une ligne oblique avant de s'éparpiller en multiples embouchures.

En un instant le marin eut pris son parti et organisé le « branle-bas de combat ».

Les avirons furent dressés au long des plats-bords étroits. Ils étaient longs et minces. Avec une adresse de singe, Euzen en fixa quatre aux bancs d'avant et tendit de l'un à l'autre tout ce qu'on put trouver de « toile » sur la pirogue.

Il n'y en avait guère, hélas ! On mit à contribution les moindres hardes, des couvertures à bœufs, des manteaux de laine, des ceintures.

Et comme tout restait insuffisant, le Breton prit une résolution

VIII. LE BRAHMAPOUTRA

héroïque.

Il se dévêtit de la longue chemise, ou blouse, dont l'avait affublé Saï-Bog, la déchira par le milieu et parvint à relier ainsi le bout d'un des avirons dressés, à l'extrémité de la voile de nattes. « Il est heureux, fit-il en riant, que la brise souffle du nord-est, c'est-à-dire sur le contrepoids. »

En effet le vent, qui avait beaucoup fraîchi, tendait vigoureusement cette voilure improvisée, et, n'eût été le tronc qui maintenait l'équilibre, la pirogue eût infailliblement chaviré. Mais le résultat était atteint.

Couverte par les ténèbres, l'étrange embarcation courait invisible sur l'ennemi.

Elle l'atteignit en moins de vingt minutes.

Sans méfiance, comptant sur l'impuissance de leurs adversaires, les ravisseurs s'étaient bornés à laisser les deux côtres descendre le courant, très rapide en cet endroit. Ils ne pouvaient prévoir le stratagème d'Euzen Graec'h.

Et, soudain, ils virent la pirogue-fantôme émerger de la nuit et venir sur eux à l'abordage.

Une clameur de détresse s'éleva, à laquelle succédèrent les cris de fureur des combattants.

La pirogue était venue heurter le cotre sur sa hanche de bâbord, accrochant l'extrémité de sa vergue dans les haubans du cotre.

Un craquement avait retenti. Tout le bordé de la barque sauvage s'était rompu sous le choc.

Mais déjà Euzen avait bondi sur le pont étroit de l'ennemi, la hache au poing.

Le premier homme qui osa l'attendre tomba, le crâne fendu jusqu'aux oreilles.

En même temps, Goulab, Saï-Bog et les dix Daplas de la pirogue apparaissaient sur l'arrière du bateau.

C'était plus qu'il n'en fallait pour réduire les cinq fanatiques qui le montaient.

Surpris dans leur quiétude, car ils avaient eu la confiance d'échapper à leurs adversaires trop en retard, ils s'éveillaient, en quelque sorte, aux mains de leurs ennemis.

Aussi, frappés d'épouvante, se jetèrent-ils à genoux pour demander grâce.

D'un geste, Euzen leur montra la pirogue encore flottante malgré son avarie. Trois d'entre eux s'y embarquèrent, aidés par les Daplas, qui trouvaient là une bonne occasion de ramener ces prisonniers, dont ils sauraient tirer une rançon. Les deux autres se traînèrent sur le pont avec tous les signes d'une sincère humilité.

« Bah ! fit le marin, gardons-les. Ils nous serviront de gabiers. Je me charge de leur éducation. »

On avait jeté par-dessus bord le cadavre du bandit auquel Graec'h avait si lestement fendu le crâne.

Cependant Goulab et Saï-Bog fouillaient l'intérieur du cotre. Ils eurent promptement terminé leur inspection. Quand ils reparurent, la consternation était peinte sur leurs traits.

Ils n'avaient pas retrouvé les enfants.

« Gurum ! tonna Euzen dans un formidable éclat de colère, c'est sur l'autre qu'ils doivent se trouver. Tout est à recommencer. »

Une rage froide, que partageaient d'ailleurs ses compagnons, le possédait.

Un instant, il eut envie de tirer vengeance des deux bandits demeurés dans ses mains et de les tuer comme le premier.

Mais il eut bientôt honte de cette vengeance aussi mesquine qu'inutile. Le plus pressé était de rejoindre l'autre bateau.

Il interrogea Goulab et Saï-Bog, les laissant libres de rebrousser chemin en compagnie des Daplas.

Les réponses du chikari et du domestique leptcha furent identiques.

« Où vous irez, nous irons aussi », dirent-ils.

Il ne restait plus qu'à congédier les braves pêcheurs qui, pendant deux jours, s'étaient montrés de si fidèles alliés. Le Breton distribua encore quelques pièces de monnaie blanche. Après quoi il se séparara, non sans un véritable regret, de ses auxiliaires.

Mais ce n'était pas le moment de s'arrêter aux attendrissements. Il fallait agir au plus vite.

VIII. LE BRAHMAPOUTRA

Dans le tumulte du combat, nul n'avait pris garde à la marche du cotre.

La Providence seule y avait veillé, et le bateau, un instant arrêté par un banc de sable que le gouvernail n'avait pu éviter, avait été saisi par le courant et emporté par eau profonde.

Or on était en pleine nuit, sur un fleuve inconnu. La plus extrême prudence s'imposait donc aux navigateurs.

La lune, en se levant, vint leur apporter une déception.

Au moment où ils avaient abordé le second des deux bateaux, le premier leur semblait à peine en avance de trois cents mètres.

Or voici qu'en fouillant des yeux l'immense nappe argentée par les rayons de la nuit, ils n'aperçurent plus le premier des deux côtres. Il s'était littéralement fondu dans la nuit, preuve qu'il devait avoir pris, une avance considérable, si toutefois il ne s'était pas jeté lui-même à la côte ou sur quelque récif, involontairement ou de parti pris.

« Allons ! gronda Euzen, il faudra attendre le jour. Nous ne ferons rien maintenant. »

Il avait raison. On se borna donc à maintenir la barque dans le courant. Euzen, le Leptcha et le chikari se remplacèrent à tour de rôle à la barre et, aussi, afin de surveiller les deux gabiers improvisés. N'était-il pas à craindre, en effet, que les deux fanatiques, emportés par leur zèle de croyants, ne servissent la cause qu'ils défendaient en entraînant le cotre en quelque périlleux passage d'où l'on ne pourrait plus le tirer ?

Aussi Euzen, malgré l'extrême fatigue qu'il éprouvait, voulut-il gouverner la barque lui-même jusqu'au matin.

Et quand l'aube se leva, au ciel, l'aube du septième jour, il put voir au loin, sur l'horizon, la barque qui emportait les enfants fuir à toute vitesse sur la nappe du fleuve. Pendant la nuit, sans qu'elles s'en rendissent compte, les deux embarcations avaient doublé le cap à angle droit qui précipite les eaux du Brahmapoutra directement au sud. Elles couraient désormais directement et sans arrêt vers la mer.

Que s'était-il passé, pendant ce temps, dans le camp opposé ? Que

Pierre Maël

devenaient les jeunes captifs ?

Au moment où Merrien et ses compagnons, trop pressés de livrer bataille, avaient attaqué fort inopportunément le campement des bouddhistes, Tibboo avait couru jusqu'à la hutte sous laquelle reposaient les deux enfants.

Les saisir, les emporter, pas assez vite pourtant pour que Michel n'eût le temps de reconnaître ses amis accourus à son aide et de leur jeter un appel désespéré, ce n'avait été pour les bandits que l'affaire de quelques minutes.

Et, tandis qu'une poignée de ceux-ci, formant l'arrière-garde, échangeait avec les blancs des coups de fusil, dont l'un allait être si funeste à Mme Merrien, les petites victimes étaient de nouveau chargées sur le mulet, et l'exode recommençait.

Grâce à l'action énergique de la quinine, la mignonne Sonia n'avait plus la fièvre.

Quelques couleurs étaient même revenues à ses joues et elle avait ressenti les premières exigences de la faim.

Mais le bienfaisant remède ne laisse pas que d'offrir certains inconvénients.

Il produit chez les convalescents une surdité qui, pour n'être que momentanée, n'en est pas moins d'assez longue durée.

De plus, il occasionne une sorte d'engourdissement des facultés intellectuelles.

Sonia Rezowska éprouvait ce double effet du bromhydrate de quinine, plus digestif, mais aussi plus stupéfiant que le sulfate.

Elle s'était donc laissée retomber dans le panier, incapable de réaction.

Et, tandis que Michel, secoué par les cahots de la course du mulet, que ses guides faisaient trotter à grandes enjambées, épanchait son chagrin en larmes douloureuses, la fillette, indifférente aux événements comme au monde extérieur, s'abandonnait aux hasards de la course en grignotant un morceau déjà sec d'une galette de riz.

Tibboo, lui, dirigeait la marche en homme connaissant bien le pays.

Ce que ni Euzen Graec'h, ni le Leptcha n'avaient remarqué, c'était qu'à trois milles de là, masquée par un contrefort de la montagne,

VIII. LE BRAHMAPOUTRA

la rivière Manas revenait, par un crochet énorme, offrir l'un de ses bras à moitié sec comme chemin facile aux ravisseurs. Et ceux-ci, traversant à la hâte les fourrés, s'étaient empressés de se jeter dans cette espèce de chemin creux qu'ils avaient suivi au pas de course jusqu'au moment où les eaux grandissantes les avaient contraints de regagner la terre ferme.

De ce second passage, ils avaient laissé la trace que les trois compagnons avaient retrouvée.

Or Tibboo les conduisait à coup sûr. Le farouche Hindou avait traversé dix fois, au moins, cette région. Il y avait même séjourné deux années, pratiquant la trahison avec une patience et un art de dissimulation prodigieux.

C'était lui qui avait été le principal instigateur du soulèvement religieux de la contrée.

Dix ans plus tôt, en effet, trois jésuites, partis de Calcutta, avaient réussi à s'établir au versant oriental de l'Himalaya, dans une lamaserie abandonnée. Ils y avaient fait des prosélytes et baptisé un millier de Bhoutias, de Daplas ou de Michmis. La petite colonie était devenue florissante. Des plantations de riz et de maïs dans la plaine, de thé, de café, de cinchonas, de cotonniers sur les hauteurs, s'étaient rapidement développées, et les industrieux missionnaires s'étaient fait construire, sur leurs propres dessins, deux côtres d'assez grandes dimensions qu'ils avaient lancés sur le Manas.

Mais la haine des fanatiques n'était pas même endormie. Elle veillait, attendant l'heure propice.

Tibboo, délégué par la secte hindoue des sectateurs de Tsonkhapa, fit le voyage de Simla à Nao-kôt, de Nao-kôt à Chigatsé, puis à Tchetang, où il reçut ses derniers ordres. Docile à les exécuter, il descendit chez les Pères, où il s'engagea comme domestique. Sa qualité d'Hindou, c'est-à-dire d'étranger à la région, dissipa leurs méfiances ; sa rare intelligence et son zèle affecté lui concilièrent leurs sympathies d'abord et, bientôt après, leur confiance absolue.

Il en profita pour organiser sournoisement le plus lâche des complots.

Une nuit, trois cents Leptchas, Bhoutanais et Michmis, en armes, envahirent la mission.

Les plantations furent pillées, l'église et le monastère livrés aux flammes.

Les Bouddhistes repoussent l'effusion du sang. Tibboo s'attacha donc à contraindre les religieux à s'enfuir, ne voulant point les tuer. Il ne put éviter, néanmoins, que, dans le tumulte, un des Pères ne fût si grièvement blessé qu'il en mourut sur l'heure, et qu'une dizaine de néophytes ne fussent victimes, en même temps, de l'agression.

Mais le but était atteint. La mission, qui, au bout de huit ans, avait donné de si beaux fruits, était à jamais détruite.

Contraints à fuir, les pauvres Pères abandonnèrent tout ce qu'ils possédaient, y compris les deux bateaux qu'ils avaient su construire avec tant de persévérance et d'habileté.

L'Hindou ne voulait point leur mort ; il était humain. Mais il voulait les éloigner, et il était arrivé au résultat voulu.

Jouant fort adroitement son rôle et abusant de la confiance qu'il avait su gagner, il se fit leur guide pour les conduire en lieu sûr. Les religieux se laissèrent entraîner, et désormais la ruine de la mission catholique fut consommée.

Les autorités anglaises des frontières réclamèrent justice. Peines perdues. Les coupables échappèrent aux revendications de la Grande-Bretagne. Comment les eût-on retrouvés dans ces espaces inexplorés et presque déserts ?

Tibboo connaissait donc le pays. Il savait où retrouver les barques, et c'était à coup sûr qu'il avait entraîné la caravane dans la direction du Manas et avait pu descendre le fleuve.

Une fois engagés dans les deux bras de la rivière, les fanatiques, pour protéger la fuite de Tibboo et des enfants, avaient fait halte en face du village dapla. Rejoints par Euzen Graec'h et ses deux compagnons, ils n'avaient pu que retarder la poursuite.

Maintenant le Breton s'était emparé de l'une des deux barques, et les ravisseurs, serrés de près, n'avaient plus de ressource que dans une fuite par la mer. Le péril était le même pour les deux embarcations.

Le jour venu, Euzen, écrasé par les fatigues accumulées des jours précédents, alla enfin goûter quelques heures d'un sommeil mérité.

VIII. LE BRAHMAPOUTRA

Ce fut Goulab qui prit la barre en attendant, et la course ne fut pas interrompue.

Et, cependant, cette course devenait vraiment périlleuse à mesure que l'on s'avançait.

La branche du Brahmapoutra que suivait Tibboo, faisant fonction de pilote, était une des plus étroites du grand fleuve. Elle mesurait à peine un demi-mille, mais gagnait en profondeur ce qu'elle perdait en largeur.

Le courant y était extrêmement rapide et portait les barques avec une effrayante vélocité.

Le fleuve coulait entre deux rives couvertes de jungles et dont l'abord était défendu par des bancs de sable. Ces jungles n'étaient que les derniers vestiges des Sunderbunds du Gange, et les terres d'alluvion, humides et basses, sur lesquelles elles croissaient, leur donnaient une force de végétation prodigieuse.

Il ne fallait pas songer à prendre pied sur ces berges redoutables, où la mort étend son domaine et manifeste sa présence à l'homme non seulement sous l'aspect des fauves qui pullulent dans les sombres profondeurs de ces bois, des reptiles gigantesques ou venimeux qui hantent les marécages, mais aussi dans l'air empoisonné de miasmes délétères.

Aussi, enfermés dans les deux rives comme dans les cornes d'un dilemme, Tibboo et ses hommes ne pouvaient plus s'échapper que par l'issue ouverte de la mer, à moins qu'ils ne trouvassent quelque canal latéral leur permettant de fuir par la tangente, en se dérobant à l'implacable surveillance de leurs ennemis, ou qu'ils n'essayassent de remonter le courant impétueux, même au prix d'une bataille à livrer aux blancs qui étaient acharnés à leur poursuite.

Trois jours durant, la course continua ainsi, à peine suspendue par les courtes haltes que le besoin de s'approvisionner en vivres imposait aux deux équipages.

Car ce que ni les uns ni les autres n'avaient eu le temps de préparer, c'étaient les provisions indispensables à un voyage aussi prolongé. Les biscuits, la viande sèche, les fécules de riz et de salep, le chocolat emporté par Euzen et ses compagnons touchaient à leur fin et, par trois fois, il avait fallu stationner sur la rive pour abattre quelque gibier à plume qu'on avait fait cuire à la diable pour remplacer par de la viande fraîche la nourriture trop rudimentaire des conserves.

Mais, instruits par l'expérience et prévoyant les misères du parcours, le Breton et ses amis s'appliquèrent à faire de leur plomb l'usage à la fois le plus parcimonieux et le plus efficace.

On s'attacha à ne tuer que les bêtes susceptibles de supporter une certaine conservation. Par bonheur la provende se trouva abondante : paons, faisans, couroucous, pigeons-poules et cailles des jungles, approvisionnèrent copieusement le garde-manger du bateau.

Les fruits ne manquaient point, poussés à l'état sauvage. On amoncela les ananas, les bananes, les mangues.

Et dès lors on put contempler avec moins d'effroi les perspectives d'une course jusqu'à la mer.

À dire le vrai, Euzen Graec'h ne croyait point que ses adversaires iraient jusque-là.

Il espérait que, se voyant pris entre la mer et les hommes, ils préféreraient transiger avec ceux-ci, capables, après tout, de faire grâce et de pardonner leurs méfaits, à la condition qu'on leur remît les enfants.

Il laissa donc courir la barque sans se préoccuper autrement, convaincu qu'on aboutirait à une capitulation.

Cinq jours durant, le cours du fleuve se déroula dans sa majestueuse bordure de jungles et de forêts.

Le matin du sixième jour, l'allure de la barque devint fatigante.

Un tangage significatif annonça le voisinage immédiat de la mer.

Et quand le soleil fut levé, Euzen, émerveillé et terrifié à la fois, vit autour de lui s'étendre, à perte de vue, des espaces couverts d'eau salée, du milieu desquels émergeaient des îlots couverts d'herbes et de joncs marins.

On était sorti des forêts, et on les voyait comme une large barrière verte à l'horizon du nord.

On se trouvait actuellement dans le delta géant des deux fleuves réunis, et les eaux qui couvraient cet espace étaient celles des grandes marées d'équinoxe. Au jusant, il n'y avait plus là que le cloaque empesté des lagunes.

VIII. LE BRAHMAPOUTRA

Et tout au fond, au midi, une ligne blanche ondulait, écumeuse. C'était la mer, la vraie mer.

« À Dieu va ! s'écria le marin en se signant. Nous sommes dans l'inconnu. »

Et, comme il avait fait sur la pirogue, il fit flèche de tout bois, ou plutôt voile de toute toile, et le cotre, emporté d'une allure désordonnée, fiévreuse, se mit à bondir malgré le flot et à gagner sur les fugitifs.

Une heure plus tard, la barre, en ce moment très faible, était franchie.

Il y avait juste deux semaines que le rapt avait été commis et qu'Euzen avait quitté la montagne de Tamlong.

IX. LE CYCLONE

Sonia n'avait jamais vu la mer.

Pour Michel, c'était autre chose. Il avait tout près de sept ans lorsque son oncle était venu le chercher pour l'emmener avec lui dans l'Inde. De cette traversée d'un mois, le gamin avait gardé un impérissable souvenir. Il est rare que les enfants éprouvent les mêmes malaises que les grandes personnes. Aussi le petit garçon n'avait-il conservé la mémoire que des jeux auxquels il s'était livré sur le pont du grand steamer des Messageries, et des distractions grandioses que lui avait procurées le voyage.

Il n'éprouva donc pas trop de mécompte au moment où, après une marche forcée de cinq heures, les fanatiques qui l'emmenaient l'embarquèrent, ainsi que sa compagne, sur l'un des deux bateaux volés aux missionnaires. Sonia, elle, maintenant ranimée, eut grand'peur à la vue de l'eau. Elle jeta des cris.

Mais Michel, dominant son propre chagrin, s'appliqua à consoler sa compagne.

« Mais où allons-nous donc ? questionnait la fillette, ahurie.

– Je ne sais pas, Sonia, répondit Michel dont le cœur était gros à éclater.

– Est-ce que cet homme n'avait pas dit qu'il nous ramènerait à la villa ?

– Oui, il l'avait dit.

– Alors, pourquoi ne nous ramène-t-il pas ?

– Je ne sais pas, Sonia. »

C'était la seconde fois que Michel faisait cette réponse qui n'en était pas une. Et, cette fois, il ne fut pas maître de sa douleur, il ne put contenir le chagrin qui l'étouffait.

Un sanglot éclata dans sa gorge et de grosses larmes roulèrent sur ses joues.

« Tu pleures, s'écria la petite fille avec déchirement. Tu pleures. Michel ! Pourquoi pleures-tu ? »

Il essaya de raffermir sa voix pour mieux parler, de se donner à lui-même du courage.

« Je pleure parce que je me suis fait mal à la tête en voulant me lever. C'est si étroit, cette chambre où nous sommes. »

Oh oui ! c'était bien étroit, cette pauvre cabine du cotre, quoique celui-ci fût de grandes dimensions. Aménagée pour recevoir cinq personnes au plus, la chambre en contenait présentement sept, sans parler du chien Duc et du singe Boule. Il est vrai que ce dernier tenait si peu de place !

C'était dans la partie la plus haute de la chambre qu'on avait installé les enfants.

À l'avant, dans l'espèce de trou anguleux qui recevait le mât, étaient accroupis les deux Leptchas et les deux Malais.

Ces quatre « gardes du corps » n'avaient pas quitté les petits captifs depuis leur enlèvement.

Peu à peu, le contact journalier, le culte dont ils étaient l'objet, avaient mis dans l'âme des jeunes blancs une sorte d'affection, presque de pitié, pour ces adorateurs fanatiques dont la foi leur imposait un attachement si importun. Malgré ses tristesses, Michel ne pouvait tenir rancune contre ces pauvres sauvages, à la fois fidèles et geôliers de leur dieu. Bien des fois, il avait eu envie de leur crier : « Mais vous êtes des sots. Je ne suis point un dieu incarné, un Bouddha, comme vous me nommez. Je suis un enfant que vous faites souffrir en l'éloignant de tous les êtres qui lui sont chers. Rendez-moi à ma famille et à mes amis, et je vous comblerai de

IX. LE CYCLONE

bénédictions, je prierai même pour vous le seul vrai Dieu, auquel je crois, et qui n'exige pas de ses croyants un culte aussi gênant pour lui. »

Mais, ce discours, il n'avait pu le tenir, pour deux excellentes raisons, dont la meilleure était que les farouches adorateurs ne l'eussent pas compris.

En outre, il craignait, en parlant de la sorte, de détruire la confiance qui soutenait Sonia.

Il l'avait vue si malade pendant la dernière étape de la montagne et à l'entrée du Téraï, qu'il redoutait de la voir retomber en cet état.

Pourtant, ce jour-là, son cœur s'était tellement gonflé qu'il avait failli laisser échapper son secret de douleur.

Le cotre voguait néanmoins, et Tibboo, qui remplissait les fonctions de capitaine en même temps que celles de pilote, gouvernait avec une habileté consommée, évitant les parages dangereux, maintenant la barque dans le lit des eaux profondes.

Depuis qu'il se savait poursuivi, l'Indien avait redoublé de prudence. Vingt fois, il avait eu l'espoir de se jeter dans l'un des innombrables canaux qui relient entre elles les bouches du fleuve.

Mais depuis la surprise qui avait livré à Euzen le second des deux cotres, il redoutait qu'une fausse manœuvre le mît brusquement en contact avec ses ennemis acharnés. Il ne savait point au juste quels ils étaient, mais l'implacable ténacité de la poursuite lui donnait à croire qu'il avait affaire à Merrien en personne, aidé de son fidèle Breton.

Certes Tibboo sentait tout le danger de cette fuite sans arrêt vers le sud.

Outre qu'elle le mettait aux prises avec les périls de la navigation, qu'elle le contraignait à traverser des régions insalubres et dont les pernicieuses influences pouvaient être fatales aux enfants, elle offrait l'inconvénient de plus en plus grave de l'éloigner des frontières de l'est et des chemins du Tibet, but et terme de cette course aventureuse.

Mais il était impossible de revenir en arrière, le passage était fermé.

Il fallait donc fuir, et fuir au plus vite. En cette fin d'août où les chaleurs deviennent intolérables, la santé des petits captifs ne pouvait s'accommoder d'un séjour prolongé dans cette boîte flottante où ils manquaient d'air. En outre, le moment de l'année était dangereux par la fréquence des bourrasques qui soufflent du sud. Enfin, les vivres avaient manqué à plusieurs reprises, et si Tibboo avait pu obtenir du fanatisme des Leptchas qu'ils jeûnassent des jours entiers au profit de leur étrange tentative religieuse, il ne comptait qu'à moitié sur le dévouement et l'abnégation des Malais, dont il connaissait depuis longtemps la férocité native, imparfaitement tenue en bride par une crédulité chancelante.

C'était donc la carte forcée, l'inéluctable nécessité imposant la seule issue.

Et dans cette nécessité, pourtant, le lutteur infatigable voyait encore surgir une espérance.

La côte atteinte, on mettrait le cap sur l'est ; on élongerait les terres basses, creusées de criques, et, dès qu'on serait sorti du delta maudit, on prendrait terre sur le premier promontoire venu. Et, s'il fallait livrer bataille, on la livrerait là, à des adversaires fatigués, débilités par la température de flamme et les fatigues exténuantes du voyage.

Une solution plus simple était de renoncer à la lutte, de restituer les enfants.

Elle ne vint même pas à l'esprit du fanatique Hindou. Abandonner la lutte, trahir la confiance des saints qui, à trois reprises, à Chigatsé comme à Nao-kot, à Tchetang comme à Chigatsé, lui avaient donné la mission de ravir aux blancs l'enfant destiné à devenir l'exterminateur de leur race, non, cela Tibboo ne pouvait le concevoir, ni même permettre à sa pensée de s'arrêter un seul instant sur une hypothèse aussi déshonorante.

C'était donc pour ces diverses raisons qu'il avait résolument lancé la barque dans l'inconnu.

On avait franchi la barre mouvante qui ferme presque tous les estuaires de l'Orient comme de l'Afrique. Les deux cotres, conservant leurs distances, couraient, toutes voiles dehors, sur l'eau calme de l'océan Indien.

Tibboo avait imité Graec'h et, comme il était mieux pourvu en toiles et en couvertures, il avait chargé sa barque de l'avant à l'ar-

IX. LE CYCLONE

rière. Comme si un démon eût servi ses projets, le vent avait fait une saute au sud et poussait les deux bateaux vers les côtes encore invisibles de l'Assam.

Déjà la différence de voilure favorisait l'Hindou.

En quelques heures il eut pris une telle avance sur son adversaire que Graec'h, désespéré, s'abandonna à son découragement.

Mais, alors, quelque chose se montra sur l'horizon qui rendit l'espérance au brave marin.

La main sur ses yeux, il regardait décroître la barque qui emportait les enfants, quand, brusquement, il lui parut qu'elle virait et gagnait la côte sous un angle fort aigu, comme pour se dérober à un péril.

Une tache noire, bientôt convertie en une traînée de flocons gris-blanc, se dessinait au sud-est.

Elle grandit, monta et bientôt se dessina sur le fond bleu du ciel le profil d'un navire avec ses deux mâts inclinés et sa double cheminée surmontée d'un long panache de fumée.

Euzen jeta un cri de joie et, s'élançant à l'avant du cotre où Goulab et Saï-Bog, assis, devisaient, les jambes pendantes :

« Hé, les camarades, appela-t-il d'une voix vibrante, voyez donc la chance, qui nous arrive. »

Et, comme le Kchatrya et le domestique paraissaient ne pas comprendre, il ajouta :

« Mais voyez donc, regardez là-bas, à tribord. Un stationnaire qui nous a vus et qui vient sur nous. »

Il disait vrai. Le vaisseau grandissait à vue d'œil et se rapprochait. Soudain une détonation ébranla le silence de la côte et fit rouler sur les échos une longue trépidation.

« Ça, fit Euzen, c'est une sommation. Ça veut dire : « Avance à l'ordre, que je te fasse passer la visite. »

Il regarda derechef l'embarcation qui portait Tibboo et les captifs. Loin d'obéir à la mise en demeure, la barque maudite continuait à fuir vers la côte.

« Va ! va ! ricana le marin railleur, tu peux filer autant qu'il te plaira : tu n'iras pas bien loin à cette heure. »

Un deuxième coup de canon retentit, qui parut ne pas émouvoir davantage les fugitifs.

« Ah ! gronda Euzen en serrant les poings, comme on voit bien que les coquins ne craignent pas les boulets, car ils savent que les croiseurs sont avertis et qu'à cause des enfants, ils ne couleront pas leur sabot. Seulement, il est probable que le canot à vapeur va leur donner la chasse dans les grands prix. »

Il ne se trompait pas. Des flancs du vaisseau venait de se détacher une chaloupe à vapeur.

Euzen Graec'h mit le cap sur celle-ci, désireux d'entrer en relations avec les « camarades ».

Car il venait de voir flotter les trois couleurs à la corne du stationnaire.

« Bravo ! cria-t-il en trépignant d'enthousiasme ; bravo nous faisons nos affaires tout seuls. Vive la France ! »

Hélas ! cette joie ne devait pas être de longue durée.

Le canot à vapeur ne s'était pas éloigné de plus d'un mille du vaisseau, que Graec'h le vit soudain stopper.

Du croiseur, des signaux venaient, lui enjoignant de rebrousser chemin. Et, malgré les appels désespérés du marin et de ses compagnons, il obéit aux ordres venus du bord.

Du cotre, on put le voir virer sous le vent et reprendre à toute vitesse le chemin du stationnaire, qui s'éloignait, lui aussi.

« Malloz ! rugit le Breton dans sa langue maternelle. Voilà qu'ils nous laissent en panne, les faillis chiens. Ah ! si… »

Il n'acheva pas la phrase commencée.

Un coup d'œil au ciel venait de lui donner le mot de l'énigme, de lui révéler le motif de l'inexplicable attitude du vaisseau.

À l'ouest, le firmament s'était rapidement obscurci.

Un voile bistré, à reflets de cuivre, s'étendait sur la mer, gagnant de proche en proche, dévorant l'azur, ou plutôt l'engloutissant, tant était prompte la marche de l'ombre sinistre sur la face des eaux.

« Ho ! ho ! gronda le marin. Que Dieu ait pitié de nous, et des pauvres enfants aussi ! Voilà la tornade ! »

Oui, c'était bien l'effrayant météore qu'on nomme *tornade*, ou *tor-*

IX. LE CYCLONE

nado, dans la mer des Antilles, *cyclone* partout ailleurs, et que les physiciens et les naturalistes classent dans la famille des perturbations atmosphériques appelées *trombes*.

Il accourait avec une vitesse prodigieuse, une vitesse double ou triple de celle d'un train-éclair.

Et, à mesure qu'il s'approchait, la mer, sous une pression énorme, se déprimait par places, se gonflait en lames monstrueuses, et, tout autour de la pauvre petite barque perdue sur la nappe immense, les vagues clapotaient et bouillonnaient comme les cuves d'une chaudière infernale. Avant une demi-heure, le phénomène serait dans toute sa force.

C'était cette approche terrible que Tibboo avait pressentie, et c'était la crainte du météore bien plus que celle du stationnaire français qui l'avait repoussé vers la côte, dans l'espoir de trouver un refuge dans quelque anse solitaire et abritée.

Car il ne s'était aperçu de la présence du vaisseau qu'après avoir vu la menace de l'ouragan.

Et tout aussitôt il s'était mis à gagner le rivage, sachant bien que là où une barque trouve son salut, un navire de fort tonnage ne rencontre que la destruction et la ruine. Il se disait donc avec raison que le canot à vapeur lancé à sa poursuite ne pousserait pas fort avant sa course, qu'il serait contraint de rallier le croiseur, forcé lui-même de gagner le large pour fuir au plus tôt devant la tempête et éviter d'être pris dans la zone de giration.

Ses prévisions étaient fondées. Le voisinage de la terre offre de terribles dangers aux vaisseaux, parce que, le plus souvent, les cyclones donnent lieu à ce phénomène de dépression connu sous le nom de *raz de marée* qui, parfois, vide une rade ou un bassin à la façon d'une cuvette et, les remplissant avec la même impétuosité, brise avec une violence inouïe tous les obstacles qu'on lui oppose.

Rassuré contre les éventualités d'une chasse qui en tout autre moment eût été désastreuse pour lui, l'Hindou ne l'était pas contre les menaces de la trombe. Soucieux, il s'était emparé de la barre et gouvernait en eau profonde, regrettant maintenant les terres basses et les lagunes, au sein desquelles les chances de naufrage sont moins nombreuses.

Tout son effort tendait maintenant à doubler un promontoire

rocheux qui, se projetant dans la mer, pouvait briser la force des lames qu'on voyait accourir du sud-ouest furieuses et pressées comme pour donner un assaut général à la terre.

Un instant, il descendit dans la chambre et jeta sur les deux petits captifs un regard qui eût été presque paternel sans l'éclair de farouche entêtement qu'y allumait le fanatisme religieux poussé à son paroxysme.

Las de pleurer en commun, les enfants s'étaient endormis profondément.

De son bras gauche replié, Michel faisait un oreiller à Sonia, dont la tête blonde reposait sur son épaule.

Blotti contre le corps de la petite fille, Boule se faisait le plus petit possible, les membres agités d'un tremblement.

À leurs pieds, Duc accroupi semblait partager la même terreur. De temps en temps, il relevait sa belle tête et laissait échapper une brève et sourde plainte qui n'interrompait pas le sommeil des pauvres innocents.

Les animaux ont, on le sait, grâce à leur nervosité plus affinée, le pressentiment des grands cataclysmes de la nature.

Ce détail, Tibboo ne l'ignorait point. Il savait donc que la terreur de Duc et de Boule était le présage d'une furieuse tourmente.

Il remonta sur le pont et, bien que le vent grossît de seconde en seconde, chargea le bateau de tout ce qu'il put y ajouter de toile.

Les rafales se succédaient avec une violence croissante. L'une d'elles pencha le bateau, qui donna de la bande. La pointe du gui effleura l'eau. Les deux Leptchas poussèrent un même cri d'épouvante.

Hommes des montagnes, ils ignoraient la mer et ses périls. Et maintenant qu'ils la connaissaient, ils en avaient peur.

Il est vrai que tout le monde eût tremblé comme eux, tant le spectacle devenait effrayant.

Le ciel, envahi par les sombres nuées, avait pris une couleur indécise et terne qui devenait plus sombre à chaque instant.

Par une sorte de tache circulaire à l'occident, quelques rayons d'un soleil sinistre s'épandaient obliquement à la surface de l'océan et donnaient au paysage une teinte lugubre. On eût dit d'une échappée de vue sur l'Enfer.

Les vagues gonflées en montagnes se hérissaient d'une écume livide. Elles n'avaient pas ces longues ondulations qui emportent les navires comme des fétus. Elles se levaient et s'écroulaient sur place, sans se déplacer, et la barque, poussée cependant par les rafales furieuses, n'avait pas l'air de gagner du terrain.

Tibboo quitta une seconde fois la barre et descendit, le front plissé, dans la chambre.

Quels sentiments agitaient l'âme de cet homme de bronze ? Éprouvait-il un remords ?

Il se pencha sur la couche étroite où reposaient les petits prisonniers.

Les enfants dormaient toujours.

L'effroyable bouleversement de la nature, le conflit des éléments déchainés ne troublaient point ce sommeil d'innocence.

Le fanatique demeura quelques secondes à peine en face de cet émouvant tableau.

Puis, secouant sa tête intelligente comme pour en chasser une pensée obsédante, il remonta sur le pont.

Quand il reprit la barre, il n'était que temps. Le Leptcha qui l'y avait remplacé, fou de terreur, claquant des dents, n'avait plus la force de tenir l'esquif. Il pendait, accroché à la barre, comme une loque abandonnée au vent.

Tibboo lui enjoignit de rentrer dans la chambre et d'en rabattre le panneau.

Et alors il resta seul, farouche, dans son entêtement de sectaire, seul pour diriger la barque, seul pour manœuvrer les écoutes.

Le fatalisme de la résignation lui donnait une force surhumaine, sublime.

Si Dieu avait choisi cet enfant blanc pour l'accomplissement de ses grands desseins en faveur de sa religion sainte, il saurait le conserver malgré les obstacles de la nature unis à la résistance de l'homme, puisque ce trouble de la nature, c'était lui, l'être suprême et omnipotent, qui l'avait voulu.

Cette croyance aveugle était en même temps consolante pour

Tibboo.

S'il mourait, lui, Tibboo, n'était-ce pas qu'il était un instrument indigne, en tout cas inutile. Dieu, qui n'a pas besoin du concours des hommes, saurait bien achever son œuvre tout seul. Il sauverait l'enfant prédestiné.

Oui, mais cela n'empêcherait point cet enfant de souffrir dans ses plus chères affections.

Et cet homme, que le fanatisme rendait cruel, s'apercevait qu'il était obligé de se vaincre lui-même pour faire son « devoir ».

Il trouvait un cœur dans sa poitrine de bronze, et ce cœur était en proie à un trouble profond.

Ces enfants qu'il avait ravis pour obéir aux prescriptions des « saints », voilà qu'il les aimait.

L'homme n'est point le maître de son cœur, il ne peut commander à l'amour, bien qu'il puisse le combattre.

Or Tibboo qui, jusqu'alors, n'avait éprouvé aucune émotion tendre, se sentait ému pour la première fois.

Ces enfants placés sous sa garde, qu'il devait remettre à ceux qui lui avaient donné mission de les conduire, ils lui devenaient aussi chers que s'ils eussent été ses propres enfants, nés de son sang. Il n'avait jamais été père, n'ayant pas de famille, et c'était une tendresse toute paternelle qu'il éprouvait pour ces créatures étrangères, issues d'une race qu'il abhorrait. Un désir qu'il ne s'expliquait pas naissait en lui de concilier ce qu'il jugeait son devoir avec l'affection singulière qui le gagnait progressivement.

Et c'était à cette double influence qu'obéissait Tibboo en luttant contre la tempête pour assurer le salut des enfants.

Elle devenait de plus en plus furieuse, de plus en plus acharnée, cette lutte.

Le cotre parvenait à peine à se maintenir. Les rafales le ballottaient avec une telle violence que Tibboo dut amener la voile.

Ce ne lui fut pas une facile besogne au milieu du vortex qui tenait le bateau.

Le gui, arraché à sa main, l'atteignit en pleine poitrine, et le jeta sanglant au pied du mât.

IX. LE CYCLONE

Meurtri, aveuglé, trempé par les vagues, l'Hindou se releva pourtant.

Il parvint à détacher la drisse, et la toile, glissant sur le mât, l'ensevelit dans ses plis.

Il, s'en dégagea péniblement, et ressaisit la barre en même temps que l'écoute du foc.

Mais alors il s'aperçut que ni voile, ni gouvernail n'étaient plus d'aucun secours.

L'ouragan était dans toute sa force. La tornade arrivait sur la barque, creusant son effroyable cuvette. C'était un homme plein de courage, ce fanatique aveuglé par sa foi.

Et pourtant, lui-même sentit fléchir son courage et, plein du sentiment de son impuissance, ferma les yeux pour ne plus voir.

Car le spectacle était de ceux que la raison, pas plus que les prunelles de l'homme, ne peut supporter.

Aussi loin que s'étendit la vue, dans le cercle immense de l'horizon, ce n'étaient que vagues soulevées et hurlantes. Une ébullition monstrueuse gonflait la nappe et la crevait par des extumescences formidables.

L'écume couvrait toute la face de la mer, et, chaque fois que les lames exaspérées se dressaient, telles que des murailles liquides, elles faisaient une ombre glauque dans cette atmosphère déjà si pleine d'ombre, au sein de laquelle on ne respirait plus.

La barque n'était plus qu'une épave sans guide et sans direction.

Tantôt saisie par l'invisible main qui fouettait l'océan en délire, elle s'élevait au sommet d'une vague et bondissant, ainsi qu'une balle élastique, par-dessus des abîmes noirs, tapissés d'épouvantements ; tantôt, abandonnée par la lame, elle s'engloutissait en une profondeur béante et les sinistres parois du gouffre se rejoignaient au-dessus d'elle.

D'autres fois, prise par le vortex, emportée dans la succion du tourbillon, elle subissait de tous les côtés à la fois, sur tous ses flancs, une pression prodigieuse qui faisait, craquer le bordage et arrachait des sanglots de détresse à la carène désemparée.

Une rafale vint qui emporta le bout-dehors avec le foc, et le cotre ne fut plus qu'un bouchon flottant dans l'écume.

Pierre Maël

Une autre s'en prit au mât, et le rasa d'un seul coup, comme un arbre abattu par la cognée du bûcheron.

Combien dura cette épouvantable détresse ?

Nul n'aurait su le dire, et Tibboo moins que tout autre assurément.

Lorsqu'il avait compris que tout effort était désormais inutile, l'Hindou, en fataliste qu'il était, s'était remis aux mains de son dieu. Mais, par mesure de prudence, en homme qui défend jusqu'au bout sa vie, il avait passé à sa ceinture un assez long filin attaché au pied du mât rompu. Puis, de ses doigts crispés et durs comme des ongles de grappin, il s'était accroché au bastingage, couché de toute sa longueur, afin d'offrir moins de prise aux happements soudains de la lame.

Et de la sorte, il avait roulé et tangué avec la barque, tantôt à la crête des vagues, tantôt enseveli sous l'écroulement des avalanches liquides, parfois emporté par-dessus bord, mais retenu à point nommé par la tension brusque de la corde qui lui sciait les hanches et la ceinture, presque asphyxié, privé de sentiment, n'ayant plus pour le soutenir que l'instinct de la résistance, conservateur de l'énergie vitale, parvenue au plus haut degré de tension inconsciente.

Le cyclone dura quatre heures, portant la désolation et la mort sur tout le rivage de la mer des Indes.

Il fut fameux, cette année-là, par les affreux ravages qu'il exerça jusque dans l'intérieur des terres. D'innombrables barques furent jetées à la côte. Des steamers et des voiliers se perdirent corps et biens. Dans le port même de Calcutta, un navire de mille tonneaux fut lancé, par-dessus murs et maisons, dans un jardin où il vint s'écraser.

Et au bout de ces quatre heures d'agonie, le cotre, brusquement saisi par une rafale suprême, doubla le promontoire qui rompait la force du vent, et, poussé par une impulsion surnaturelle, vint s'écraser sur un amas de roches à fleur d'eau que le jusant aurait certainement découvertes si la tempête n'avait pas sévi avec une semblable violence.

Un choc violent s'était produit, et le cotre s'était lourdement cloué sur les pointes aiguës des récifs.

IX. LE CYCLONE

X. DANS LE DÉSERT

Le choc avait été si rude, la secousse si violente, que les enfants s'étaient éveillés. Et dans le premier instant, sous la dense obscurité qui régnait dans ce coffre de bois flottant, une terreur sans nom les étreignit. Une longue plainte s'exhala de leurs poitrines oppressées, et, à cette plainte, un cri d'effroi de Duc fit écho.

« Duc, Duc ! es-tu là ? » appelèrent en même temps les pauvres petits.

Cette voix de leur compagnon avait été pour eux comme une première consolation.

Mais, hélas ! elle ne pouvait leur donner une espérance.

À la faveur de la maigre lueur filtrant à travers les planches du capot, ils pouvaient maintenant discerner les objets.

Leurs yeux s'étaient faits à ces demi-ténèbres, et ils voyaient dans l'étroit boyau placé devant eux leurs quatre gardiens, fous de terreur, se voilant la face de leurs mains et proférant de sourds appels de désespoir.

Au-dessus de leurs têtes, sur le pont, sur les flancs de l'embarcation, un vacarme assourdissant se produisait.

À ce vacarme se mêlaient d'effroyables secousses. Des heurts terribles, capables de défoncer la cloison du frêle esquif, se produisaient, ajoutant à l'horreur d'une situation dont ils ne pouvaient mesurer la gravité.

« Michel, où sommes-nous ? questionna la petite fille d'une voix étranglée.

– Nous sommes toujours sur le bateau, Sonia, je pense », répondit le petit garçon.

Un nouveau choc, plus violent encore, fit craquer la membrure et jeta les enfants l'un sur l'autre.

Ce fut, il est vrai, le dernier. Tout mouvement s'arrêta, et le bateau ne bougea plus.

Mais le bruit, le bruit terrible, assourdissant, continuait, et pendant une durée inappréciable il fut le seul symptôme d'une vie extérieure qui parvint aux oreilles des captifs et de leurs compagnons, enfermés dans l'affreuse boîte.

Au bout d'un temps qu'on pouvait évaluer à un quart d'heure, il parut aux témoins passifs du drame que quelque chose se mouvait autour ou au-dessus d'eux. Il leur sembla qu'on marchait sur le pont, sur leurs têtes.

Ils ne se trompaient pas. Tibboo avait repris ses sens. Brisé, saignant, il s'était ranimé par une soudaine énergie.

Et tout à coup un bruit très net, que l'on ne pouvait confondre avec le fracas des eaux, retentit.

Sous une traction de l'extérieur, le capot de la chambre se releva ; un flot de jour et d'air inonda le coffre.

Mais ce jour était terne et sinistre, cet air humide et étouffant. Qu'importait ! Les gardiens, aussi bien que les enfants, accueillirent d'une exclamation de joie ce retour de la lumière.

Debout sur le pont, prêt à descendre dans la chambre, Tibboo jeta deux ou trois brèves injonctions.

Elles se perdirent dans le vent. Sa voix fut couverte par le tumulte des vagues.

Sans même prendre la peine de se tenir aux marches, l'Hindou sauta dans la cabine.

Là, avec de furieuses démonstrations qu'accentuait encore le terrifiant aspect de sa face tuméfiée et sanglante, il répéta les ordres en formules brèves auxquelles les Malais comme les Leptchas s'empressèrent d'obéir.

Ils escaladèrent l'échelle. Mais à mesure que leurs têtes dépassaient l'ouverture du coffre, ils avaient un mouvement de recul, et, de leur place, les enfants, alarmés, pouvaient suivre sur leurs physionomies et dans leurs yeux l'expression terrifiante de l'effroi que leur inspirait sans doute le tableau qu'ils voyaient se peindre à l'extérieur.

Ils sortirent néanmoins, tremblant de tous leurs membres, et s'arrêtèrent accroupis aux bords de l'écoutille.

Alors Tibboo s'avança vers les enfants et leur adressa paternellement la parole en hindoustâni.

« Il faut sortir aussi, *baba*. Nous ne pouvons plus rester ici.

X. DANS LE DÉSERT

– Est-ce que nous sommes arrivés à la villa ? demanda ingénument Sonia.

– Pas encore, répondit évasivement l'Hindou, mais nous nous en rapprochons. »

Michel se leva le premier et se pencha pour sortir de l'affreuse niche.

Tibboo lui tendit la main pour l'aider. Ce que voyant, Duc, animé sans doute d'un ressentiment motivé, montra les dents à l'Hindou et fit mine de se jeter sur lui. Tibboo recula prudemment.

Mais le petit garçon imposa silence au chien et, soutenu par son geôlier, grimpa par l'échelle sur le pont.

Puis ce fut le tour de Sonia, qui tremblait et dont les dents claquèrent d'épouvante quand elle se vit en face de la géhenne écumante et rugissante.

Après quoi, Duc fut hissé par la même voie, les quatre gardiens s'occupèrent de retirer de la boîte les armes et les rares provisions.

Michel et Sonia s'étaient tout de suite enlacés pour se prêter un mutuel appui contre la fureur des rafales sur ce plancher étroit et glissant, détrempé par l'eau de mer et sur lequel le pied n'avait plus aucune prise.

Devant eux, Duc étendu, les yeux fixés sur ses jeunes maîtres, semblait leur faire un rempart de son corps.

Et les enfants, grelottants de terreur, sentaient la folie leur entrer par les yeux dans le cerveau.

Tout autour d'eux le gouffre se creusait en un entonnoir monstrueux d'où s'échappaient des sifflements de reptiles et des clameurs d'âme en peine. Le bateau nageait dans une neige bouillonnante sans remuer pourtant.

Il ne pouvait pas remuer, en effet. La lame qui l'avait cloué là, sur une pointe aiguë, l'avait littéralement encastré dans une fissure de roche dont les parois le retenaient captif comme les mâchoires d'un étau.

Et si les spectateurs eussent osé se pencher sur le plat-bord, ils auraient pu voir, de temps à autre, dans les éclaboussures décroissantes de l'écume, le fond noir du récif que le jusant commençait à découvrir.

Pierre Maël

Ce récif se rattachait à la terre ferme par une sorte d'isthme ou de chaussée, couverte en ce moment, mais dont le parcours, d'un demi-kilomètre environ, devait s'accomplir assez aisément à mer basse.

À cette distance, en effet, la côte apparaissait, d'abord sablonneuse, coupée de lagunes, d'arroyos et de palétuviers, bientôt après se relevant en coteaux les uns pelés et nus, les autres vêtus d'une végétation luxuriante.

Les voyageurs étaient sauvés pour le moment. À dire le vrai, ils l'avaient échappé belle.

Sans doute le déplacement du cyclone avait dû s'accomplir selon une ligne oblique, et les cercles extérieurs de la cuvette, par un remous inespéré, avaient chassé la barque désemparée vers le cap entrevu par Tibboo.

L'énergie de celui-ci et son audace désespérée n'avaient pas peu contribué à assurer le salut.

Car ce salut, il le devait à la témérité hasardeuse qu'il avait déployée en mettant toutes voiles dehors.

Maintenant il fallait se résigner et attendre que le reflux permît d'atterrir.

Les naufragés n'en étaient pas moins dans la plus critique des situations.

Autour d'eux, la mer démontée faisait rage, et bien que le jusant fît rétrograder les lames, le plus grand nombre d'entre elles venaient encore battre la coque de leurs coups de bélier. Impuissantes à arracher la barque de l'effrayant pivot sur lequel elles l'avaient assis, elles ne l'étaient pas pour le détruire et le déchiqueter en détail.

Quant à la chaussée de roches qui reliait l'îlot à la terre ferme, elle n'était pas encore visible dans le bouillonnement des ondes furieuses, et l'œil n'en pouvait deviner la trace sous l'écume hurlante du gouffre.

La mort était donc là, en perspective sous les yeux, une mort affreuse, précédée d'une lente agonie, puisque la lente retraite de l'eau laissait l'embarcation au caprice des lames de fond, toujours possibles, vraisemblables même après une tourmente semblable.

À chaque glauque extumescence qu'ils voyaient se dresser sur la

X. DANS LE DÉSERT

mer, les spectateurs atterrés croyaient leur dernière heure venue.

Ils regardaient d'un œil hébété la montagne liquide se former de bourrelets successifs, de masses conglomérées et fondues. Ils voyaient les crêtes toutes blanches s'élever de huit ou dix mètres, comme prêtes à s'effondrer sur le pauvre bateau en détresse, murailles vivantes dont les parois étaient comme une trame liquide au travers de laquelle la lumière apparaissait verdâtre sous le soleil lugubre et pâle qui éclairait cette scène de désolation.

Et derrière eux, par la plus cruelle des ironies, le firmament se dégageait des nuées. L'azur y recouvrait son empire, et les reflets, si ternes, si spectraux sur la mer, étaient gais et riants sur les verts horizons de la côte.

Brusquement la petite Sonia s'échappa des bras de Michel en jetant un cri :

« Boule ! mon petit Boule qui se sauve. Il va tomber dans l'eau. »

Le singe, en effet, avait quitté l'épaule de la fillette, son perchoir habituel, peut-être pour échapper à ce vent qui le glaçait, et avait sauté sur le pont où il s'était réfugié sous la chaude fourrure du chien étendu aux pieds des enfants.

Et par malheur, en voulant le rattraper, Sonia avait perdu l'équilibre et glissé sur le pont.

Un seul cri d'effroi avait jailli des six poitrines.

L'enfant avait roulé sur la pente, et, comme la barque s'inclinait à l'avant, où nul garde-corps ne bordait la coque, elle n'avait été arrêtée dans sa chute par aucun obstacle formant barrière au-devant d'elle. Dans l'effort qu'elle fit pour se relever, elle accéléra sa chute. Derechef elle perdit l'équilibre et passa par-dessus le bord.

Juste au-dessous d'elle le rocher finissait. Un trou à pic de vingt mètres de profondeur se creusait sous l'étrave du cotre.

On entendit le bruit clapotant de l'eau. Sonia avait disparu.

Tibboo n'hésita point. Au risque de sa vie, il prit pied sur le récif, prêt à plonger à son tour.

Hélas ! il était à craindre que dans ce ressac furieux un tourbillon n'eût saisi et entraîné l'enfant plus au large.

Mais quelqu'un, une autre créature vivante, avait devancé l'Hindou.

Duc avait vu toute la scène et, d'un bond, s'était jeté, lui aussi, en eau profonde.

Il y eut quelques secondes d'une indicible angoisse pendant lesquelles Michel, les mains tendues, sanglotait, appelant sa sœur d'adoption, suppliant ses fidèles, qui étaient en même temps ses gardiens, de lui rendre sa petite amie.

Et soudain l'on put voir la tête de l'enfant émerger des remous, puis son bras droit, puis tout son buste, soutenu par la gueule robuste du brave chien qui faisait des efforts désespérés pour remonter avec son fardeau sur la roche perpendiculaire.

Tibboo s'empressa de venir en aide aux efforts désespérés du vaillant animal. Il saisit par le milieu du corps la fillette évanouie et, la soulevant au bout de ses bras nerveux, parvint à la hisser jusqu'au pont du cotre, où les deux Leptchas la prirent et descendirent avec elle dans l'intérieur de la cabine.

Le chef des ravisseurs s'était enlevé à la force du poignet, non sans avoir fait remonter Duc tout ruisselant.

Il provoqua un abondant vomissement qui dégagea sur l'heure l'estomac et les bronches de la fillette. Puis, la déshabillant avec la sollicitude pleine d'entente d'une mère, l'Hindou se mit à la frictionner énergiquement pour ramener la souplesse et la chaleur dans ce corps privé de mouvement. Enfin, quand il vit les yeux se rouvrir et la vie rentrer dans les membres, il enveloppa Sonia dans une ample couverture et l'étendit sur la couchette qu'elle avait quittée quelques instants plus tôt.

Ce fâcheux événement compliquait singulièrement la situation en l'aggravant.

La maladie de l'enfant, maladie accidentelle, il est vrai, n'allait-elle pas exiger qu'on prolongeât sur le bateau mutilé un séjour dangereux à tous égards, car on avait à y craindre à la fois les rages de la mer et les brûlantes ardeurs du ciel.

Par bonheur on n'eut pas à se poser longtemps un aussi cruel problème.

Pendant les retards forcés qu'avait imposés cet incident alarmant, une longue heure s'était écoulée, et la mer, obéissant au reflux, s'était retirée peu à peu, découvrant de l'isthme une portion presque suf-

X. DANS LE DÉSERT

fisante pour permettre le passage des piétons.

Or il y avait encore trois heures de jusant. Nul doute qu'au terme de sa retraite, l'océan n'agrandit encore la chaussée qui reliait le récif au continent. On avait donc tout le temps nécessaire pour soigner la petite fille et se préparer au départ.

Cependant Sonia avait repris ses sens et Michel, assis à ses côtés, l'interrogeait doucement.

La fillette se plaignait d'un violent mal de tête, conséquence de son bain forcé et de la commotion produite par la chute, par la peur ressentie, par le commencement d'asphyxie qui avait fait suite à l'immersion.

Et le premier souci de son petit cœur était de retrouver Boule.

Elle fut promptement renseignée.

Boule n'était pas loin. Ce frileux incurable était collé à elle, se glissant dans son fourreau de couvertures.

Car au moment où Duc s'était élancé dans la mer pour repêcher sa jeune maîtresse, le joko, qui n'avait guère que l'instinct de sa conservation personnelle et point celui du dévouement, avait cherché dans l'intérieur du cotre un refuge plus sûr et plus chaud.

Il y était installé déjà quand les Leptchas et Tibboo y descendirent Sonia évanouie.

Alors le singe, suffisamment rassuré contre les suites de la tempête, voulut prendre à ce corps encore chaud son rayonnement.

Il eut tôt fait d'ouvrir avec ses petites mains l'espèce de sac où l'on avait roulé la fillette et de s'y introduire adroitement.

Un mouvement qu'il y fit jeta même une terreur dans l'esprit de la petite fille.

D'un geste naturel, elle porta la main vers la sensation insolite qu'elle éprouvait et la retira vivement, ayant touché un objet velu.

Et soudain la mémoire lui revint avec la réflexion. Elle éclata de rire.

« Oh ! Michel, vois donc ! s'écria-t-elle. Boule qui s'est mis là, tout seul, contre mon bras. »

Ce rire de son amie eut le don de rasséréner complètement le petit Français.

Pierre Maël

Puisque Sonia riait d'aussi bon cœur, c'était qu'elle n'était pas bien malade.

D'ailleurs, à cet âge, si les impressions sont fort vives, elles sont essentiellement fugitives.

Mais la petite reprit alors, posant à son compagnon des questions plus précises :

« Comment suis-je ici ? Que m'est-il arrivé ? On m'a déshabillée. Je suis mal à l'aise dans cette couverture.

– Tu ne te rappelles donc pas que tu es tombée ? répondit Michel, étonné de cette ignorance.

– Je suis tombée sur le pont du bateau. Oui, de cela je me souviens très bien. Mais après ?... »

Alors le garçonnet dut lui raconter ce qui avait suivi : sa chute dans la mer, la fidélité du chien, le dévouement de Tibboo.

« C'est cet homme qui t'a déshabillée, Sonia. Il a été très bon. Il t'a soignée comme ton père l'aurait fait.

– Ah ! Il a été bon, dis-tu ? C'est vrai qu'il n'a pas l'air aussi méchant qu'aux premiers jours. »

Elle ajouta, par une réflexion bien naturelle :

« Mais s'il n'est pas méchant, pourquoi ne nous ramène-t-il pas à nos parents ? »

Ici leur conversation fut interrompue. Une ombre se dressait devant eux, celle de Tibboo lui-même.

À la vue de l'enfant ranimée, un sourire éclaira la face de bronze de l'Hindou, le premier que les deux pauvres enfants eussent vu sur ses traits.

Il se pencha sur Sonia et doucement lui prit la main pour tâter le pouls.

« La petite fille va bien, dit-il en continuant à sourire. Alors nous pouvons partir.

– Est-ce que vous nous ramenez à la villa ? » questionna l'enfant avec son insistance obstinée.

Tibboo ne répondit pas à l'inévitable question. Il se contenta de faire avec la tête un signe évasif.

Puis, soulevant la fillette toujours enveloppée dans ses couver-

X. DANS LE DÉSERT

tures, il remonta sur le pont.

« Les vêtements de l'enfant sont mouillés, expliqua-t-il. L'enfant les reprendra quand ils seront secs. »

Sur le pont, Sonia et Michel jetèrent en même temps une exclamation de surprise joyeuse.

Le ciel était redevenu bleu ; le soleil, effleurant presque l'horizon, mettait une longue traînée d'or sur la mer apaisée et presque aplanie.

Maintenant le récif était entièrement découvert. L'isthme qui le rattachait au continent formait un chemin glissant, mais sûr, pour atteindre la terre. On pouvait s'engager sans crainte sur cette passerelle de rochers.

À vrai dire, peut-être eût-il mieux valu passer la nuit dans la cabine du cotre, encore suffisamment solide.

Mais l'Hindou et ses quatre satellites ne s'y fiaient pas. Cette soudaine accalmie des flots ne leur disait rien qui valût.

Ils n'éprouvaient pas pour la mer une tendresse de fils, ayant toujours vécu sur la terre, et l'épreuve qu'ils venaient de subir n'avait rien d'encourageant pour les inciter à tenter une seconde expérience.

Tibboo préféra donc le « plancher des vaches » à cet abri précaire que lui offrait la barque.

Aussi inhospitalière que pût être la côte, elle lui semblait plus sûre que le mobile élément.

D'ailleurs qui peut fournir quelque assurance contre les caprices de l'onde fantasque ? Qui eût pu affirmer que la marée prochaine ne déferait pas ce qu'avait fait la tempête et que l'eau ne viendrait pas insidieusement soulever le cotre de son cadre de rochers pour l'emporter au large avec tout son chargement ? L'hypothèse n'était pas inadmissible.

L'évacuation immédiate parut donc s'imposer. Il fallait profiter des dernières clartés du jour sous un ciel qui n'a presque pas de crépuscule et gagner la terre ferme avant la venue définitive de la nuit.

Les Malais, puis les Leptchas sortirent de l'arche, suivis du chien. L'un des Tibétains prit Michel sur son épaule.

Pierre Maël

Tibboo, portant Sonia entre ses bras et le petit singe avec elle, ferma la marche.

Les Malais et l'autre Leptcha avaient la garde des fusils, des munitions et des restes de vivres séchés et aigris.

On franchit rapidement la chaussée et l'on prit terre sous l'ombre épaisse des palétuviers aux racines géantes.

Mais là commencèrent les véritables difficultés du parcours.

Ce ne fut pas une marche aisée que cette course faite, en quelque sorte, de bonds et d'enjambements d'une racine à l'autre.

Par bonheur ces racines étaient énormes et très rapprochées, si bien que Michel, prenant goût à cet exercice, pria son porteur de le déposer, assurant qu'il saurait bien se guider lui-même au travers de ces arbres de marécages.

L'homme ne demandait pas mieux, exténué qu'il était par le poids d'un enfant de dix ans. Le petit Français était grand et vigoureux pour son âge. Initié par son oncle aux habitudes de la gymnastique, il avait acquis une souplesse et une agilité de singe. Aussi se joua-t-il des obstacles avec une audace qui arracha des cris de terreur à Sonia et à Tibboo lui-même.

Car la chute en cette traversée des lagunes n'était pas sans périls, non par elle-même, mais à cause de la vase profonde et épaisse dans laquelle les arbres enfonçaient leurs racines, pareilles à de gigantesques pilotis.

Le plus empêtré, assurément, dans cette traversée incohérente, c'était Duc.

Enfin, après une heure de marche pénible, on sortit des lagunes et l'on aborda la terre ferme.

Ce fut avec un immense soulagement que les voyageurs purent s'asseoir sur l'herbe courte et veloutée des premières assises du rivage et, à défaut de tentes pour s'abriter, choisir une place assez découverte pour y passer la nuit enveloppés de couvertures.

Elle fut clémente, cette nuit, et les malheureux qu'avait éprouvés leur cruelle navigation goûtèrent un sommeil réparateur.

Sonia dormit comme une souche aux côtés de Michel, emmaillotée dans son fourreau de laine et réchauffée par le petit manchon vivant que lui offrait Boule. En même temps, Duc, couché à ses

X. DANS LE DÉSERT

pieds, lui tint lieu de bouillote. Elle déclara plus tard qu'elle n'avait jamais eu de plus beaux rêves ni fait des songes plus heureux que cette nuit-là. Ses joues étaient fraîches, ses yeux clairs, son teint reposé.

Hélas ! il fallait reprendre le collier de misère, se jeter de nouveau dans l'aventure et le danger.

Tibboo gravit la première colline qu'il rencontra, et de sa cime inspecta le paysage d'alentour.

C'étaient à l'est des plaines sans fin, incultes et couvertes de hautes herbes, qu'on voyait onduler sous le vent.

À l'ouest et au nord, des forêts dressaient leur barrière d'un vert plus sombre.

Au delà, à l'extrême limite, des nuées flottaient dans le ciel bleu, dérobant le reste du tableau.

Où se trouvait-on ? Il était difficile à l'Hindou de le dire avec précision, du moins avant de s'être renseigné.

La seule chose qu'il sût exactement, c'était que la tornade, venue du sud-ouest, avait emporté le cotre dans sa direction, c'est-à-dire au nord-est, et qu'on avait dû être jetés sur les côtes de l'Assam. Mais cette hypothèse, vraisemblable d'ailleurs, voulait être vérifiée, car il n'était pas impossible que la trombe eût fait dévier le bateau de sa route pour l'abandonner sur quelque terre située plus au sud ou plus à l'ouest. Or comment vérifier une telle supposition ?

On pouvait s'orienter par l'inspection du ciel. Mais en quelque point de la terre que l'on soit, c'est toujours à l'orient que se lève le soleil, toujours à l'occident qu'il se couche. La position de l'astre détermine celle des voyageurs.

Ceux-ci n'avaient aucun instrument leur permettant de faire le point. En eussent-ils possédé, d'ailleurs, qu'ils n'auraient pas su s'en servir.

Ils s'en remirent donc au hasard du soin de diriger leur course. Tibboo éleva ses prières vers l'étrange dieu qui lui avait imposé l'accomplissement d'un crime. Sa foi s'accommodait de ces contradictions, ou plutôt elle les justifiait en les rendant méritoires.

On n'attendit pas que la chaleur fût à son plus haut degré pour se mettre en route.

Pierre Maël

Sur l'heure la petite troupe se mit en marche, évitant autant que possible le contact de la jungle.

Car la jungle, avec ses hautes herbes, sa brousse dense, est le séjour de prédilection des fauves.

Le grand tigre, le seigneur *bâgh*, comme le nomment les Indiens, y règne en maître incontesté, et cet empire n'est pas tellement exclusif qu'il n'admette autour du suzerain les grands vassaux qui se nomment la panthère, la *tchita*, le léopard, le chat-tigre, le lynx, le loup, la hyène, le chacal, le chien sauvage, tous les carnassiers en un mot.

Ce n'est pas tout. Plus redoutables que le tigre et ses congénères, les serpents et les insectes venimeux y pullulent.

Et tous ces ennemis de l'homme sont d'autant plus audacieux qu'ils connaissent moins le roi de la création.

On marcha donc avec une extrême circonspection, en maintenant la route à la lisière entre les bois et la plaine.

La première halte eut lieu à midi, sous l'abri d'un bouquet de figuiers banyans.

La prudence la plus élémentaire ordonnait cette station sous l'implacable rayonnement du ciel.

Il fallut donc attendre que les heures brûlantes fussent passées, et l'on ne reprit la route que vers cinq heures du soir.

Tibboo ne parlait pas. Sombre et muet, il roulait d'amères pensées.

Car il songeait à cet exode lamentable qu'il fallait accomplir dans les pires conditions. En quel point du désert s'arrêterait-on pour dormir ? On n'avait plus de tentes ; aucune demeure, aucune hutte, si misérable qu'elle fût, n'offrait son abri aux voyageurs.

Il fallait camper en plein air, sous l'œil des étoiles, à la merci des éléments, dans l'ordinaire saison des tourmentes.

Et ce n'étaient plus cinq hommes résolus et courageux qui avaient à vaincre seuls les obstacles formidables du parcours. Ils avaient reçu la mission d'enlever à leurs familles, de protéger contre tous les dangers ces deux enfants dont l'un était pour eux l'incarnation même de la Divinité. Ce fardeau, à la fois pesant et sacré, n'était-il pas au-dessus des forces humaines ?

X. DANS LE DÉSERT

Et cependant cette nuit se passa sans encombre. Le ciel fut clément aux voyageurs.

Ils reposèrent sous l'ombre des ébéniers et des banyans. Aucune bête féroce n'approcha de leur couche.

Tibboo fut vraiment un gardien zélé. Il veilla avec un soin jaloux sur les enfants. Comme l'avait dit Michel à Sonia, un père n'eût pas été plus tendre ni plus attentif. L'affection qui croissait silencieusement dans cette âme ténébreuse était presque maternelle.

Ainsi se continua pendant plusieurs jours le voyage. Les étapes ne pouvaient être longues à cause du souci des petits captifs. Mais à mesure que l'on gagnait du terrain vers l'intérieur, le paysage se faisait moins sauvage, et bientôt des coteaux apparurent se profilant en chaînes verdoyantes, en étages mollement gradués, où coulaient des fontaines claires, où pendaient de beaux fruits mûrs.

Les jeunes Européens n'avaient pas trop souffert de ces marches forcées. Sous l'impérieuse direction de l'Hindou, gagnés eux-mêmes par une secrète sympathie, plus puissante que leur foi soumise à une trop rude épreuve, les deux Leptchas prêtaient volontiers aux enfants le secours de leurs robustes épaules pour franchir les pas difficiles.

Seuls les Malais demeuraient réfractaires à tout sentiment affectueux. Ils devenaient chaque jour plus taciturnes, plus sombres.

Le quinzième jour après le naufrage, les montagnes se dessinèrent au nord-ouest, un village aux toits de chaume apparut à la crête d'une colline, et les enfants, retombés dans leur tristesse, poussèrent un cri de joie à cette vue.

Hélas ! comme on était loin maintenant de la colonie de Tamlong ! Qu'étaient devenus les libérateurs ?

XI. LARMES DE DEUIL

Six semaines s'étaient écoulées depuis l'enlèvement des enfants, et la petite colonie de Tamlong restait plongée dans la désolation.

Aucune nouvelle, en effet, n'était venue rassurer les deux familles. Ni Merrien, ni Rezowski n'avaient pu recueillir un seul indice qui, si vague qu'il fût, aurait pu les mettre sur la trace des pauvres petits enlevés à leur tendresse.

La douleur du père surtout était immense. Elle faisait mal à voir.

Plein de courage et d'énergie pour tout effort qui eût exigé l'action, l'ancien consul de Russie fléchissait sous son chagrin.

Comment aurait-il pu, d'ailleurs, se résigner en d'aussi cruelles circonstances ?

Sonia n'était-elle pas toute sa joie, tout le bonheur de sa vie, la consolation qui l'avait aidé à supporter le désespoir que lui avait causé la perte d'une compagne tendrement aimée, l'être cher entre tous qui résumait toutes ses espérances d'avenir ?

Maintenant le foyer était désert. Celle qui en était la flamme l'avait abandonné.

Et le pauvre père n'avait plus que des sanglots, mêlés parfois à des révoltes contre la cruauté du sort.

Ce qui exaspérait surtout sa souffrance, c'était le sentiment même de son impuissance, l'irritation de ne pouvoir rien entreprendre, rien tenter pour la délivrance des captifs, l'inaction à laquelle le condamnait le défaut de nouvelles et de renseignements.

Il y avait eu, en effet, un échange incessant de dépêches entre Dardjiling et Calcutta où le docteur Mac-Gregor s'était fixé pour pouvoir prévenir plus promptement ses amis. Tous les jours un courrier à cheval franchissait les soixante-quinze kilomètres qui séparaient la ville anglaise des montagnes de la station voisine de Tamlong, et, tous les jours, la même déception, la même pénurie de renseignements affligeait tous les cœurs, assombrissait tous les fronts.

On ne savait rien d'aucun côté. Les autorités anglaises, aussi bien que les postes chinois de la frontière, restaient muets.

Qu'étaient devenus Euzen Graec'h, Goulab et Saï-Bog ? Avaient-ils rejoint les ravisseurs ? Avaient-ils péri ?

Comment l'aurait-on pu savoir ? – Depuis leur séparation au pied des montagnes, à l'entrée du Tarriany, les divers groupes n'avaient plus entre eux aucune communication. Obligés de ramener à la villa Mme Merrien blessée, Merrien et ses compagnons n'avaient pu suivre les traces des trois hardis limiers lancés sur la piste des fanatiques.

XI. LARMES DE DEUIL

Leur retour s'était effectué dans les plus pénibles conditions. La blessure de la jeune femme n'avait pu être sérieusement soignée que le septième jour, et toute la vigilance dévouée de Salem-Boun n'avait pas empêché une fièvre ardente de se déclarer.

Pendant toute une semaine, Cecily Weldon avait été entre la vie et la mort.

Mais, enfin, le talent et la science du jeune docteur Lormont avaient eu raison de la maladie. Aujourd'hui la vaillante femme était sauvée. Étendue sur une chaise longue, l'épaule et le bras fixés dans un appareil, elle gémissait seulement de se voir ainsi immobilisée, inutile au milieu des circonstances funestes qui faisaient le malheur de tous.

Et, à ses côtés, Merrien, impuissant comme elle, rongeait son frein en silence.

Oh ! qui leur eût donné le plus petit indice les eût remplis de joie ! Cecily elle-même, que sa blessure condamnait à un long repos, ne rêvait que de la vie active, ne parlait que de se jeter derechef dans la montagne pour chercher les enfants.

Et il fallait subir ce repos forcé, se courber sous le joug de cette énervante expectative !

Au bout d'un mois, on n'était pas plus avancé que le premier jour.

En revanche, un chagrin voisin du découragement s'était amassé dans les esprits, et la confiance se perdait, remplacée par un abattement qui déprimait les énergies et nuisait à la sagesse des résolutions.

On ne savait, d'ailleurs, à quel parti s'arrêter, et les propositions les plus extravagantes s'agitaient.

Merrien n'était plus maître de lui, Merrien, l'homme des calculs sagaces et des froides conceptions. Il ne parlait de rien moins que de demander au gouvernement anglais l'autorisation de lever une petite armée pour pénétrer par force, s'il le fallait, dans ce Tibet mystérieux où, selon toute apparence, les enfants devaient être cachés.

Il attaquerait l'un après l'autre, il démolirait, au besoin, ces monastères fameux où vivent des populations entières de moines.

Dût toute sa fortune y passer, il accomplirait cette tentative audacieuse, cette équipée invraisemblable.

Et il n'était pas seul à concevoir une telle folie. Mme Merrien partageait ses idées.

Deux hommes pourtant n'encourageaient point les rêveries suggérées aux deux époux par le chagrin.

Salem-Boun faisait remarquer à bon droit qu'on ne fouille pas huit cents lieues de montagnes ainsi qu'on visite un appartement. Il rappelait l'expédition du Gaurisankar et les terribles obstacles dont on n'avait triomphé que par miracle.

L'autre conseiller de prudence était ce Miles Turner, ce convict hors la loi auquel Merrien avait donné asile. Il hochait la tête, celui-là, et, chaque fois que l'esprit exalté du Français revenait à son utopie, il jetait une goutte d'eau sur l'ébullition.

« Partons, si vous voulez, monsieur Merrien, puisque vous jugez la chose faisable. Mais, pendant que nous escaladerons les montagnes, que nous brûlerons Tchetang, Chigatsé, Lassa, qui vous remplacera ici ? Qui empêchera les Tibétains d'user de représailles contre nous ? Et alors que deviendront les intérêts des colons, de tous ceux qui sont venus ici sur la foi de vos promesses et de votre appui matériel et moral ? Ce n'est pas moi qui pourrais être votre lieutenant à Tamlong, n'est-ce pas ? »

Ces simples réflexions de bon sens avaient raison des transports belliqueux de Merrien.

Il arriva même qu'un soir, comme celui-ci, au sortir de table, assis sur la véranda aux côtés de Cecily, attendait l'heure à laquelle le courrier spécial rentrait de Dardjiling, brusquement Miles Turner gravit les marches du perron.

« Pardonnez-moi de vous déranger à pareille heure, fit-il en saluant humblement.

– Vous ne nous dérangez pas, Miles, répondit Mme Merrien. Qu'avez-vous à nous dire ? »

Et, désignant un siège à l'ancien outlaw, elle lui dit amicalement : « Asseyez-vous, mon brave Miles, et prenez un rafraîchissement avec nous. La journée a été chaude. »

Le convict ne se fit pas prier. Malgré la brise des montagnes, levée à l'heure du crépuscule, l'atmosphère était pesante encore.

XI. LARMES DE DEUIL

Et, quand il eut bu avec une évidente satisfaction une large coupe de *milk-punch*, Miles Turner parla :

« Madame, dit-il lentement, et vous aussi, monsieur Merrien, je viens vous faire une proposition qui me semble pratique.

– Quelle proposition, Miles ! Avez-vous besoin d'un service ? Nous serons heureux de vous le rendre, dit Jean.

– Non. Le service, c'est moi qui veux et qui peux le rendre. Voici, en deux mots, de quoi il s'agit : je suis votre hôte depuis un mois, et, ma foi ! un hôte inutile et encombrant, compromettant même…

– Ce n'est pas pour nous dire cela que vous êtes venu, je suppose ? fit presque gaiement Mme Merrien.

– Non, madame, mais ces paroles vont vous expliquer mon pro-jet. Je viens de vous dire que je le tiens pour très pratique, et c'est pour cela que je vous l'expose dès le commencement. J'ai réfléchi, et le résultat de mes réflexions m'a confirmé dans mon idée.

– Voyons votre idée, mon ami ?

– Écoutez-moi, monsieur Merrien. Je suis un pauvre diable, un condamné. Je n'ai plus d'avenir, plus d'espoir sur la terre, et, s'il m'est donné de rentrer en grâce auprès de mes semblables, ce ne peut être qu'à la suite de quelque action méritoire qui me soit une réhabilitation. Le repos que je goûte est celui d'un fainéant, car je n'appelle pas travailler la chasse que je fais chaque jour pour vous apporter un gibier agréable ; la joie que je devrais ressentir, grâce à votre bienfait, est gâtée par le spectacle de votre chagrin, et aussi par mon chagrin personnel, car j'aimais ces enfants, si doux, si bons pour moi. Lorsque vous avez organisé des colonnes pour aller à leur recherche, j'ai été tout heureux d'être admis en votre société, de pouvoir faire partie de cette expédition. C'était là servir en même temps ma reconnaissance et mes intérêts…

– Où voulez-vous en venir ? interrompit un peu sèchement Merrien, qui croyait voir en cet exorde une demande de congé.

– Oh ! reprit humblement le convict, si mon idée ne vous plaît pas, je l'abandonnerai pour rester à vos ordres, tout simplement.

– Achevez votre exposition, fit l'explorateur, touché de cette hu-milité.

– Eh bien, voilà. Je me suis dit qu'inutile ici, je pourrai vous servir efficacement en reprenant ma vie aventureuse, c'est-à-dire en me lançant, tout seul, oui, tout seul, à la recherche des enfants par la trouée de l'est, car je demeure persuadé que c'est là que les voleurs les ramèneront pour les enfermer, sans nul doute, dans quelque lamaserie dont ils sont les complices. »

Il s'arrêta, comme s'il eût craint d'en avoir trop dit à la fois. Merrien et sa femme étaient profondément émus par la sincérité de ce dévouement.

« Tout seul, Miles ? Vous voulez partir tout seul ? interrogea Cecily Weldon.

– N'ai-je pas vécu tout seul pendant de cruelles années ? Au moins, cette fois, aurai-je un but. »

Il se fit un assez long silence, suivi de questions et de réponses, d'objections présentées et réfutées.

Finalement, Merrien tendit la main à l'outlaw et lui dit affectueusement :

« Soit, Miles, je ne m'opposerai pas à votre généreux projet. Je ne puis vous empêcher d'être un honnête homme et de vouloir reconquérir, ainsi que vous le disiez tout à l'heure, l'estime de vos semblables. Mais je ne puis vous laisser tenter une pareille aventure sans ressources. Il vous faut de l'argent, ne fût-ce que pour payer les courriers dont vous aurez besoin. »

Et, comme le convict protestait, faisant un geste de dénégation. Merrien ajouta :

« Quand comptez-vous partir ?

– Demain, à la pointe du jour, s'il plaît à Dieu. Je serai à la frontière le soir.

– Bien. En ce cas, je vais vous remettre tout de suite l'argent que je crois nécessaire. »

Et, suivi de Turner, il rentra dans son cabinet, où il alla prendre dans un coffre-fort une bourse, qu'il tendit au convict.

« Prenez cela, mon ami. Cela représente mille roupies, dont les deux tiers en guinées. Vous les changerez au cours de vos pérégrinations en monnaie chinoise ou tibétaine. L'or anglais a cours sous tous les cieux. »

Miles remercia avec effusion. Il redescendit à la station pour faire

XI. LARMES DE DEUIL

provision de poudre et de cartouches, et, ainsi qu'il l'avait annoncé, il fut debout à l'aube.

Lorsqu'il passa devant la villa, il vit Mme Merrien et son mari entourés de Salem-Boun, de M. Rezowski et d'Ivan qui l'attendaient pour lui souhaiter bon voyage.

Tous tenaient sur leurs yeux leurs mouchoirs, qu'ils agitèrent en criant :

« Au revoir, Miles ! À bientôt ! Nous vous attendons. »

Il s'en alla, et les amis qu'il laissait derrière lui le suivirent longtemps des yeux au tournant du chemin.

Ce départ du convict ne laissa pas que d'apporter une nouvelle tristesse aux habitants de la station. Il semblait que Miles Turner emportât avec lui les derniers restes d'une espérance, hélas ! déjà bien misérable.

Pendant deux jours la douleur fut si profonde, si morne que l'on eût dit toute la petite colonie plongée dans un deuil éternel.

Mais, le soir du second jour, le courrier qui descendait au trot la route de Dardjiling à la villa Merrien annonça de loin la bonne nouvelle aux regards anxieux qui interrogeaient l'horizon au coucher du soleil.

On le vit, pressant son cheval, agiter au-dessus, de sa tête un objet blanc dans lequel on finit par reconnaître une de ces grandes enveloppes carrées qui contiennent les messages officiels. Le courrier apportait sans doute une dépêche de Calcutta.

Ce fut une émotion dans toutes les maisons, et la ville entière sortit au-devant du messager.

Merrien et sa femme furent, cela va sans dire, les premiers à courir vers la bonne nouvelle.

On ne s'était pas trompé. C'était bien une dépêche. Elle venait des bureaux du *Civil Service* à Calcutta, et contenait ces mots brefs :

« Docteur Mac-Gregor parti rencontré Euzen Graec'h, Goulab et Saï-Bog retrouvés par stationnaire français. Ont vu les enfants. »

C'était trop et pas assez à la fois : trop, parce que la brève joie allait être promptement détruite ; pas assez, parce que cela ne donnait prise à aucune conjecture permettant de prendre une résolution.

Pierre Maël

Merrien et Rezowski ne purent attendre plus longtemps. Ils ne voulaient pas s'en tenir.

Ils prirent, le lendemain matin, le train pour Calcutta. Ils y arrivèrent au moment même où un steamer anglais, qui venait de remonter l'Hougly, déposait au débarcadère Euzen Graec'h, Goulab et Saï-Bog, accompagnés du docteur Mac-Gregor.

Les trois rapatriés étaient de véritables revenants, et le premier mot du Breton fut pour dire à Merrien :

« Ah ! vraiment, nous avons bien cru que nous ne vous reverrions jamais ! »

Il était pâle et abattu, mais on sentait que ce n'était là, pour le robuste marin et pour les amis, qu'une faiblesse passagère.

« Avez-vous retrouvé les traces ? questionna M. Rezowski, haletant d'impatience.

– Hélas ! répondit Euzen, nous ne les avons retrouvées que pour les perdre de nouveau. »

Et, comme les questions du malheureux père se pressaient, il n'osa pas lui dévoiler toute sa pensée en lui apprenant que la barque qui portait les enfants avait disparu dans la tornade. Quelle chance y avait-il qu'elle eût échappé au naufrage ?

On ne s'attarda point à Calcutta. Là-bas, à Tamlong, Cecily attendait, elle aussi, avec impatience, le récit des voyageurs.

On reprit donc le train qui devait ramener tout le monde à Dardjiling. Une voiture les y attendait.

Et, le même soir, la table de Merrien réunit tous les acteurs du drame. Ce fut un repas triste et morne, où la conversation n'eut qu'un sujet : le récit des aventures subies par le Breton et ses deux compagnons d'infortune.

Il fut terrifiant, ce récit, et les cœurs palpitèrent à l'entendre.

Ce qu'il était advenu aux hardis chasseurs d'hommes pouvait être brièvement raconté.

Euzen narra d'abord la traversée du Téraï, la rencontre du rhinocéros et des cobras, la découverte du village des pêcheurs Dapla, l'affrètement de la pirogue, la course sur le Manas, d'abord, puis sur le Brahmapoutra, la prise à l'abordage du cotre, enfin la chasse à vue donnée aux ravisseurs sur les eaux du grand fleuve, sur la

XI. LARMES DE DEUIL

mer, jusqu'au moment où le déchaînement du cyclone avait entièrement séparé poursuivants et poursuivis.

Il fut laconique en sa narration, il le fut même trop, car les auditeurs insistèrent pour avoir des détails.

Lorsque la tornade était arrivée sur eux, les trois amis avaient élevé leurs âmes en un suprême appel à la Providence. La catastrophe
était désormais inévitable, car la marche giratoire du fléau les entraînait dans sa rotation infernale.

À moins d'un miracle, ils ne pouvaient échapper à la mort.

Mais le miracle se produit quelquefois, lorsque le pivot central,
par suite d'un dénivellement trop brusque des fonds, dévie tout à
coup de la route. En ce cas, le mouvement circulaire qui creuse la
cuvette du gouffre fait place à une ébullition furieuse capable de
mettre en pièces, en quelques secondes, un navire de fort tonnage,
un cuirassé de premier rang, si le conflit a lieu au voisinage des
hauts fonds, bancs de sable ou roches latentes, mais à laquelle une
embarcation plus faible peut échapper à la faveur de son moindre
volume.

C'est ce miracle qui s'était produit pour les trois voyageurs. Ils
avaient dû leur salut à une saute furieuse du pivot du cyclone, lequel, engagé sur un large chenal d'eaux profondes, s'était rejeté violemment à l'est.

Le cotre avait été pris dans l'un des grands cercles de dépression
du météore, convertis en ellipses par cette déviation. Pendant huit
heures, il avait roulé dans tous les sens, au gré de la mer exaspérée.

Dès le premier moment, en effet, Euzen avait pratiqué la seule
manœuvre raisonnable en pareil cas.

Il avait amené les voiles qu'on avait enfermées dans le coffre en
même temps que l'on rasait le mât, détaché le gouvernail, puis, en-
caqués dans l'étroite cabine dont ils avaient vissé le capot, les trois
hommes s'étaient remis aux mains de Dieu.

Et, pendant ces huit heures, la barque, convertie en épave, avait
flotté comme un bouchon, battue par les vagues, mais si promptement ensevelie sous l'écume, qu'elle n'avait pas eu à souffrir d'autre
avarie de ce monstrueux jeu de paume.

Le vortex l'avait entraînée au large, l'éloignant de terre, où la force centrifuge contraire avait jeté Tibboo et les enfants.

Mais cette épreuve n'était pas la plus terrible de celles qu'avaient eu à subir les malheureux.

Quand la tempête, en s'apaisant, leur avait permis de déboucher l'écoutille, il était nuit noire.

C'était déjà beaucoup que d'avoir échappé à la tourmente, et le premier cri des naufragés fut un remerciement à Dieu.

Ils attachèrent le gouvernail, refirent un mât de fortune avec le beaupré et le gui de la brigantine, et essayèrent de naviguer en s'orientant du mieux qu'ils purent. Le ciel, encore barbouillé de nuées, ne leur accorda que par échappées la faveur de consulter les étoiles. Au lever du jour, ils n'avaient pas sensiblement changé de place.

Devant eux s'étendaient les deux immensités bleues : le ciel et la mer.

Une désespérance tomba sur eux, maîtrisant leur énergie, décourageant leur volonté.

Ils étaient dans l'inconnu, perdus à la surface du grand désert salé, brûlés par le soleil de flamme, n'ayant pour nourriture que trois biscuits et un peu de chocolat, pour boisson qu'une cruche d'eau douce, mais chaude, dont une bonne moitié avait été répandue pendant les effroyables secousses de la tempête.

Ces vivres pouvaient durer un jour, deux en les rationnant avec usure, pas un de plus.

Ensuite, ce serait la faim, la faim implacable des abandonnés, avec la soif, cette complication inventée par l'enfer.

Or ce n'était pas un jour ou deux que les malheureux étaient restés ainsi sur la face des flots ; c'était une semaine entière, toute une semaine d'agonie sans nom, se demandant chaque matin lequel d'entre eux devait mourir ce jour-là.

Exténués, vaincus, ils n'avaient soutenu leurs forces que par des bains fréquents, moyen conseillé par l'expérience et qui calme un instant la soif.

Ils avaient pu aussi abattre une frégate, qu'ils avaient fait cuire tant bien que mal sur le pont, en brûlant un morceau du mât qu'ils avaient improvisé.

XI. LARMES DE DEUIL

Et, guidés par une sorte de pressentiment, ils avaient maintenu leur route au nord.

Ah ! avec quel cri de délivrance, avec quels transports de joie, n'avaient-ils pas vu poindre à l'horizon la fumée d'un bâtiment à vapeur, lorsque le huitième matin s'était levé plus ardent sur leurs têtes ! Par quelles transes n'étaient-ils point passés dans la crainte de voir cette fumée s'évanouir !

Mais le navire les avait aperçus. Une chaloupe s'était dirigée vers eux.

Ce vapeur, c'était le stationnaire français qu'ils avaient rencontré huit jours plus tôt et qui avait poursuivi les bandits, mais qui avait dû renoncer à la poursuite, chassé par l'imminence de l'ouragan.

Et, la tourmente passée, le commandant s'était souvenu de la rencontre, et il en avait regagné le théâtre.

C'est ce qu'apprirent les trois amis quand, recueillis par une embarcation du vaisseau, transbordés, soignés, réconfortés, ils purent demander des explications et en fournir eux-mêmes. De ces explications mutuelles naquit la résolution prise par le commandant de visiter de plus près la côte. Peut-être seraient-ils renseignés sur les destinées de l'autre barque et de ceux qui la montaient.

Ils ne devaient l'être que trop tôt.

Après trois jours d'explorations, le croiseur avait découvert le cotre de Tibboo, toujours pris dans la mâchoire des rochers.

On avait pris terre sur le récif, on avait visité l'épave.

Le panneau gisant à côté de l'écoutille ouverte semblait indiquer que le bateau avait été abandonné après débarquement de son équipage, mais les mâts brisés, l'absence de voiles aussi bien que de toute trace du séjour de l'homme, faisaient croire le contraire.

On quitta le théâtre du drame sans avoir pu se faire un jugement, et l'on regagna Calcutta pour débarquer les trois passagers.

Une jonque les prit à son bord et les passa au steamer anglais qui dessert la côte jusqu'à Pointe-de-Galle.

Ce fut ainsi qu'Euzen, Saï-Bog et Goulab rentrèrent à la station de Tamlong après trente-deux jours d'absence.

Ce soir-là, le récit achevé, on ne fit pas de questions nouvelles. On remit au lendemain le souci d'une décision à prendre.

Pierre Maël

Et, le lendemain, les mêmes perplexités, les mêmes incertitudes reparurent.

« Qu'allons-nous faire ? » se demandèrent mutuellement les divers membres de la première expédition si malheureusement finie.

Il était difficile de prendre sur l'heure une résolution. Où irait-on ? Faudrait-il suivre les traces du brave Miles Turner parti tout seul à la découverte ? Se rangerait-on à l'avis de Merrien, qu'appuyaient Euzen Graec'h et le docteur Mac-Gregor, de se transporter aux lieux mêmes du naufrage pour reprendre de là la piste des ravisseurs.

La discussion fut longue. Elle dura plus de huit jours, pendant lesquels on ne cessa de correspondre avec les autorités anglaises.

Derechef un télégramme arriva, qui ranima les espérances, ainsi que l'avait fait plus tôt l'annonce du retour d'Euzen Graec'h.

Le capitaine commandant le poste militaire de Harkot, à l'extrême frontière du Bhoutan, mandait que des bergers bhoutanais faisant partie d'une caravane venant des montagnes avaient rencontré une troupe de Leptchas et de Michmi se dirigeant vers le nord, et dans les rangs desquels se trouvaient deux enfants européens.

Malheureusement ils n'avaient pu préciser le lieu de cette rencontre.

Tout ce qu'ils pouvaient indiquer, c'est qu'elle avait eu lieu quarante-huit heures avant leur descente à Harkot.

Cette nouvelle, qui apportait enfin la certitude que les enfants vivaient encore, remplit de joie tous les cœurs.

Elle renversait le projet de Merrien et d'Euzen. Si les voleurs fanatiques avaient été vus à deux jours de marche au nord de Harkot, situé sous le 92e degré de longitude orientale, par 27 degrés de latitude nord, il était inutile d'aller les chercher plus au sud.

On tint conseil sur-le-champ.

Cette fois, on avait un but, une direction. On savait où l'on devait courir, quelle route on devait prendre.

Et, sans plus tarder, on décida que le départ aurait lieu dès le surlendemain.

Ainsi qu'elle l'avait réclamé la première fois, Mme Merrien demanda à faire partie de l'expédition.

XI. LARMES DE DEUIL

Mais les médecins s'y opposèrent formellement. La blessure n'était pas encore cicatrisée. Il fallait attendre le rétablissement complet. La seule consolation laissée à la jeune femme fut la promesse qu'on lui fit de la tenir au courant des événements, autant que les moyens de communication le permettraient.

Le docteur Lormont, avec l'assentiment de son collègue Mac-Gregor, permit même à la malade de se mettre en route au bout d'un mois, si les avis reçus rendaient possible une jonction de deux colonnes expéditionnaires.

Mme Merrien se résigna, quoique avec un profond chagrin, comprenant que sa présence ne pourrait être qu'une gêne pour ses amis, et, dès ce moment, ne s'occupa plus que des soins à donner aux préparatifs du départ.

Merrien avait voulu que toutes choses fussent réglées avec un ordre méticuleux.

D'autre part, le gouvernement de Calcutta, ému de cette infortune dont le récit avait attendri l'Inde entière et même les amis nombreux que l'explorateur avait laissés en Europe, avait envoyé à Merrien les licences et les autorisations les plus étendues pour lui ouvrir les portes des États en relations avec la Grande-Bretagne.

En conséquence, les précautions étant prises depuis longtemps pour rassembler un nombreux personnel, le jour du départ arrivé, les chefs de l'expédition se trouvèrent à la tête d'une colonne de cent Leptchas, choisis entre les plus robustes et les plus infatigables.

La saison devenant chaque jour plus sèche et plus chaude, il fallut emmener une vingtaine de mulets, destinés, d'ailleurs, à être échangés, à la frontière, contre des yaks et des moutons de charge. Chaque convoyeur fut armé d'une carabine à répétition, et l'on s'adjoignit, en outre, trente behras hindous qui eurent pour unique mission de ramener à la colonie les chevaux que les voyageurs seraient contraints de quitter à l'entrée des gorges étroites et de cluses himalayennes de l'est.

À l'aube naissante, la petite armée s'ébranla en bon ordre, et, suivant l'itinéraire primitif, s'engagea dans la vallée de Tchoumbi.

On marcha d'une allure soutenue et d'une seule étape jusqu'à la petite ville, où l'on arriva vers quatre heures du soir.

Des courriers lancés dès la veille avaient retenu dans trois bungalows, faisant fonctions d'hôtelleries, le logement et le vivre pour une troupe aussi nombreuse qu'encombrante. Les autorités tibétaines firent un bon accueil de surface à des gens qu'elles avaient déjà vus, mais dont l'imposante escorte, cette fois, ne laissait pas que de les alarmer.

XII. LE FLEUVE MYSTÉRIEUX

De Tchoumbi, une route bien entretenue s'élève en lacets escaladant les premiers contreforts orientaux du grand plateau tibétain.

Mais ce plateau lui-même est précédé de chaînes étroites, rameaux perdus de la grande chaîne himalayenne. Celle-ci, en effet, se divise en deux longues branches parallèles qui ont reçu les noms d'Himalaya et de Trans-Himalaya, au delà desquelles commence le Tibet proprement dit, compris entre les hautes masses du Kouen-Lun et des monts du Karakoroum.

L'impossibilité pour les explorateurs de pénétrer dans ce pays, autrefois accueillant et hospitalier, et, surtout, de franchir la limite orientale du plateau du côté de la Chine, a laissé la géographie de ces régions dans l'incertitude la plus absolue, et l'on peut dire que, même aujourd'hui, on ne sait rien du haut cours des fleuves qui se nomment Brahmapoutra, Irraouaddi, Salouen et Mékong. L'Irraouaddi, que les soldats anglais ont remonté jusqu'à Bahmo lors de la conquête de la Birmanie, est le plus connu, ou plutôt le moins inconnu de ces fleuves.

Ce que l'on sait également, c'est que les régions au nord de l'Assam sont des plaines se prolongeant dans toute la Chine occidentale, jusqu'à la Mongolie proprement dite.

Or c'était ces régions qu'allaient aborder les voyageurs, c'était par cet angle qu'ils allaient pénétrer dans l'inconnu.

Après une nuit de repos, la marche en avant commença.

Tchoumbi est le poste le plus avancé du Tibet au sud. Il a une garnison chinoise de trois cents hommes environ, répartis en trois fortins qui dominent la route. Ces soldats réguliers du Céleste-Empire ne se plaignent pas du séjour en une région tempérée où, n'ayant rien à faire, ils amassent un petit pécule à la faveur des dons que leur offrent les caravanes pour assurer leur sécurité.

Le contact immédiat des possessions anglaises du sud-ouest leur impose une extrême réserve. Ils savent, en effet, qu'une compagnie volante, détachée de Dardjiling aurait tôt fait de réprimer toute tentative de brigandage. Au surplus, les mœurs des Chinois fixés dans ces pays voués aux pratiques pieuses ne peuvent devenir violentes, et leur douceur cauteleuse se transforme promptement en une bonhomie souriante.

N'étaient les prescriptions tracassières qui ferment la frontière aux voyageurs de race blanche, les relations seraient des plus cordiales entre les Européens et les populations du nord du Bhoutan où plutôt du Tibet méridional.

Les soldats chinois, pour obéir à la consigne, opposèrent donc, sans conviction, d'ailleurs, toutes sortes d'objections aux demandes de Merrien. Si bien que celui-ci, impatienté de ces lenteurs, après avoir exhibé tous les passeports envoyés de Calcutta, menaça de passer outre.

Les vigilants gardiens prirent peur. La réputation du Français qui avait gravi le Gaurisankar était faite depuis longtemps, et, quand on le vit, les sourcils froncés, entouré d'hommes robustes et de fusils à tir rapide, on se dit qu'il ne serait pas prudent de lui susciter des ennuis.

Merrien franchit donc la frontière, bien résolu à brûler les étapes, afin de devancer la marche des voleurs d'enfants si, comme tout le faisait espérer, ceux-ci n'avaient pas encore dépassé les plaines basses de l'est.

Pendant deux jours entiers, on gravit les hauteurs boisées qui viennent mourir en pentes douces jusqu'au seuil des plaines. La muraille du plateau n'apparaissait pas encore.

Le troisième jour, on s'engagea dans une longue vallée fort bien abritée, où de nombreux villages avaient surgi, peuplés par des hommes de race Leptcha, ce qui valut à la colonne le plus bienveillant accueil.

Saï-Bog saisit avec empressement cette occasion pour courir aux renseignements.

Ce qu'il en rapporta n'était pas de nature à beaucoup éclairer le jugement de ses compagnons.

Il y avait deux ans à peine que les Leptchas de l'ouest avaient découvert, littéralement, cette gorge ignorée et très fertile, que le Tchonmalari et son puissant mur de roches abritaient contre les vents du nord et du nord-est, tandis que la passe du Tchoumbi y laissait pénétrer les souffles attiédis du sud.

« Mais c'est un Paradis terrestre que cet endroit ! » s'écria le docteur Mac-Gregor.

Saï-Bog sourit et expliqua au docteur que c'était ainsi que les habitants nommaient ce recoin merveilleux de la chaîne.

« Hé ! qui sait ? fit Goulab en souriant, si ce n'est point ici que le Dieu de la Bible avait placé votre père Adam à l'origine du monde ? N'est-ce pas ici que notre foi de Brahmanistes place le séjour de notre Trimourti, depuis l'heure où Indra abdiqua le pouvoir universel entre les mains des fils de Bowhance ? »

Ces considérations d'ordre religieux n'avaient pas de prise sur l'esprit soucieux de Merrien, non plus que sur le cœur ulcéré de Rezowski. Pour ces deux hommes rien n'existait que l'effort à accomplir, le but à atteindre.

Néanmoins le séjour de la charmante vallée rendait de nombreux services aux voyageurs.

Le premier, et non le moins important, était de leur permettre de se dérober aux tracasseries des fonctionnaires chinois, d'assurer leur quartier général en leur permettant de rayonner dans la montagne.

Un second service était de leur faciliter, en cas de besoin, un nouveau recrutement de leur petite armée.

Merrien établit donc en permanence sur ce point une commission à la tête de laquelle se trouva placé le docteur Mac-Gregor, auprès duquel se relayèrent ceux des membres de l'expédition capables d'aider scientifiquement à ses travaux, à savoir Morley, Yvan Golouboff et Goulab lui-même, qui n'était pas entièrement remis des suites de son naufrage. Le premier soin de ladite commission fut d'envoyer à Mme Merrien un message, l'informant de cette première halte et l'autorisant, si le docteur Lormont le jugeait faisable, à se transporter elle-même auprès de ses amis.

La réponse à cette missive ne se fit pas attendre, et ce fut la correspondante elle-même qui l'apporta.

En effet, trois jours après, on vit une douzaine de cavaliers descendre le versant de la route, et la surprise de Merrien fut grande de reconnaître parmi eux sa femme qu'il avait laissée encore étendue à Tamlong.

Elle n'avait pas voulu donner à la réflexion le temps de rapporter l'autorisation accordée. En conséquence, elle avait réuni une troupe de dix hommes montés sur ces petits chevaux du Népâl qui ressemblent aux poneys des îles Shetland, et avait littéralement forcé la passe de Tchoumbi à la barbe des garnisaires chinois.

Cette arrivée inopinée et presque violente de la courageuse femme ne laissa pas de causer quelques soucis à Merrien.

« Voilà qui va nous amener, je le crains, des complications du côté des Chinois, prononça-t-il lorsque, après avoir serré dans ses bras sa vaillante compagne, il se laissa aller à lui exprimer ses craintes.

– Eh bien ! mon ami, répliqua-t-elle. Je serai près de vous pour partager vos ennuis et vos dangers. »

On installa Mme Merrien du mieux qu'on put dans une demeure assez spacieuse, à laquelle les braves gens du pays apportèrent tout le confortable qu'on pouvait trouver en un pareil lieu.

Pendant ce temps, Merrien, Rezowski et leurs compagnons procédaient chaque jour à des reconnaissances.

Ils agissaient avec prudence afin de n'éveiller aucune susceptibilité locale, sachant bien qu'ils n'étaient qu'au début de leurs peines et qu'aucune puissance terrestre ne leur ouvrirait les portes du Tibet proprement dit, si, par malheur, ils laissaient les ravisseurs en franchir la frontière avant eux.

On s'occupa donc tout d'abord de dresser la carte exacte des lieux qui allaient être le théâtre de l'action.

La vallée s'ouvrait au pied même de l'énorme massif du Tchoumalari, c'est-à-dire sous le 28ème degré de latitude septentrionale. Cinquante milles plus bas commençaient les plaines du Haut-Assam, à la limite des montagnes du Bhoutan. Au delà de l'infranchissable barrière se creusaient les vallées étroites du Trans-

Himalaya. Puis c'était la grande dépression où coule le Tsang-Bo, après lequel s'étend le plateau du Tibet.

Il était inutile de franchir ou même d'inspecter cette frontière du nord, rien ne laissant supposer qu'elle pouvait être franchie par l'ennemi que l'on cherchait.

Tout l'effort portait donc sur les passes des gorges orientales, et cette perspective était consolante.

En effet, sur ce point, les chances de conflit avec les autorités jalouses devenaient improbables.

Outre que le gouvernement des Lamas ne se soucie que médiocrement des provinces pauvres et délaissées sur lesquelles la Chine elle-même ne prétend qu'à une influence nominale, le radjah du Bhoutan tient trop à conserver l'amitié des Anglais, qui lui paient une rente de deux mille quatre cents livres sterling, pour ne pas mettre à leur service une complaisance proportionnelle. On pouvait donc compter sur la neutralité, à défaut de la coopération, de ce prince autocrate.

Au delà, c'était le domaine de la barbarie insoumise, des peuplades sauvages et idolâtres, hier encore anthropophages, et qui se civilisent rapidement aujourd'hui. Mais ces peuplades, très disséminées, sont également réduites à un chiffre de population chaque jour diminué par les guerres qu'elles se font entre elles. De ce nombre sont les divers peuples connus sous les noms de Akha, Michmi, Dapla, Padam, Miri, etc.

L'espace compris dans cet angle recèle la portion la moins connue du globe.

Il est arrosé, en effet, par le Brahmapoutra et ses grands affluents, le Soubansiri, le Brahmakound, le Dihong et le Dibong. Pays de montagnes progressivement décroissantes à partir du Tchoumalari, il contient la solution de ce problème géographique qu'aucun explorateur n'a pu résoudre encore. Que devient, sous le centième degré de longitude orientale, l'énorme et mystérieux cours d'eau dénommé « l'Eau sainte », le Tsang-Bo ?

Ce problème avait longtemps occupé l'esprit investigateur de Merrien.

Il en avait, à plusieurs reprises, entretenu sa femme, lui rappelant une parole du major Plumptre, leur ami défunt :

« Il nous faudra découvrir la jonction du Tsang-Bo avec le Brahmapoutra. »

Et lui-même ajoutait avec une animation croissante :

« Voyez-vous, Cecily, il nous faudra, un de ces jours, reprendre nos passe-montagnes et ne nous arrêter que lorsque nous aurons tranché le débat entre les géographes en disant auquel des trois grands fleuves Brahmapoutra, Irraouaddi ou Salouen, la mystérieuse rivière porte l'appoint de ses eaux. »

Même un jour il s'était couché avec l'intention formelle d'organiser dès le lendemain son expédition.

Mais ces choses s'étaient passées deux ans plus tôt, et, depuis lors, retenu par les soins de la colonie, Jean Merrien n'avait pu mettre son projet à exécution.

Or, en ce moment, il se trouvait à moins de deux cents lieues peut-être de l'ironique confluent, et, l'esprit absorbé par le souci de la campagne contre les fanatiques, il ne pensait plus au Tsang-Bo.

Un événement se produisit qui vint le lui remettre en mémoire. Les cavaliers qu'il envoyait ou conduisait lui-même chaque jour en reconnaissances lui annoncèrent, ce jour-là, l'arrivée prochaine d'une caravane descendant des plateaux chinois.

Les hommes qui la composaient étaient pour la plupart des Hor nomades qui venaient vendre tout un troupeau de yaks domestiques destinés à servir de bêtes de charge. Ils apportaient, en outre, des ballots de laine brute du bœuf mithoun, très estimée en ces régions, des fourrures exportées du haut Kouen-Lun, du papier de *Daphne papyrifera*, des sacs de borax et des poches d'aconit.

Merrien chargea Saï-Bog d'interroger les plus intelligents de la troupe.

Ceux-ci racontèrent qu'ils descendaient du nord et avaient franchi le Tsang-Bo à la limite de la zone montagneuse qui reçoit de ses sauvages habitants le nom de Kappachor, ou « terre des voleurs de coton ».

Ce fut tout ce qu'on en put tirer. Des enfants et de leurs ravisseurs ils n'avaient pas entendu parler.

« Mon cher ami, dit Mac-Gregor à Merrien, profitant d'un mo-

ment où le Français paraissait moins sombre, voici un renseignement précieux à enregistrer. Le Tsang-Bo porte encore ce nom au
nord des monts du Kappachor, c'est-à-dire entre les 92ᵉ et 93ᵉ degrés.

– Oui, répondit distraitement Merrien, mais où finissent ces
monts ? »

Et l'on ne parla plus ce jour-là, ni les jours suivants, du problème
géographique.

Cependant le temps s'écoulait sans amener le moindre changement dans la situation, et les émissaires quotidiennement envoyés
à la découverte rentraient aussi dépourvus de nouvelles que précédemment.

Il y avait près d'un mois que la colonne expéditionnaire séjour-
nait dans la vallée du Tchoumalari.

La saison des grandes chaleurs était passée. On allait entrer dans
celle des pluies intermittentes qui précèdent l'hiver, et, lorsque le
froid aurait paru, il deviendrait impossible de s'engager dans les
montagnes.

On tint donc conseil de nouveau et l'on décida de tenter une
grande marche en avant qui pût permettre de s'aventurer jusque
dans les redoutables régions qui échappent à la surveillance des
États chinois aussi bien qu'à celle des puissances européennes.

On laissa donc le docteur Mac-Gregor, le jeune Ivan et Salem-
Boun, avec vingt domestiques fidèles, à la garde de Mᵐᵉ Merrien,
dans la sûre résidence qu'on avait choisie. Merrien, Euzen Graec'h,
Goulab et Saï-Bog, emmenant le reste de la troupe, soit quatre-
vingts hommes, s'élancèrent résolument vers l'est.

Il fallut d'abord sortir du massif du Tchoumalari et gagner la
plaine.

Contrairement à l'attente des voyageurs, cette plaine n'était qu'une
large vallée resserrée entre les rameaux de l'Himalaya et le système
secondaire qui, partant du Bhoutan, s'élève du sud-est au nord-
est, laissant à sa droite la plaine véritable où coulent les eaux du
Brahmapoutra.

Cette première traversée ne fut marquée par aucun incident.

Mais lorsqu'on gravit les pentes de la chaîne bordière, les difficultés commencèrent.

Brusquement, à l'entrée d'un défilé, on se trouva en présence du mauvais vouloir des montagnards.

Ceux-ci étaient des Daplas féticheurs, adonnés aux pratiques de la sorcellerie la plus abjecte, frères des pêcheurs, d'humeur facile et de loyal caractère, que les trois compagnons Euzen Graec'h, Saï-Bog et Goulab avaient rencontrés naguère au bord du Manas et qui leur avaient prêté des pirogues pour donner la chasse aux Bouddhistes, leurs ennemis.

Trois cents sauvages environ, hommes de petite taille pour la plupart, mais de carrure athlétique et de physionomie belliqueuse, se portèrent au-devant des blancs et leur signifièrent l'ordre très net d'avoir à rebrousser chemin, s'ils ne voulaient point avoir à se repentir de leur résistance.

Merrien et le Breton n'entendaient pas de cette oreille-là. Ils furent d'avis de forcer le passage, dût-on livrer une bataille en règle. Mais Saï-Bog conseilla la prudence et Goulab se rangea à son opinion.

Il fallut donc parlementer et l'on laissa ce soin au brave Leptcha. Après une heure de conférence orageuse, celui-ci vint rapporter à Merrien le résultat de l'entretien.

On avait fini par se mettre d'accord. Saï-Bog n'avait pas hésité à faire connaître aux opposants les véritables raisons de cette incursion sur leurs terres. L'histoire des enfants volés les avait attendris, et leur chef, résumant et traduisant tous les sentiments, avait répondu au fidèle serviteur :

« Les Daplas peuvent piller le coton et le thé, ils ne volent pas des enfants. C'est bon aux Leptchas et aux hommes de la plaine de se faire trafiquants de chair humaine. Que ton maître nous fasse une légitime offrande, et nous vous donnerons le passage à travers nos terres. C'est notre droit de vous faire payer le nombre de vos pas.

– Gurun ! rugit le marin, je suis assez disposé à leur payer mes pas avec toutes les têtes que je casserai.

– Nous n'en serons pas plus avancés pour cela, mon cher ami, fit remarquer Goulab au Breton. Tandis que, si nous leur donnons quelque chose, peut-être seront-ils pour nous d'utiles auxiliaires. »

Le plus pratique était de s'en remettre à l'habileté diplomatique de

Saï-Bog.

Il parlementa derechef et le résultat de cet entretien fut que le chef toucha des mains de Merrien une somme égale à celle que le gouvernement anglais alloue annuellement à ses pareils pour les faire tenir tranquilles, soit une livre sterling, payée, d'ailleurs, en roupies.

Pour la première fois depuis de longs jours, le visage de l'explorateur s'éclaira d'une gaieté.

« Il ne valait pas la peine de livrer bataille pour si peu, dit-il en éclatant de rire. Que l'on vante après ça la proverbiale générosité de l'administration anglaise. Ce roi sauvage touche par an, pour sa liste civile, ce qu'un député français touche par jour. Il en faudrait quarante-huit mille pour égaler le traitement du Président de la République. »

Ce tribut payé, les Daplas, ainsi que l'avait prévu Goulab, se montrèrent pleins de condescendance. Ils ouvrirent la voie du Kappachor à la colonne et se mirent en devoir de lui assurer de leur mieux les subsistances. Bien mieux : par des avis envoyés à tous les chefs secondaires, le monarque prépara un service d'approvisionnements et d'informations dont les voyageurs n'eurent qu'à se louer.

« Décidément, fit Euzen Graec'h en constatant la fidélité des alliés nouveaux qu'on venait de se faire, qui donc a eu le mauvais goût d'appeler ces gens-là des sauvages ? Je connais bien des coquins de mon pays qui n'auraient pas cette bonne grâce et cette probité. »

Il faut bien dire que le dévouement des Daplas n'était pas exempt de cupidité.

En effet chacun des petits chefs voulut avoir sa part des bénéfices, et l'astucieux Saï-Bog tint en garde Merrien contre leurs demandes trop empressées, lui conseillant de ne distribuer que des sommes insignifiantes, afin que la satisfaction des petits n'enflât point les prétentions des grands.

Ce sage avis fut suivi à la lettre, ce qui épargna à l'explorateur des occasions de conflit. Le souverain ayant pris quelque ombrage des largesses distribuées à ses sous-ordres, Merrien le calma en lui promettant pour la fin de la campagne une somme double de celle qu'il avait déjà reçue, ce qui mit l'autocrate en une folle joie.

XII. LE FLEUVE MYSTÉRIEUX

Et néanmoins, les reconnaissances continuaient sans amener de résultats.

Il y avait trois mois maintenant que les enfants avaient été enlevés, sept semaines qu'on avait franchi la frontière.

L'inquiétude grandissait dans les esprits et l'on commençait à craindre quelque malheur survenu aux enfants, non par le fait des bandits qui les avaient ravis, mais par suite d'événements imprévus.

Les Hor, en effet, avaient été formels dans le nom qu'ils avaient donné au fleuve par eux franchi. Ils l'avaient nommé Tsang-Bo, appellation donnée par les Tibétains eux-mêmes. Or, depuis près d'un mois que l'on remontait la petite chaîne, le fleuve mystérieux n'avait pas encore été reconnu. Il semblait, au contraire, qu'il reculât à mesure qu'on cherchait à s'en rapprocher.

D'autre part les Daplas parlaient d'un grand fleuve coulant du nord au sud, au midi de leurs montagnes, et qui ne pouvait être que le Brahmapoutra.

Il devenait donc manifeste qu'on avait dû se tromper de route, ou bien que le grand cours d'eau tibétain n'était point la maîtresse branche du Brahmapoutra. En ce cas, le seul vraisemblable, il était difficile d'admettre que les enfants et les ravisseurs eussent poussé plus avant leur course et fait un crochet qui les eût rejetés, par les hautes terres de l'Assam, en plein territoire chinois.

« Je crois, dit un soir Merrien, que nous perdons notre temps à nous avancer plus à l'est. Il est impossible que ceux que nous cherchons se soient condamnés à un pareil détour de leur route. Nous aurions plus court de descendre tout de suite dans la plaine, et de rejoindre le cours du Brahmapoutra. »

L'avis prévalut, et, dès le lendemain, la colonne, abandonnant la chaîne du Kappachor, qu'elle avait remontée jusqu'au 51ᵉ degré, descendit en bon ordre vers la plaine du grand fleuve indien.

On mit un jour tout entier à l'atteindre, et, le soir venu, on campa dans des jungles verdoyantes traversées par un large ruban liquide dont on ne put sur l'heure reconnaître la situation.

Mais au lever du jour suivant on fut renseigné. Le cours d'eau qu'on venait d'atteindre n'était pas le Brahmapoutra lui-même, mais son principal affluent au sud de l'Himalaya, le Soubansiri.

Ce fut une profonde déception pour les chefs de l'expédition que de constater, une fois de plus, l'inutilité de leurs efforts, Merrien, découragé, prit ses amis à part et voulut les renvoyer à la station :

« Je ne puis vous imposer plus longtemps des fatigues et des soucis pour le service de ma seule cause, et je me reproche tous les jours d'abuser de votre dévouement. Laissez-moi donc poursuivre seul la tentative jusqu'ici infructueuse. Dieu me prendra peut-être en pitié et couronnera de succès mes efforts. »

Ces paroles soulevèrent d'unanimes protestations. Tous étaient attachés à l'explorateur par un dévouement et une amitié depuis longtemps éprouvés, tous avaient lié leur fortune à la sienne.

« En ce cas, en avant ! s'écria le Français, retrouvant enfin son ancienne énergie ; et à la grâce de Dieu. »

On prit toutes les mesures pour franchir la rivière. On ne trouva que de grossiers radeaux couverts de cuir, et en si petit nombre qu'il fallait plusieurs voyages pour transporter toute la colonne sur la rive opposée. Encore y mettrait-on deux heures.

Or voici qu'au moment où une première troupe de dix hommes se préparait à s'embarquer, on vit une bande de Daplas surgir en courant sur l'horizon du nord. De loin, ils agitaient les bras, multipliant les signes. Merrien donna l'ordre de différer le départ.

Lorsque les « sauvages » furent enfin à portée de la voix, on se mit en devoir de les interroger.

Pour toute réponse, les trois premiers qui abordèrent la colonne montrèrent derrière eux, les suivant à un mille environ de distance, une seconde troupe qui, à son tour, se rapprocha rapidement du campement.

Et quand cette troupe fut parvenue à portée de fusil, on vit un homme vêtu à l'européenne s'en détacher.

L'homme s'avança à grandes enjambées vers Merrien et ses compagnons, qui jetèrent un cri en le reconnaissant :

« Miles Turner ! Miles Turner, ici ! Comment avez-vous fait pour nous rejoindre ? »

L'outlaw, qui paraissait épuisé de fatigue, chancela et tomba dans les bras robustes d'Euzen Graec'h, en râlant ces mots :

« Oui, Miles Turner. J'ai vu les enfants. Tous au nord-est. Doublez

XII. LE FLEUVE MYSTÉRIEUX

les étapes. »

Et il tomba sans connaissance aux pieds de ses amis consternés et haletants.

XIII. LE DÉSERT DE FLAMME

Tandis que Merrien et ses vaillants compagnons se dirigeaient au nord-est, d'abord, puis au sud-est, pour revenir une fois encore au nord-est, Tibboo et ses jeunes prisonniers poursuivaient leur route à travers les immenses solitudes qui s'étendent des frontières de l'Assam à celles du Bhoutan et du Tibet, sur les deux rives du Brahmapoutra.

Après une première halte indispensable dans un misérable village peuplé de pauvres hères à la fois pasteurs et pêcheurs et, pour la plupart, rongés de lèpre ou déformés par les goitres, l'Hindou avait repris sa route, pourvu, cette fois, de deux bœufs de charge, croisement des yaks du Tibet avec les zébus de l'Inde.

C'était un véhicule fort incommode pour les enfants, obligés de s'asseoir sur l'épine dorsale très saillante, au-dessous de la bosse charnue qui caractérise ces espèces croisées. Mais le pas régulier, l'allure paisible des animaux leur épargnaient de trop fortes secousses, et, par un prodige d'ingéniosité, Tibboo était parvenu à assujettir sur les épaules des deux bêtes une sorte de cage d'osier qu'il avait recouverte de toiles épaisses par-dessus lesquelles il avait tressé des rameaux de feuillage.

De la sorte, les deux enfants jouissaient d'une ombre relative qui, pourtant, ne les préservait pas de la chaleur.

Il est vrai que cette chaleur était en décroissance et que l'on allait vers l'hiver.

De temps à autre, des souffles froids, venus des montagnes, rafraîchissaient pour quelques heures l'atmosphère et rendaient de la force aux poumons et de la vigueur aux appétits.

Mais alors le problème du pain quotidien se dressait plus cruel et plus impérieux.

La petite troupe marchait toujours, s'efforçant de gagner le nord. Les montagnes, un instant apparues à la faveur d'un ciel clair, s'étaient effacées de nouveau à l'horizon, et les sept malheureux voyageurs, réduits à se guider selon l'aspect du firmament, subissaient, sans s'en douter, d'énormes écarts dans leur itinéraire.

On traversait d'immenses espaces de terres dénudées et calcinées, alluvions déjà anciennes que les apports successifs des eaux de montagnes avaient semées de silex et de calcaires aigus et tranchants. De maigres bouquets d'arbres, des buissons jaunis par les torrides rayonnements de l'été, coupaient seuls la monotonie de ces plaines arides.

Et, dans ce désert, si l'on était à l'abri de l'attaque des grands fauves, on avait à redouter les reptiles que ce sol de pierre brûlée nourrissait en abondance.

Mais l'ennemi le plus terrible et le plus prochain, le monstre qui plane sur cette désolation, porte un nom connu des races civilisées autant que des peuplades les plus sauvages. On l'appelle la faim.

La faim, escortée de la soif, qui ne fait plus qu'une avec elle et qui l'aide à torturer avant de tuer.

Or la faim était la compagne sinistre qui s'attachait aux pas de la petite caravane, comme les requins suivent les navires.

Outre que les munitions diminuaient et qu'il fallait les ménager, le gibier lui-même se faisait rare.

De temps à autre, Tibboo ou l'un de ses compagnons surprenait une perdrix ou un paon.

C'était alors un régal dans lequel, quelle que fût la fringale des gardiens, la meilleure part était pour les prisonniers, ce qui ne laissait pas que d'étonner les enfants eux-mêmes, dont le jugement se mûrissait à cette rude école.

« Comme c'est drôle ! disait Michel à Sonia, Tibboo nous a enlevés de force, et, cependant, au lieu de nous faire du mal, il nous soigne comme si nous étions ses enfants à lui. »

L'enfant oubliait, en parlant ainsi, qu'il était le « dieu vivant » de ces fanatiques, et qu'à ce titre il avait droit à tout leur respect, à tout leur dévouement. Il n'était frappé que de l'étrange bonté de son ravisseur, qui contrastait si singulièrement avec sa conduite antérieure.

Ni la fatigue du voyage, ni l'incommodité de la couche ou du gîte ne les effarouchaient.

Ils y étaient habitués en quelque sorte.

Depuis deux mois qu'ils roulaient sur les chemins, traînant de misère en misère, ils s'étaient faits aux duretés d'une existence qui les avait effrayés d'abord et leur avait arraché des larmes.

La pensée même de leur éloignement de leurs familles ne leur venait qu'à de plus longs intervalles.

Une fois, pourtant, pendant l'une de ces haltes nocturnes, soit sous une cabane de branches tressées, soit dans la hutte de quelque pasteur du Brahmakound descendu jusqu'en ces régions, la petite Sonia avait eu un violent accès de désespoir et s'était jetée, tout en larmes, dans les bras de son petit compagnon de misère.

« Oh ! Michel, Michel ! sanglotait-elle, je vois bien maintenant que c'est fini !

– Qu'est-ce qui est fini, Sonia ? répondait le petit garçon. Pourquoi pleures-tu ?

– Parce que jamais ces hommes-là ne nous rendront à nos parents ; parce que je ne verrai plus papa. »

La douleur est aussi communicative que le rire. Michel était gagné par ce chagrin.

Mais son énergie n'était pas abattue pour cela. Par un effort prodigieux, il refoula ses larmes et répondit :

« Il ne faut pas parler ainsi, Sonia ; il ne faut pas nous désespérer. Nous reverrons nos parents.

– Quand les reverrons-nous, Michel ? Crois-tu que ce sera bientôt ?

– Je ne sais pas quand, Sonia. Mais, si personne ne nous délivre, nous saurons bien nous délivrer nous-mêmes. Laisse-moi grandir un peu, et tu verras ce que je ferai de ces sauvages.

– Et qu'est-ce que tu pourrais faire ? Tu es encore un enfant, comme moi.

– C'est possible, mais je serai un homme un jour, et alors tu n'auras pas à te plaindre, va. Je me vengerai, va, je tuerai tous ces méchants qui nous emmènent, sans que nous sachions où nous allons.

– Et c'est-il dans bien longtemps que tu seras un homme, Michel ?

– Je crois que non, Sonia. Il y a même des moments où il me semble que je le suis déjà.

– Et que ferais-tu pour nous délivrer ?

– Je ne sais pas ce que je ferais, mais je sais bien que je ferais quelque chose. »

Les larmes de la fillette s'étaient séchées sur son joli visage, et maintenant elle regardait Michel avec admiration.

Car il avait parlé avec fougue, l'œil allumé d'une flamme superbe de courage et de résolution.

Certes c'étaient là de bien grandes souffrances pour ces enfants élevés jusqu'alors dans la confortable hygiène de la vie anglaise. Et cependant, si grandes qu'elles fussent, ces souffrances, elles, n'étaient qu'un avant-goût de celles qui leur restaient à endurer.

Un soir, c'était le soixante et unième jour depuis leur enlèvement, les enfants virent la figure de Tibboo, si bienveillante, si souriante même depuis quelque temps, s'assombrir de nouveau.

L'Hindou paraissait fort soucieux, plus que soucieux, triste et craintif.

Il s'approcha des petits prisonniers et, leur tendant une galette de maïs, il leur dit en hindoustani :

« Ne la mangez pas toute aujourd'hui ; gardez-en pour demain. C'est la dernière que j'aie faite.

– Alors, demanda Michel alarmé, qu'est-ce que nous mangerons après-demain ?

– Après-demain, répondit le fanatique, qui eut soudain un rire amer, après-demain, je ne sais pas. »

En même temps ses regards farouches se portèrent sur les deux bœufs paisiblement assis à l'ombre d'un banian et occupés à ruminer sur les débris d'une botte d'herbe fraîche que leur avaient apportée les Malais.

Ceux-ci, accroupis auprès des bêtes, les considéraient aussi avec d'étranges convoitises dans leurs yeux.

Leurs mains, nerveuses et impatientes, jouaient avec les kriss passés à leurs ceintures.

Le petit garçon eut une rapide intuition. Il vit les figures hâves de ses compagnons, leurs corps émaciés.

Il comprit tout. Ces hommes jeûnaient depuis plusieurs jours, mais la faim devenait la plus forte, et la vue de ces animaux qui mangeaient sans inquiétude, eux, exaspérait le besoin de leurs entrailles.

Et Michel, frissonna à cette pensée : le surlendemain, on n'avait plus rien à manger.

Or on était en plein désert, sous un ciel encore implacable, loin de toute habitation, de tout secours humain.

Quelle effroyable destinée attendait ces cinq hommes perdus dans cette immensité ? Et lui-même, et Sonia, sa chère petite Sonia, quelles tortures n'allaient-ils pas endurer, si Dieu ne faisait pas un miracle ?

Il faisait l'apprentissage de la résignation et du courage. Il garda par devers lui ses transes, et, après avoir donné à la petite fille un morceau de ce pain de pénitence, il partagea ce qu'il en restait en deux morceaux, dont il alla offrir le plus gros aux deux Malais surpris.

Ceux-ci fixèrent sur l'enfant des yeux où, pour la première fois, une sorte de sympathie se peignit.

Mais, à ce moment, Tibboo, s'approchant d'eux, leur arracha le morceau de galette, qu'il rendit au petit garçon.

« Tu as eu tort de le leur donner, dit-il brusquement. Qu'importe que de mauvais serviteurs de Dieu souffrent. S'ils souffrent, c'est qu'ils l'ont mérité par leurs péchés. Quand bien même ils devraient mourir, que Bouddha soit béni ! »

Et il renvoya l'enfant intimidé à l'espèce de tente qu'on avait dressée pour lui et sa compagne.

Cette nuit fut paisible encore, mais le sommeil de Michel fut hanté d'affreux cauchemars et l'aube du jour nouveau fut accueillie par lui comme une délivrance. On se remit en route sur-le-champ.

Et, tout à coup, le décor changea.

La caravane marchait, ou plutôt se traînait péniblement. Épuisés par les fatigues, domptés par la faim, Tibboo et ses quatre satellites n'étaient plus que des ombres haletantes, dont la démarche était celle d'hommes ivres. Ils poussaient devant eux les bœufs qui s'en allaient de leur pas lent et monotone sur la terre à peine rafraîchie par les haleines de la nuit. Une fois même, l'un des Leptchas tomba la face contre terre et se releva à grand'peine, titubant, le souffle court, la poitrine déprimée par un spasme violent.

Michel eut le cœur serré. Il eut pitié de ces hommes qui, pourtant, étaient ses ennemis. Et Sonia, elle aussi, s'aperçut de cette détresse des malheureux. Elle en fit la remarque à son petit compagnon, en termes d'une touchante naïveté.

« Vois donc, Michel, on dirait qu'ils ne savent plus marcher. On dirait qu'ils sont malades. »

Ni l'un, ni l'autre n'avait pris garde que, pendant qu'ils s'avançaient ainsi en hoquetant d'agonie, le paysage changeait autour d'eux. Le sol caillouteux et brûlé faisait place à une terre humide et grasse que couvraient des graminées de toute sorte. Bientôt une prairie plantureuse et verte s'étala sous leurs regards. Des arbres se montrèrent, rares et espacés d'abord, puis plus nombreux, plus touffus, d'une végétation plus puissante. Des bananiers apparurent, portant des régimes plus que mûrs. Un cri de joie jaillit de la poitrine des affamés.

En un instant, les arbres bienfaisants furent dépouillés de leurs fruits, et les pulpes fraîches et nourrissantes, dévorées avec voracité, rendirent en partie les forces aux pauvres diables exténués par les privations qu'ils venaient de subir.

Deux milles furent encore parcourus à travers la plate étendue verte.

Un vol de grues couronnées s'enleva brusquement à une centaine de pas en avant de la caravane.

Mais les fusils les avaient prévenues. Si réduites que fussent les munitions, mieux valait les user à assurer les vivres que les laisser se perdre. Quatre coups de feu éclatèrent et quatre beaux échassiers vinrent tomber aux pieds des voyageurs.

C'était un gibier abondant et qui allait permettre de s'offrir un repas succulent.

Une hauteur se dressait à quelque deux cents mètres et le sol devenait onduleux. Tibboo dirigea la troupe vers ce coteau, dont on escalada la crête lestement. Il était peu élevé, mais permettait néanmoins à l'œil d'embrasser le paysage environnant.

C'était un admirable panorama de collines vertes et de champs veloutés que traversait, en une seule nappe de plus de 5 kilomètres de largeur, le fleuve majestueux dont les fugitifs avaient naguère descendu l'une des branches, le Brahmapoutra.

L'énorme masse liquide coulait majestueuse au travers d'un véritable Éden.

Était-ce la fin des souffrances ? Touchait-on au terme des misères !

Il parut en être ainsi aux yeux réjouis des cinq hommes, car, sans échanger une parole, mais la face hilare, les yeux brillants, ils se mirent en devoir d'apprêter le repas sous l'ombre d'un bois de manguiers qui couvrait le coteau. Et tandis que les uns plumaient à la hâte deux des grues, les autres ramassaient l'herbe sèche et le bois mort destinés à rôtir les succulentes victuailles.

Bien qu'ils eussent trop souvent déjà assisté à de semblables préparatifs, les deux enfants les contemplèrent, cette fois, avec des yeux particulièrement attentifs.

Ce fut une cuisine sommaire, en plein vent.

Les Malais eurent tôt fait de dépouiller deux branches égales en fourches, qu'ils plantèrent profondément en terre. Une troisième, soigneusement pelée, puis flambée à grand feu, leur tint lieu de broche.

Et bientôt les deux échassiers cuits à point, puis dextrement dépecés, s'offrirent aux dents voluptueusement grinçantes de bouches que les bananes n'avaient pas rassasiées.

Oui, décidément, on pouvait croire que le temps des grandes épreuves était passé.

On mangea copieusement. Puis, comme l'heure des chaleurs était venue, on fit la sieste, une sieste bien méritée.

Au réveil, le jour déclinant, on se trouva en présence d'un grave problème.

Jusqu'à ce moment, nul obstacle sérieux n'avait arrêté la marche. Maintenant, il fallait trouver le moyen de franchir l'énorme fleuve qui barrait la route. Et l'on n'avait ni bateau, ni radeau.

Ce fut un moment de graves perplexités.

Pierre Maël

Tous les pays du monde possèdent d'excellents nageurs. Mais l'Inde est peut-être de toutes les contrées celle où la natation est de commun exercice. Du nord au sud, de Rawal-Pindi et de Guilguit à la Pointe-de-Galle, ils ne sont pas rares les champions qui soutiennent des matches de 4 et 5 kilomètres.

La traversée du Brahmapoutra n'eût donc pas arrêté les cinq compagnons, tous bons nageurs, s'ils n'avaient point eu avec eux les deux enfants, s'ils n'avaient eu cure d'emporter avec leurs armes et leurs munitions les vivres qu'ils venaient d'obtenir si inopinément d'une largesse de la Providence.

Or pas une barque n'était en vue. On était dans cette zone de l'Assam qui forme un véritable désert de près de 2000 kilomètres, au seuil duquel l'Angleterre elle-même, la prudente Angleterre, n'a pas jugé à propos de placer le moindre factionnaire et que de rares explorateurs ont à peine parcouru.

Une fois par mois, peut-être, des barques pontées, venues des frontières chinoises, descendent le cours du fleuve, afin de porter, par les voies les plus faciles, les produits de la frontière aux marchés indiens du delta. D'autres le remontent, aussi rares, chargées des fruits des zones chaudes. Le Brahmapoutra n'a pas, comme son frère le Gange, l'avantage de baigner des terres riches et peuplées.

Cela, Tibboo devait le savoir, car, après un rapide coup d'œil jeté sur le fleuve, il revint vers ses compagnons, et les cinq hommes, armés de forts couteaux et de kriss, se mirent en devoir, d'emprunter à quelques arbres, de teck, trouvés fort opportunément, assez de branches pour en construire un radeau.

La besogne devait être longue. Elle dura deux jours, en effet. Mais l'endroit était propice et salubre. Nul voisinage inquiétant n'alarmait le campement, et les fusils, opérant avec prudence, suffisaient à approvisionner la table de gibier à plume ou à poil. Car on tua trois lièvres et une douzaine de perdrix ou de faisans argentés pendant les quarante-huit heures qu'exigèrent la construction et la mise à l'eau du radeau.

Restait une dernière difficulté : qu'allait-on faire des deux bœufs de charge ?

Tibboo mesura très exactement la résistance de ce cadre de bois médiocrement léger. Il constata de la sorte que l'une des deux bêtes y pouvait prendre place vivante, mais que l'autre n'y pourrait embarquer qu'à l'état de conserves ou de tranches de venaison.

Mais, pour en faire des conserves, un élément primordial faisait défaut : le sel manquait.

À vrai dire, on en avait assez pour assaisonner convenablement les plats au moment du repas. Tibboo, esprit prévoyant et sagace, avait su s'en munir abondamment au moment de son départ de Dardjiling. Cela ne suffisait point pour saler une chair aussi volumineuse que celle d'un yak.

Ce n'était là, d'ailleurs, qu'une question de peu d'importance.

Si l'on ne pouvait saler tout le bœuf, eh bien ! on se passerait de sel. Tibboo et ses affidés en avaient vu bien d'autres au cours de leur aventureuse existence, et ils venaient de subir d'assez cruelles épreuves pour n'avoir pas le droit de se montrer difficiles. D'ailleurs des Bouddhistes fervents ne doivent-ils pas mortifier leur chair ?

L'embarquement eut lieu sans trop de peine. Le bœuf vivant, après quelques résistances, eut pour compagnon de voyage son frère habilement dépecé, spectacle qui émut Michel et arracha des larmes à Sonia.

Mais le plus difficile n'était pas fait.

Il s'agissait désormais de remonter le courant du fleuve et d'aborder aussi haut que possible sur la rive opposée.

Les quatre fidèles de Tibboo rivalisèrent d'énergie. De rudimentaires avirons, fixés dans de plus rudimentaires tolets, luttèrent contre l'onde assez calme du cours d'eau divin, et, après trois heures d'une navigation fatigante, les cinq compagnons, emportant les deux enfants, purent prendre terre à 2 kilomètres au nord-est de leur point de départ. Bœuf, conserves, munitions, armes, tout avait passé l'eau sans encombre. C'était un véritable tour de force qu'ils venaient d'accomplir.

La rive sur laquelle ils venaient d'aborder n'était pas sensiblement différente de celle qu'ils avaient quittée.

Une seule chose frappa leur attention au premier coup d'œil, la plus grande largeur du fleuve.

Ils n'eussent éprouvé aucun étonnement s'ils avaient pu savoir qu'ils venaient de le franchir à une demi-lieue au-dessus de son confluent avec le Soubansiri, ce qui leur eût expliqué le volume plus grand de ses eaux.

Mais les premières terres, sujettes à de fréquents débordements par suite du déplacement des tributaires du fleuve, étaient basses et fangeuses, et les voyageurs éprouvèrent une crainte sérieuse, celle de s'être jetés sur des sables mouvants.

Ce fut encore une marche des plus pénibles, pendant un mille environ, sur un sol où l'on s'enfonçait jusqu'au genou.

Puis, le niveau s'élevant, on se trouva derechef en présence de la jungle, et les contreforts des monts du Kappachor se dessinèrent à l'horizon en lignes bleuâtres. Quelques villages apparurent, où les voyageurs trouvèrent des coreligionnaires qui leur firent bon accueil.

Mais déjà les nouvelles du territoire anglais avaient pénétré dans ces solitudes.

Les peuplades d'origine tibétaine qui habitaient ces régions inexplorées s'élevant vers la ville hypothétique de Lakhimpour étaient prévenues qu'une expédition se préparait pour pénétrer dans les déserts par les gorges des dernières montagnes. Des émissaires bouddhistes, accourus du nord-ouest, à travers le pays hostile des Daplas, des Akkas, des Padam, avertirent Tibboo de la menace suspendue sur sa tête.

Celui-ci prit donc ses mesures en conséquence et précipita sa fuite vers le nord-est.

S'il pouvait gagner le lacis des rivières inextricables qui prennent naissance au nord de la Birmanie et de l'Assam, il se considérerait comme sauvé. Là s'ouvrent, en effet, les chemins les plus commodes pour aborder le grand plateau du Tibet et se réfugier dans les inabordables monastères.

Mais, pour y atteindre, il fallait parcourir 500 kilomètres des chemins les plus divers, tantôt dans les plaines basses du Soubansiri et du Dihong, tantôt dans les vallées anfractueuses du Dihong et du Brahmakound.

L'Hindou, précédé par son renom de sainteté, muni, d'ailleurs, des lettres de crédit des lamas supérieurs, se vit promptement secondé par les populations bouddhistes. Il rassembla une centaine d'hommes autour de lui, et, sûr désormais de ne s'arrêter qu'à la porte de la terre sacrée, il pressa la marche de la caravane.

Ce changement de milieu amena pour les enfants un changement de condition. Entourés du respect superstitieux de leurs trop fidèles gardiens, ils furent à l'abri des inconvénients qu'ils avaient rencontrés depuis plus de deux mois sur leur route. Leur véhicule fut un palanquin de cordes porté à dos d'hommes, ce qui remplaçait avantageusement l'échine du yak, la cabine du cotre et même le cacolet des premiers jours.

On ne marchait pas, on courait. Comme les coolies de l'Inde, les porteurs de l'Assam ne prenaient aucun repos. Ils avaient hâte d'arriver, d'ailleurs, car les pluies avaient commencé et l'hiver s'approchait rapidement. Cependant, à mesure que l'on gagnait vers le nord, l'influence chinoise se faisait progressivement sentir.

On la reconnaissait dans les soins plus grands donnés à l'agriculture, dans le goût plus raffiné des industries.

Les rivières portaient quelques barques. Sur plusieurs, des ponts étaient jetés qui en facilitaient le passage.

Il ne fallut pas plus de huit jours pour permettre à la petite troupe de s'élever du confluent du Soubansiri et du Brahmapoutra aux sources de la rivière Kharo. Dix jours plus tard, les bords du Dihong étaient atteints.

Les ravisseurs venaient d'atteindre, précisément, l'angle où s'unissent, selon toute apparence, le Brahmapoutra et le Tsang-Bo, vers lequel, de son côté, se dirigeait la colonne conduite par Merrien et ses amis.

Or c'était juste à ce moment que l'explorateur, désespérant de rien découvrir à l'est, s'était rejeté dans le sud.

Il s'en était fallu de 25 kilomètres à peine que les deux troupes se rejoignissent.

Et, cependant, l'œil de la Providence restait ouvert sur les enfants à l'heure même où il semblait que la dernière chance de délivrance s'éloignât d'eux pour jamais. Car, s'ils franchissaient la frontière du Tibet, ils étaient inévitablement perdus.

Quelqu'un avait surpris le secret de leur fuite mystérieuse à travers les zones désertes.

Pierre Maël

En avance de plus de deux semaines sur ses bienfaiteurs de Tamlong, n'ayant pas fait, comme eux, de halte au pied du Tchoumalari, Miles Turner, malgré les effrayantes difficultés du parcours, avait suivi la chaîne himalayenne jusqu'à ses derniers rameaux et, côtoyant en quelque sorte le cours du Tsang-Bo, était arrivé à l'extrémité des collines qui meurent en étages verdoyants dans le dédale des sources des grands fleuves de l'Indo-Chine.

C'était là qu'un matin, en pénétrant dans un village de Padam, il avait été brusquement informé de la présence à quelques milles au-dessous, sur les bords du Dibong, d'une caravane remontant du sud et emmenant avec elle deux enfants européens.

Se porter rapidement au-devant de la caravane, s'assurer de la véracité de ses informateurs, n'avait été pour l'outlaw que l'affaire d'une prodigieuse énergie soutenue pendant deux jours entiers.

Puis, sans prendre le moindre repos, payant largement l'aide des indigènes, il avait couru sans arrêt à la recherche de la colonne conduite par Merrien et, épuisé, malade, avait fini par la rejoindre 150 milles plus bas que la caravane des bandits, par 27° 50' de latitude nord. Les blancs avaient rétrogradé.

XIV. ENTRE DEUX MORTS

Tibboo triomphait. Une exaltation singulière se manifestait dans ses gestes comme dans ses paroles.

Il ne parlait plus aux enfants qu'avec les signes de la plus tendre affection, à ses hommes que dans l'impérieux langage d'un maître dont on ne discute pas les ordres.

Que se passait-il donc en cette âme ténébreuse ? Quelle lueur nouvelle y avait pénétré ?

Peut-être un psychologue clairvoyant et, d'ailleurs, renseigné sur la nature mixte et compliquée des peuples orientaux, aurait-il pu démêler les caractères de cette transformation qui d'un homme farouche et concentré faisait maintenant un fanatique exubérant, presque loquace ?

Peut-être eût-il trouvé que la certitude du succès, la gloire de ramener à ses chefs religieux, après mille difficultés vaincues, l'enfant prédestiné, faisait taire en lui l'espèce de remords qu'y avait éveillé son attachement grandissant par les petites victimes violemment arrachées aux joies de la famille.

La foi de Tibboo lui donnait cette récompense intime, le sentiment du devoir accompli.

Et, désormais, absorbé par le souci de mener à bonne fin l'entreprise si heureusement conduite, il ne trouvait point en ceux qui lui servaient d'instruments un zèle égal au sien, une passivité assez bénévole.

De là des irritations et des colères, des crises de violence dans lesquelles l'infatigable chef s'emportait contre ce qu'il nommait la paresse de ses subordonnés à des brutalités injustifiables.

De là aussi de sourds murmures, des révoltes latentes courant dans ce petit peuple fier de son indépendance et qui souffrait avec peine qu'au nom de la religion cet homme du Sud, cet « habitant des terres basses », s'arrogeât le droit de les malmener.

À plusieurs reprises, Tibboo avait pu constater que l'esprit de rébellion était prêt à faire éclater des insubordinations dangereuses, dues aux exagérations de l'orgueil.

Pour être Bouddhistes, on n'est pas des saints, auraient dit des gavroches parisiens embrigadés dans cette troupe d'humeur frondeuse et de vacillante crédulité.

Et l'Hindou regrettait, parfois, d'avoir augmenté le personnel de son escorte.

Tant qu'il ne commandait qu'à ses deux Leptchas et à ses deux Malais, les choses allaient à merveille.

Mais depuis qu'il s'était adjoint ce renfort de Tibétains insoumis, infectés du virus d'indépendance que leur inoculent leurs sauvages voisins Akkas, Daplas ou Michmis, il sentait l'indiscipline gronder autour de lui et souffler la désobéissance dans ces têtes brûlées par le soleil.

Les Malais, jusque-là fidèles et soumis, étaient gagnés par cette contagion.

Ils n'avaient plus pour le chef ce regard terne, mais humble, qui témoignait de leur docilité.

Maintenant, ils osaient murmurer entre leurs dents, en mâchant leur bétel, et leurs regards, moins louches, osaient se lever impudemment sur l'homme qui, jusqu'à ce jour, leur avait imposé le respect.

Tibboo était brave, et son fanatisme exaltait en lui le courage jusqu'à la folie.

Il n'attachait donc qu'une médiocre importance à ces avant-coureurs d'une hostilité encore contenue.

Les événements allaient surgir qui lui feraient toucher du doigt le péril d'une semblable situation.

La caravane avait quitté la plaine pour reprendre le chemin des montagnes.

De nouveau les enfants voyaient apparaître les collines et les hauteurs se vêtir d'une végétation touffue. Et à mesure que le sol s'élevait, des lignes de faîte nouvelles se montraient à l'horizon, dominant de vastes espaces nus où la jungle recouvrait son empire. La lutte recommençait entre la forêt et le désert.

On sait que l'Himalaya possède cette particularité d'être habité à des hauteurs considérables et de nourrir la vie à des altitudes où nos montagnes d'Europe sont depuis longtemps dépouillées de faune comme de flore.

La végétation s'y laisse voir jusqu'à cinq et six mille mètres au-dessus du niveau de la mer.

Au cours de l'une de ces traversées de plaines, ou plutôt de hautes vallées, dans les avant-monts qui flanquent le cours du Dibong, la caravane fut réduite à faire une halte dans la jungle.

Cette halte était imposée par les circonstances. Jamais encore, parmi les fatigues endurées, aucune n'avait été plus pénible que celles qu'on subissait.

La jungle que l'on traversait, en effet, était un vaste plan fourré d'herbes géantes, la plupart épineuses et tranchantes. La liane aux morsures vénéneuses et cruelles s'y rencontrait à chaque pas, infligeant aux hommes de l'escorte de redoutables souffrances. On marchait, littéralement sur les épines, et les chairs nues saignaient aux attouchements du sol, aux féroces embrassements de ces lacis inextricables, nids à serpents dangereux, repaires de grands fauves qui y établissent leur pouvoir indiscuté.

XIV. ENTRE DEUX MORTS

C'était Tibboo qui avait choisi cette route, malgré les avis qu'on lui avait donnés de l'existence d'un chemin beaucoup plus facile, mais plus long, qui longeait la rivière. Dans sa hâte d'atteindre le Tibet, il avait préféré la voie la plus courte, mais aussi la plus périlleuse.

Mais il payait cher cette obstination.

Les symptômes d'insubordination se faisaient plus fréquents et s'accentuaient davantage au sein de la petite troupe.

Ils s'expliquaient, se justifiaient presque par les souffrances endurées.

À tout instant, on subissait de dangereux contacts et il ne se passait pas une heure de nuit ou de jour que le tigre ou la tchita ne se montrât sur les flancs ou derrière la petite colonne, en quête d'une proie à emporter.

Déjà deux hommes avaient péri, l'un enlevé par un tigre, l'autre mordu par un cobra-capello.

Le reste de la troupe murmurait et grondait. Tibboo sentait son prestige décroître et l'autorité s'amoindrir entre ses mains. Bien plus, la légende même du Bouddha blanc subissait les assauts du doute, et nombre de Tibétains, envahis par le scepticisme, regardaient, avec un ricanement de menace, les deux enfants confiés à leur garde.

C'en était trop, et Tibboo ne cherchait qu'une occasion de faire un grand exemple.

Il sentait que, s'il n'arrêtait pas sur-le-champ ces sentiments en extirpant ce chiendent vénéneux des mutineries contagieuses, il serait débordé et que les revendications légitimes prendraient le dessus sur le respect religieux.

Il donna donc l'ordre aux Malais et aux deux Leptchas de marcher à côté du palanquin.

Lui-même, armé d'une excellente carabine Colt et d'un revolver à six coups, fermait la marche, stimulant les uns, surveillant les autres, ne perdant de l'œil ni un geste, ni un mouvement.

Le paysage, en sa monotone et inquiétante physionomie, prenait fréquemment l'aspect de celui de la Basse-Bretagne.

Des crêtes et des plateaux fourrés d'ajoncs et de bruyères, que noyait tout d'un coup l'océan des hautes herbes, progressivement mêlées à des arbustes rabougris, végétation de montagnes, se succédaient, élevant insensiblement le sol.

Il arrivait, parfois, qu'après avoir gravi de la sorte des centaines de mètres, on se trouvait brusquement en présence d'un ravin profond, violente rupture de la chaîne des hauteurs, précipice aux parois le plus souvent taillées à pic.

Ces fissures béantes attestaient que ce sol avait été le théâtre de commotions géologiques formidables, car les secousses du globe aux premiers jours du monde l'avaient violemment lézardé.

Et, quand un obstacle de cette nature venait interrompre la marche, les murmures éclataient.

Car ce n'était pas seulement un retard imprévu, c'était surtout un surcroît de fatigues et de souffrances.

Il fallait, en effet, trouver un chemin, soit pour tourner la faille, soit, s'il était trop long de chercher ce détour, pour descendre au fond de la coupure, puis en remonter le versant opposé au prix de mille fatigues.

Or, depuis deux jours, la route semblait se hérisser d'obstacles de ce genre.

Les failles se faisaient plus fréquentes, plus abruptes et plus profondes. Et cependant l'opiniâtre Tibboo maintenait la marche dans ce chemin.

À maintes reprises, l'escorte avait demandé qu'on rejoignît le Dihong. Les boucles nombreuses que fait le cours de la rivière rendaient ce changement d'itinéraire facile, et en deux circonstances, les malheureux voyageurs avaient pu voir le ruban argenté de l'eau étinceler à moins d'un mille sur leur droite.

L'Hindou, impitoyable, tout à sa pensée, n'avait pas voulu démordre de sa résolution.

Le conflit s'aigrissait. Maintenant les hommes opposaient à l'activité de Tibboo la force d'inertie.

Les haltes se faisaient plus longues, plus rapprochées, plus motivées, d'ailleurs, par une extrême fatigue.

Pendant les haltes, les porteurs déposaient la litière, et les deux enfants, jouissant d'une liberté relative, en profitaient pour marcher et prendre du mouvement, ce qui ne leur était pas inutile. Car

XIV. ENTRE DEUX MORTS

eux aussi ressentaient la fatigue à leur manière. Ce transport à bras paralysait leur énergie et nuisait à leur besoin d'activité.

D'ailleurs, la tristesse les avait ressaisis, bien voisine de la démoralisation.

On était dans le cinquième mois de leur enlèvement, long délai rendant plus cruelle à leur cœur la séparation d'avec leurs familles.

Et pendant ces cinq mois on avait constamment marché, avec des repos de quarante-huit heures au plus. Ils « avaient vu du pays », selon l'expression populaire, mais comme on en peut voir du dos d'un mulet, d'un bœuf ou d'un homme, ou des planches d'un bateau.

Autant leur eût valu jouir du même coup d'œil de la portière d'un wagon.

Et, sous l'empire de cette tristesse grandissante, qui les rendait muets, leurs jeunes imaginations tramaient de hardis complots, agitaient des plans audacieux d'évasion et de fuite.

Ils ne s'en ouvraient pas encore l'un à l'autre, manque de confiance peut-être.

Ce matin-là, sur l'ordre de Tibboo, on avait commencé l'étape avant l'aube.

Au petit jour, deux milles n'étaient pas franchis quand, soudain, la colonne s'arrêta.

À travers les brumas fumantes qui s'écharpaient en haillons de gaze sur les herbes et les arbustes épineux, un cri sinistre avait jailli. Un des hommes qui marchaient en tête de l'escorte venait de disparaître dans un gouffre, et le reste de la troupe épouvanté avait jeté cette clameur de détresse et d'avertissement.

L'Hindou courut au bruit et se trouva en présence d'une foule effrayée et houleuse.

Il comprit qu'il y aurait péril à tenter l'exaspération qu'il sentait sourdre en elle, et donna l'ordre de s'arrêter.

Les hommes firent donc halte sur le bord de l'abîme dont le brouillard emplissait le fond et tapissait les parois.

On allait attendre le jour qui, en dissipant le voile des vapeurs, permettrait de se rendre compte de la situation et de reconnaître le chemin. Porteurs et gardiens, harassés, saisirent avec une visible satisfaction cette occasion de goûter quelques heures de sommeil de plus, et, le fatalisme aidant, on ne s'occupa plus du malheureux que le gouffre avait dévoré.

Tibboo lui-même, qui luttait contre la nature de toute l'énergie de sa volonté stimulée par une foi puissante, soit qu'il cédât enfin à la fatigue, soit qu'il voulût donner à ses satellites l'exemple d'une confiance sereine en l'infaillibilité du destin, s'étendit sur l'herbe mouillée et ferma les yeux.

On avait déposé à quelques pas de là la litière qui contenait les deux enfants.

Ceux-ci ne dormaient pas.

Seuls, dans toute cette troupe exténuée, ils devaient à leur mode de transport d'avoir conservé leur force et leur agilité.

Soudain la pensée commune qui, depuis plusieurs jours, germait en leur esprit, les éclaira d'une même illumination.

« Sonia, dit Michel d'une voix brève à sa compagne, ils sont tous endormis.

– Oui, répondit la fillette, je le vois. Ils ne pensent plus à nous.

– As-tu remarqué que depuis quelque temps ils marchent, plus vite ? Nous ne nous arrêtons plus.

– Oui, fit encore Sonia, qu'est-ce que tu crois ? Qu'est-ce que cela veut dire ?

– Je crois que cela veut dire qu'ils sont poursuivis, que nos parents nous cherchent.

– Ah ! » murmura l'enfant, dont les prunelles s'éclairèrent d'un rayon d'étrange énergie.

Et, achevant la pensée que ses regards lisaient dans ceux de son ami, elle ajouta :

« Si nous nous échappions, Michel ? »

Il resta quelques secondes muet. Puis, lentement, la regardant bien en face, il dit :

« C'est justement ce à quoi je pensais, Sonia, mais ce n'est pas possible.

– Pourquoi n'est-ce pas possible ?

– Parce que nous ne connaissons pas le chemin dans ce pays et

XIV. ENTRE DEUX MORTS

que si nous nous perdions, nous mourrions de faim. »

Elle releva fièrement la tête et, avec ce courage obstiné qui caractérise la race slave, elle répliqua :

« Quand même nous mourrions, Michel, cela vaudrait mieux que de rester prisonniers. »

Le petit garçon ne parut pas souscrire à ce pis-aller de la résolution à prendre. Il soupira.

Ce que voyant, Sonia ajouta :

« D'ailleurs nous ne mourrons pas, Michel. Puisque tu crois que nos parents nous cherchent, nous n'aurons qu'à aller au-devant d'eux et nous les retrouverons. »

Le raisonnement était logique et concluant. L'esprit des enfants est simpliste.

« Soit ! fit brusquement Michel, qui craignit peut-être de manquer de courage, partons ! »

Il promena un regard attentif autour de lui. Estompés par le brouillard, quelques groupes seulement de dormeurs apparaissaient, plongés dans une immobilité absolue, paralysés par le sommeil.

Il sauta légèrement hors du palanquin. Puis il tendit les mains à Sonia pour l'aider à descendre.

Un instant, ils restèrent immobiles l'un contre l'autre, émus malgré tout, à l'idée de leur périlleuse fugue.

« Comment allons-nous nous guider ? fit Michel. On ne voit pas à dix pas dans ce brouillard.

– Il ne durera pas toujours, Michel », riposta la vaillante fillette, qui avait réponse à tout.

Michel lui prit la main et, prudemment, posant un pied devant l'autre, avec la plus extrême prudence, ils s'avancèrent.

Personne ne remua autour d'eux.

Ils passèrent auprès de deux ou trois dormeurs qui ne bougèrent point.

En ce moment une poignée d'hommes aurait eu raison de ces quarante-cinq fanatiques sans défense.

Un fauve même eût pu survenir et enlever sa proie sans que la tourbe s'en aperçût.

Les enfants firent quelques pas de plus, et tout à coup se trouvèrent en face de Tibboo.

Il dormait comme les autres. La nature avait triomphé de sa volonté de fer.

Michel attira Sonia tout près de lui et, lui montrant le chef, il murmura à son oreille :

« Il était bon pour nous tout de même. Quel dommage qu'il ne nous ait pas ramenés lui-même ! »

Soudain la petite fille laissa échapper un cri aussitôt étouffé, en murmurant :

« Et Boule, que j'allais oublier dans le palanquin ? Et Duc ?

– Tant pis ! répliqua Michel avec autorité. Nous ne pouvons pas revenir. Et puis Boule nous gênerait.

– Mon pauvre petit singe ! gémit la fillette dont les yeux s'emplirent de larmes ; notre bon chien ! »

Un jappement amical, suivi d'un frôlement de la queue soyeuse, leur prouva que celui-là, du moins, ne les quitterait pas.

« Tais-toi, Duc ! » ordonna Michel qui, en se retournant, venait de voir Tibboo se soulever à demi.

Et, entraînant Sonia et le chien, il se mit il courir devant lui, au hasard, dans la brume.

Une exclamation de surprise, suivie de furieuses clameurs, leur annonça que le chien avait donné l'éveil par son aboiement et que leur évasion était découverte. Michel pressa Sonia.

« Vite ! Vite ! Le brouillard les gênera plus que nous. Gagnons de l'avance sur eux. »

Les deux enfants couraient vite. Ils n'étaient point brisés par l'insomnie et les fatigues d'une marche forcée.

Ils ne s'arrêtèrent qu'au bout d'un quart d'heure de cette course effrénée, lorsque l'éloignement eut progressivement diminué, puis éteint le bruit des voix derrière eux. Duc ne les avait pas quittés.

Ils regardèrent autour d'eux. Les vapeurs se faisaient plus claires et s'abaissaient graduellement.

Peu à peu, elles descendirent à leur niveau. Leurs têtes émer-

XIV. ENTRE DEUX MORTS

gèrent, puis leurs bustes et ils apparurent plongés jusqu'à mi-corps dans les ondulations ouatées de la brume.

Et, tout d'un coup, le soleil se leva derrière eux, à l'est, et, d'un seul rayon, nettoya le ciel.

Alors les enfants se virent seuls, perdus dans le désert, ne sachant où porter leurs pas.

Ils eurent peur, et, malgré ce jour lumineux qui les inondait, ils sentirent leur cœur se serrer.

Où iraient-ils ? Devant eux, à perte de vue, s'étendaient les espaces qu'ils avaient parcourus la veille.

Des vallées encore pleines d'ombre, que la lumière n'avait pas touchées, se creusaient sous leurs regards, et, par delà ces vallées, des coteaux s'élevaient, formant une suite de sommets arrondis. Tous ces sommets étaient couverts d'une végétation basse, mais drue et serrée, sous laquelle se dissimulaient des pièges, et éveillaient des terreurs.

Ils tremblèrent et Sonia se serra contre son ami en murmurant à voix très basse :

« Peut-être que nous avons eu tort de nous échapper, Michel ! C'est moi qui ai eu tort. »

Le petit garçon voulut être brave. Il ne fallait pas céder à la crainte devant Sonia.

« Que veux-tu ! répondit-il, nous avons cru bien faire. Que le bon Dieu nous protège !

– Oui, que le bon Dieu nous protège ! » répéta doucement Sonia résignée.

Elle ajouta pourtant avec un soupir :

« Oh ! mon pauvre papa ! S'il pouvait venir nous retrouver ! S'il savait que nous sommes ici ! »

Et soudain ils se turent tous deux. Le chien venait de se jeter à leurs pieds, la queue entre les pattes, la tête basse, proférant de sourdes plaintes, donnant les signes d'une immense terreur.

Immobiles, se tenant par les bras, les deux enfants se sentirent gagner à leur tour par un sentiment qui n'était plus cette crainte vague et sans lignes qui monte de la solitude. Leur épouvante devint précise, prit un corps et un aspect terrifiant.

À vingt pas d'eux, pareil à une statue placée sur un piédestal, un grand tigre, debout sur une roche, au milieu des herbes et des arbustes épineux, les contemplait du fond de ses prunelles rétractiles au large cercle d'or.

Ni Michel ni Sonia ne crièrent. Mais, d'un mouvement de générosité spontanée, le petit garçon se plaça devant la petite fille.

Ce fut un tête-à-tête d'une inappréciable durée, le fauve et les enfants se regardant, comme mutuellement fascinés.

Tout à coup le monstre fit un mouvement et s'accroupit comme pour prendre son élan.

Les fugitifs ne bougèrent pas. Comme pétrifiés, ils gardèrent leur attitude, sans souffle, devant la bête formidable.

Mais, au lieu de bondir, le tigre se releva. Il semblait inquiet, indécis.

Tout son corps s'allongea, tendu sur ses jarrets d'acier, la queue traînante, les oreilles pendantes.

Il se tourna vers l'horizon du midi, aspira l'air avec un feulement, rauque comme une plainte.

Et, brusquement d'un seul élan, il vint tomber à cinq pas des enfants.

Mais il ne s'arrêta point. Un deuxième bond de l'animal les frôla et l'emporta dans la profondeur des fourrés.

En même temps, des cris confus, des rugissements, des barrissements s'élevèrent du fond des vallées. Les herbes ondulèrent, froissées, piétinées, sous le passage d'un véritable troupeau. Des cerfs, des antilopes, des sangliers, des félins de toute taille et de toute espèce, des éléphants, des reptiles, des vautours et des marabouts, des paons et des kouroukous, passèrent, faisant trembler la terre sous leurs pas ou sonner l'air sous le lourd battement de leurs ailes avec des cris aigus.

Tous, affolés, éperdus, fuyaient vers le nord, comme chassés par un fouet invisible.

Aucun d'eux ne fit de mal aux enfants, ne parut même remarquer leur présence. Un souci plus grave les préoccupait.

XIV. ENTRE DEUX MORTS

Et, aux pieds de Michel et de Sonia, Duc continuait à gémir sourdement.

« Il se passe quelque chose d'extraordinaire, Sonia », murmura le petit garçon.

La fillette étendit la main et lui montra l'horizon du sud, en lui demandant :

« Est-ce que c'est le brouillard qui revient ? »

Michel tressaillit. Son œil confirma en un instant la divination de sa pensée.

Tout au fond de la vallée, et sur les crêtes environnantes, une fumée déferlait, pareille à la grosse vague d'un mascaret.

Elle était tantôt blanche et tantôt noire. Elle avait un ventre renflé, couleur de cuivre, et, quand elle gagnait du terrain, des lueurs rouges sortaient de ce ventre, comme les courtes flammes d'un brasier, et léchaient rapidement le sol.

« Le feu ! gémit Michel avec une sourde exclamation ; Sonia, la jungle brûle ! »

Il disait vrai. C'était l'incendie, un de ces incendies spontanés, formidables, que les steppes et les savanes connaissent.

Et le fléau accourait, poussé par le vent, dévorant arbustes et plantes, rasant le sol.

Déjà une chaleur suffocante, qui n'était point celle du soleil, desséchait l'atmosphère ; un nuage de cendres obscurcissait le ciel, et l'on pouvait entendre, mêlé à des crépitements sinistres, ce long mugissement qui annonce le rouge fléau.

« Il faut nous sauver, Michel, dit Sonia, parce que… »

Elle n'acheva pas. Deux bras venaient de la saisir, ceux de l'un des Leptchas fidèles.

En même temps, Tibboo s'emparait de Michel avec un cri de joie et, suivant le Tibétain, l'emportait en courant vers le camp.

Or, dans le camp, l'angoisse était au paroxysme.

Toute la caravane était acculée au précipice. Une faille de 80 mètres de profondeur et dont on ignorait la longueur, coupait le chemin à la troupe, l'obligeant à se rejeter sur le versant de la vallée afin de tourner l'obstacle.

Pierre Maël

Et, de l'autre côté, sur ce versant, l'incendie accourait avec des clameurs féroces, comme si le fléau, sûr de dévorer sa proie, avait eu une âme de démon enfermée dans les volutes grandissantes de sa noire fumée et semant les épouvantes dans le ciel.

Le tableau était effrayant. De quelque côté que l'œil se tournât, c'était la mort présente, inévitable, qu'il voyait.

Elle riait immobile et expectante, dans le gouffre ; elle insultait, furieuse et exaspérée, dans l'incendie.

XV. LE BOUDDHA VIVANT

Au moment où les enfants s'étaient enfuis, les aboiements de Duc avaient donné l'alarme. Tibboo, qui ne dormait que d'un œil, s'était éveillé le premier. En un clin d'œil il avait été sur pieds, et, devinant ce qui s'était passé, il avait couru au palanquin.

Un rugissement de colère éclata dans sa gorge à la vue de la litière vide, et, se laissant aller à la violence de sa nature, il se mit à maltraiter les porteurs qui n'avaient pas su monter la garde autour des deux précieuses existences confiées à leur vigilance. Puis, se multipliant, il avait réveillé tout le campement et arraché les dormeurs au sommeil qui les paralysait.

Sur-le-champ on s'était mis à la recherche des fugitifs. Mais la brume était intense. On ne se voyait pas à dix pas. Une silhouette entrevue était aussitôt fondue, effacée sous la trame opaque des vapeurs. Comment se retrouver au sein de cette fantasmagorie ?

Les aboiements du chien avaient cessé et, par conséquent, ne pouvaient plus fournir de point de repère. On allait en tâtonnant, en s'appelant les uns les autres, ne se rencontrant que pour se perdre de nouveau.

Tibboo comprit qu'en de pareilles conditions toutes les recherches seraient vaines. Il donna donc l'ordre du rassemblement.

En un instant cet homme si fort, si infatigable, sentit sa confiance l'abandonner.

Dieu lui refusait son assistance. Tous ses projets s'écroulaient, toute sa gloire s'en allait en fumée, dans ce brouillard qui protégeait la fuite des enfants. Il eut un doute et se demanda si le petit blanc ravi à sa famille était bien l'élu de la Divinité, la créature de choix en laquelle allait s'incarner la divinité toute puissante ? Ne s'était-il pas trompé ?

Mais cet assaut de doute ne fut pas de longue durée. Presque aussitôt l'Hindou recouvra sa foi.

Si quelqu'un s'était trompé, ce n'était pas lui, c'étaient les prêtres, ses supérieurs, les lamas de Naocot, dans le Népâl, de Lassa et de Chigatsé, dans le Tibet même ; au cœur de la croyance pure. Et les Lamas ne pouvaient se tromper. Le croire eût été le synonyme de renier sa foi. Or Tibboo était un convaincu. Il ne toléra pas que la tentation se prolongeât.

À la faveur de cette première certitude, des probabilités favorables s'offrirent à son esprit.

Ce brouillard, qui contrariait ses recherches, devait contrarier aussi la fuite des enfants.

Ils n'avaient pu aller bien loin. De quelque côté qu'ils cherchassent leur route, ils ne trouveraient que le désert, et leurs forces ne pouvaient les soutenir pendant un bien long parcours. Ils devraient fatalement s'arrêter en chemin, et alors…

Ici, derechef, l'esprit du fanatique s'émut. Il songea que ce désert était peuplé de bêtes dangereuses et que les enfants allaient être livrés à ces bêtes. Comment les secourir à temps, les arracher à la dent des tigres et des tchitas, aux crochets des cobras, aux anneaux des constrictors géants ? Comment les sauver d'une épouvantable mort ?

Et pensant à ces éventualités sinistres, le cœur du farouche bouddhiste saignait.

Il les aimait, ces enfants, et, dût le dieu ne pas se manifester sous les traits de Michel, lui, Tibboo, n'en était pas moins dévoué jusqu'à la mort aux deux petites créatures qu'il avait si cruellement ravies à la tendresse de leurs familles. Il fallait donc les secourir, les retrouver à n'importe quel prix.

Il secoua donc l'espèce de torpeur dont il avait été si soudainement envahi et, profitant de la clarté plus vive du ciel, il marcha à la tête de sa troupe à une seconde battue de la jungle, comptant bien rejoindre au plus vite les petits fugitifs.

La brume s'abaissait en s'effilochant, le soleil montait dans le ciel, rendait la vie au paysage.

Et néanmoins, une heure durant, les batteurs ne découvrirent rien. Dans l'emportement de leur escapade, les enfants étaient allés beaucoup plus loin qu'on ne l'eût supposé.

Tout à coup une rafale de vent venue du midi apporta jusqu'à Tibboo un bruit insolite. Les compagnons du fanatique le virent s'arrêter court et tressaillir. Les yeux tournés du côté de la montagne, il semblait interroger le ciel.

Au même instant une sorte de tumulte éclata dans la jungle. Des animaux de tous genres et de tout ordre passaient, avec des cris, dans le ciel et au travers des herbes. Et des profondeurs de l'horizon montait, se rapprochant, le même bruit qui avait fait tressaillir l'Hindou.

« En avant ! commanda celui-ci avec véhémence. Il faut retrouver les enfants ; il le faut. » Et, prêchant d'exemple, il s'élança dans la jungle sans se laisser intimider par le continuel passage des fauves affolés.

Ce fut ainsi que, suivi de deux hommes seulement, les deux Leptchas qui avaient été ses plus fidèles acolytes, il arriva à l'endroit même où s'étaient arrêtés Michel et Sonia. Se jeter sur eux, les enlever pour les ramener au campement, ne fut qu'un jeu pour Tibboo.

Mais à les ramener ainsi il n'avait pas gagné grand'chose.

L'obstacle creusé par le précipice était là, infranchissable, et les enfants étaient condamnés à périr de la même affreuse mort que le reste du troupeau. En cette heure de péril extrême, la foi des fanatiques fléchissait, soumise à une terrible épreuve.

L'Hindou avait, par deux fois, contemplé le ciel. Puis, donnant ses ordres, il avait poussé la colonne vers l'est en longeant la fissure qui, vue de loin, paraissait se rétrécir et perdre de sa profondeur.

Il n'en était rien. Une simple illusion d'optique abusait les regards. La faille s'élargissait, se creusant davantage.

Les hommes s'affolaient. Pris entre ces deux morts, ils n'avaient plus le sang-froid nécessaire à l'obéissance. Les rébellions longtemps latentes se faisaient jour, éclataient en murmures, en imprécations.

XV. LE BOUDDHA VIVANT

L'un des Malais se mit à ricaner en disant :

« À quoi bon fuir ? Il est inutile d'aller plus loin. Nous ne mourrons pas, puisque nous avons le dieu avec nous. »

Et, bravant toute crainte, il se laissa tomber sur l'herbe, toujours ironique et railleur.

Tibboo se retourna plein de colère, les poings fermés, prêt à écraser l'homme.

Mais il le vit jouant avec son kriss et les yeux tout remplis d'une haine enfin déchaînée. Trapu, large d'épaules, avec des bras énormes, le Malais était un redoutable adversaire, et, malgré son courage et sa force, l'Hindou comprit qu'il y aurait imprudence à remettre le succès de son entreprise aux hasards d'un combat singulier.

D'autant plus qu'autour du mutin d'autres figures se rembrunissaient, d'autres colères s'amassaient.

Tibboo laissa donc le Malais couché sur l'herbe et pressa la marche du reste de la troupe.

Mais l'exemple est contagieux. La bravade du révolté encourageait les insubordinations.

Au bout de dix pas, trois des Tibétains se laissèrent, eux aussi, tomber sur l'herbe, refusant d'aller plus loin.

« Misérables ! cria l'Hindou, vous êtes fous ! Ne voyez-vous pas que vous vous perdez vous-mêmes ? »

Et il montrait la barrière de fumée s'avançant avec la vitesse d'un cheval au galop.

Ils répliquèrent, montrant dans un rire stupide toutes leurs dents noircies par le bétel :

« Nous n'avons rien à craindre, puisque nous avons le dieu avec nous. »

Tibboo sentit son cœur se serrer. Décidément tout tournait contre lui. Il lisait l'hostilité dans tous les regards, et ce qui l'épouvantait davantage, c'était de voir cette même hostilité menacer les enfants. Est-ce que ces brutes, brusquement converties et affolées par l'approche de la mort, allaient se transformer en assassins et briser eux-mêmes l'idole ?

Pierre Maël

L'Hindou voyait l'obstacle croître et il avait la conscience de se trouver en un de ces moments terribles où la volonté de l'homme le plus énergique ne peut rien contre l'entêtement des masses progressivement arrivées à l'état de force aveugle.

Ses yeux erraient de l'horizon des montagnes à celui des vallées méridionales, interrogeant le firmament.

Hélas ! du côté des monts, c'était toujours la fissure monstrueuse, fossé géant creusé par la nature pour enclore leur granitique citadelle.

Et de l'autre côté, c'était l'incendie accourant avec d'effroyables élans, ne se laissant arrêter ni par ravins, ni par murailles.

Maintenant on en avait le tableau devant soi dans toute sa grandiose horreur.

La fumée avait envahi le ciel et rendu l'air irrespirable. Une poussière de scories pleuvait, noircissant les vêtements et les visages, une ardeur rayonnait, desséchant la salive et la sueur même dans les pores.

Et l'incendie était encore à plusieurs kilomètres. Que serait-ce, tout à l'heure, quand, poussant son foyer devant lui, il aurait atteint les infortunés voyageurs ?

« Marchons ! Marchons ! » répétait Tibboo pressant ce qui restait de l'escorte à ses côtés.

Il n'avait pas plus de dix hommes auprès de lui.

Pendant ce temps, dans le palanquin, Michel et Sonia échangeaient de tristes réflexions.

« Nous n'avons pas pu fuir, ma bonne petite Sonia », soupirait le gamin avec un chagrin véritable.

Et la petite fille répondait avec une résignation pleine de larmes :

« Que veux-tu, Michel ! nous ne pouvions pas prévoir que la jungle allait prendre feu. »

Puis, plus bas, le pressant contre son épaule, avec un frisson de terreur et une hésitation dans la voix :

« Est-ce que nous pourrions mourir, Michel ? Oh ! mon Dieu ! je ne voudrais pas mourir brûlée ! »

Ils étaient en sueur. La parole elle-même leur semblait une fatigue,

XV. LE BOUDDHA VIVANT

tant la chaleur devenait redoutable, épuisante. Par les rideaux soulevés de la litière, ils regardaient obstinément les approches du fléau, hypnotisés par ce spectacle.

Il venait, annonçant formidablement sa venue, lançant des bouffées brûlantes dans un tremblement des couches atmosphériques qui donnait à leur transparence un plissement étrange, plein de vibrations, comme si l'air tout entier eût été fait d'un rideau de gaze. Il venait avec des crépitements unis à des hurlements prolongés, et des paquets de cendres s'abattaient sur les arbres, sur les pierres. Le sol lui-même devenait brûlant comme une plaque de fer rougie.

Les quelques malheureux qui suivaient Tibboo se traînaient lamentablement. Les porteurs du palanquin titubaient, faisaient de continuels faux pas. L'un d'eux tomba sur les genoux, donnant une telle secousse à la litière, que les enfants furent jetés sur l'herbe.

Ils se relevèrent en poussant un cri. La terre qu'ils avaient touchée les brûlait.

Et derrière ce groupe désolé de moribonds haletants, tous les réfractaires traînards accouraient avec les intentions les plus hostiles. La folie les avait gagnés décidément, une folie furieuse. Ils voulaient tuer, se rafraîchir dans le sang, se repaître de leur vengeance avant de mourir.

La horde de furieux venait avec des cris féroces, des clameurs furibondes, devançant l'incendie lui-même.

Et pourtant celui-ci était tout proche. À la fumée aveuglante, étouffante, se mêlaient des flammes, tantôt hautes, tantôt basses, selon que l'élément rasait le sol ou faisait flamber la cime des arbres. Il n'y avait plus qu'une alternative : périr d'une effroyable combustion, ou chercher dans la mort la fin d'une intolérable agonie, en se précipitant dans l'abîme.

La bande des forcenés entourait Tibboo et les deux enfants. Brave jusqu'au bout, l'Hindou s'était jeté devant ceux-ci, leur faisant un rempart de son corps. À ses côtés les deux Leptchas restaient inébranlables et Duc, debout, en arrêt, comme s'il eût deviné l'horrible danger que couraient ses jeunes maîtres, s'apprêtait à bondir sur le premier assaillant.

Ce fut le Malais, depuis longtemps hostile, qui donna le signal de l'attaque.

Son kriss à la main, il s'élança, essayant de tourner Tibboo pour atteindre les enfants.

Il n'avait pas pris garde au chien.

Les jarrets de Duc se détendirent et la vaillante bête vint, comme une pierre lancée par une baliste, frapper de son large poitrail le misérable assassin, qu'elle renversa d'un seul coup. Avant que les autres adversaires pussent intervenir, les formidables crocs s'étaient plantés dans la gorge du Malais et l'avaient étranglé.

Cet échec avait fait reculer la bande. Mais le répit ne pouvait être de bien longue durée. Un retour offensif était à craindre.

Tibboo éleva la main et apostropha durement la tourbe des bandits.

« Vous valez moins que des animaux, cria-t-il. Ce chien vous fait la leçon, à vous qui outragez votre Dieu. »

Des voix confuses, bégayantes, s'élevèrent. Elles disaient :

« S'il est notre Dieu, qu'il nous sauve de la mort par le feu ! Qu'il se montre !

– Vous n'en êtes pas dignes, répliqua l'Hindou, dont le visage s'était étrangement rasséréné. Bouddha n'a qu'à vous abandonner.

– Alors nous l'empêcherons de se faire homme, crièrent les énergumènes. Nous le tuerons. »

Soudain le chef étendit la main d'un geste si impérieux que le silence se fit d'un seul coup, habitude de l'obéissance.

« Vous avez outragé Bouddha, cria-t-il. Bouddha va nous sauver du feu, mais il vous livrera à la faim. »

Et, se prosternant aux genoux de Michel, le singulier personnage le supplia en langue hindoustani.

« Étendez votre bras droit vers la vallée, lui dit-il à voix basse. Commandez à l'incendie de reculer. »

Michel ne comprenait pas. Il se demandait si le chef de ses geôliers n'était pas devenu brusquement fou.

Mais Tibboo, sans se relever, répéta sa prière d'un accent si plein de supplications que l'enfant, cédant à une suggestion fort bizarre, obéit à son désir, et, étendant machinalement la main dans la direction du fléau, il eut l'air d'en conjurer les effets.

Alors, chose étrange ! à la stupeur profonde des assistants et de Michel lui-même, tandis que l'Hindou, prosterné, continuait ses supplications, il se passa un phénomène étrange, un fait d'ordre quasi surnaturel.

L'incendie, flamboyant et rugissant, avait dépassé le fond de la vallée et escaladait, avec une vitesse accrue, l'escarpement du dernier mamelon, celui sur lequel étaient rassemblés les malheureux fugitifs. Plus rien désormais ne pouvait arrêter sa course dévorante.

Il allait venir, dévorant tout ce qui vivait, jusqu'à la bouche rocheuse du gouffre.

Et voici que tout d'un coup, par un véritable prodige, la marche du fléau était suspendue. La muraille de flamme se dressait à moins de cinq cents mètres des fuyards, mais les lèches aiguës se renversaient en arrière comme repoussées par une invisible main. En même temps un vent violent, soufflant du nord-est, refoulait au loin la fumée sur les terres incandescentes, étouffant ainsi le foyer de combustion.

Le miracle était accompli. Bouddha venait de se révéler tout-puissant sous la figure de l'enfant blanc.

Une longue rumeur d'admiration stupide avait couru dans les rangs des fanatiques.

Et soudain, dominés par une même pensée, pleins de la terreur superstitieuse du prodige, ils tombèrent agenouillés, le front dans la poussière torride, aux pieds de Michel et de Sonia émerveillés, adorant la divinité dans l'éclat de sa force.

Pourtant il avait une explication naturelle, ce prodige, et la seule perspicacité de Tibboo l'avait justifié.

C'était en quelque sorte pour en préparer l'accomplissement que le fanatique avait, à de si fréquentes reprises, interrogé le ciel.

Habitué à suivre dans les phénomènes célestes les soudaines variations qui s'y produisent, l'Hindou s'était attaché à fuir toute catastrophe prévue jusqu'à l'heure où, par suite d'une modification météorologique, le vent, soumis à des lois presque mathématiques, aurait une de ces sautes brusques qui, dans l'océan Indien, donnent naissance aux cyclones.

Pierre Maël

Et c'était pour ce motif qu'en présence de l'incendie menaçant et des colères grondantes de la foule, Tibboo avait pressé sa marche vers l'est, sachant bien que le souffle du nord ne pouvait venir par la trouée des montagnes et, l'ayant, en quelque sorte vu venir, avait voulu lui donner le temps d'arriver.

Le calcul était d'une habile logique. En hâtant la marche de la caravane, on augmentait aussi ses fatigues, mais, par là même, on rendait le prodige plus éclatant en le rendant plus indispensable.

Si au contraire, et contrairement aux prévisions de Tibboo, la saute libératrice du vent ne se produisait pas en temps utile, on reculait néanmoins l'heure du dénouement final.

En mettant toutes choses au pis aller, mieux valait mourir tard que tôt.

Sa confiance avait été justifiée. Le ciel avait accepté la mise en demeure de l'homme ; il avait fait le miracle.

Or ce souffle qui venait de les sauver était glacial. C'était la première bise de l'hiver entrant en conflit avec les dernières rafales du sud, et de ce conflit allaient naître les courtes pluies, larmes de regret, pour ainsi dire, que verse la saison chaude avant de céder définitivement la place à l'empire de l'aquilon.

L'air se rafraîchissait rapidement et devenait respirable. Le sol perdait son atroce chaleur, les poitrines se dilataient, rendant la vie et la souplesse aux membres. Avec une versatilité d'émotions surprenante, les fanatiques, toujours agenouillés, continuaient à baiser l'herbe sous les pieds de leur jeune dieu.

Il était temps de mettre un terme à ces démonstrations pieuses d'un culte qui avait eu pour base la peur.

Tibboo s'était relevé, implacable et, debout aux côtés de Michel, apostrophait durement la cohue.

« Arrière, misérables ! Osez-vous bien approcher le dieu que vous avez offensé ? Vous ne méritez que sa colère et il va la manifester en vous frappant. Éloignez-vous de lui, car son regard lit vos péchés au fond de vos âmes. »

La harangue était fort habile. Elle emplit d'épouvante les pauvres esprits des Bouddhistes crédules et les disposa à l'obéissance.

Avec des sanglots et des gémissements, ils supplièrent l'Être sou-

XV. LE BOUDDHA VIVANT

verain de pardonner à leur faiblesse et de leur formuler ses commandements. Tibboo n'eut garde de manquer une semblable occasion.

« Allons ! daigna-t-il dire enfin ; Bouddha veut encore pardonner à votre lâcheté, si vous lui êtes désormais fidèles. »

Sur un signe du chef, deux Tibétains traînèrent par les pieds le cadavre du Malais au bord du précipice. Une simple poussée l'y jeta.

Telle fut la fin du malheureux qui avait été si longtemps l'un des satellites soumis de l'Hindou, l'un des plus vigilants gardiens des petits prisonniers. À quoi lui avaient servi ses heures de fidélité ? Mais ne pourrait-on pas demander aussi bien à quoi servent certaines existences humaines ?

On reprit la marche et cette fois pas un murmure ne s'éleva, pas une plainte ne se fit entendre.

Et pourtant la fatigue s'était encore accrue de toutes les tortures physiques et morales subies par les malheureux. Ils avaient souffert de l'épouvantable chaleur de l'incendie, de la soif qui avait desséché leurs gorges, de la terreur d'une mort imminente. Mais tel est le pouvoir du mystère, qu'il peut guérir en un instant les plus cruelles souffrances.

La caravane vit enfin l'énorme faille adoucir ses pentes trop rapides. Une gorge la continuait. La cluse finissait en vallon.

Tout au fond de ce vallon une eau limpide et gazouillante coulait.

Les infortunés ne purent résister à l'enchantement de ce spectacle, au mirage de cette fraîcheur.

Tibboo lui-même permit la descente, et la colonne entière dégringola du versant jusqu'au niveau du ruisseau. Les bouches avides, les têtes bouillantes se plongèrent dans ce murmure apaisant et les caresses de cette boisson exquise. Michel et Sonia en prirent leur part, subissant malgré eux la joie d'avoir échappé à la mort, sentant, d'ailleurs, une espérance secrète, inexplicable, pénétrer dans leurs cœurs.

Et comme le lieu était propice, le paysage enchanteur, la halte indispensable, la foule entière alla se mettre à l'ombre d'un bouquet de hêtres abrité sous un pan de roches schisteuses au flanc desquelles la mousse avait mis comme un lit de velours.

Pierre Maël

C'était le repos après la fatigue et, il faut le reconnaître, un repos bien gagné.

Le sommeil, cette fois, ne fut troublé par aucun incident. Quand les yeux des voyageurs s'ouvrirent, l'ombre les couvrait, tandis que les derniers feux du couchant doraient le haut des roches nues qui leur faisaient face sur le versant opposé de la gorge. On avait devant soi deux heures de jour encore. Mais on était reposé, et la route semblait tracée par la nature même au fond de la verdoyante vallée, Tibboo donna le signal du départ.

On reprit donc la marche dans le même ordre, mais comme on se sentait plus tranquilles, l'allure fut plus modérée.

Sur leur demande, Tibboo permit aux enfants de descendre du palanquin pour varier leur mode de transport.

Toujours emplis de leur étrange espérance, Michel et Sonia se trouvaient plus légers et se communiquaient leurs impressions.

« Je suis sûre, disait la petite fille, que papa et ton oncle sont à notre poursuite et qu'ils sont tout près de nous.

– Et pourquoi en es-tu sûre, Sonia ? Qu'est-ce qui te fait croire cela ?

– Je ne sais pas, Michel, c'est comme une voix qui me le dit. Chaque fois que j'ai entendu cette voix, elle m'a dit la vérité.

– Mais s'ils sont près de nous, comment se fait-il que nous ne les voyions pas ?

– Nous allons les voir bientôt, Michel. »

Elle disait cela avec une tranquille assurance. Les enfants ont de ces pénétrations singulières, de ces infaillibles pressentiments.

La route se poursuivait, traversant un féerique paysage, absolument désert. Pas une maison ne se montrait, pas une fumée sous le ciel bleu, dans la paix des pentes verdies, ne laissait deviner l'emplacement d'un village ou d'une hutte.

C'est la solitude dans ce qu'elle a de plus imposant et de plus sublime, le domaine des grandes contemplations où l'homme découvre son néant en face de la majesté des cimes et de la profondeur des cieux. Mais où s'arrêtait celle vallée, en quel lieu, plaine ou montagne, allait-elle déboucher ?

Le ruisseau se grossissait à vue d'œil. Des rivulets cascadant des

XV. LE BOUDDHA VIVANT

sommets de la gorge lui apportaient leur tribut.

Le jour baissait de plus en plus, mais on était sous un parallèle où les crépuscules durent encore.

Soudain les collines s'écartèrent par une brusque saccade. Celles qui bordaient la droite de la vallée que suivait la caravane s'en allèrent, par dégradations successives, mourir en mamelons dans la plaine. Celles de gauche, grandissant au contraire, se rejetèrent par un coude vers le nord, et la vallée déboucha dans une autre vallée aussi large que la plaine, arrosée par un fleuve énorme dans lequel le ruisseau, presque rivière maintenant, allait perdre ses eaux.

Mais le fleuve lui-même, après avoir épandu sa nappe d'une couleur d'ocre, paraissait s'évanouir au pied d'un mont que le couchant transformait en un lingot d'or, et, dans les flancs de ce mont, bizarrement sculptés en dômes, en flèches, en ruines de cités de géants, en cannelures droites et raides comme des tuyaux d'orgues, d'innombrables cavernes se laissaient voir, pareilles aux trous d'une fourmilière dont les fourmis auraient été des béhémoths et des léviathans.

Jamais plus beau spectacle n'émerveilla l'œil de l'homme.

Cette limite était-elle la borne du monde, la barrière du Paradis perdu ?

Les deux enfants en contemplation avaient fixé leurs yeux sur la montagne d'or percée de trous.

« Vois donc, Michel, vois donc, fit tout à coup Sonia devenue très pâle en étendant la main.

– Oh ! Sonia, murmura Michel d'une voix étranglée, si c'étaient eux. »

Les prunelles hypnotisées erraient sur la paroi jaune, y suivant une suite de points noirs qu'on voyait sortir d'une caverne.

Ces points, presque invisibles, se mouvaient assez rapidement. C'étaient là peut-être les fourmis qui avaient foré ces trous.

Tibboo s'était rapproché des enfants. Il toucha Michel Merrien à l'épaule et lui dit, en mauvais anglais cette fois :

« Petit Michel, voilà le Tsang-Bo. Votre oncle donnerait sans doute une bonne partie de sa fortune pour le voir comme vous le voyez. »

Pierre Maël

Il y avait une ironie dans le ton plus que dans les paroles. L'Hindou triomphait pour la première fois, raillant ses adversaires.

Mais voilà que, lui aussi, aperçut les points noirs qui avaient attiré l'attention des enfants, et ses traits exprimèrent l'effroi.

Les points avaient grossi. Ils gravissaient la montagne de calcaire doré, par quelque sentier accroché à ses flancs.

On ne pouvait les reconnaitre à cette distance, mais on voyait bien que c'étaient là des hommes, et aux taches sombres qu'ils faisaient sur la muraille d'argile, on pouvait présumer hardiment que ces hommes étaient des Européens.

« Ah ! s'écria Tibboo avec une sorte de désespoir, ils ont pénétré jusqu'ici ! Bouddha ne sait donc pas défendre sa demeure ? »

Il faut croire que cette région était connue de l'Hindou, car, laissant les enfants à la garde des deux Leptchas, il courut en un point de la rive où un tertre vert s'élevait. L'instant d'après il reparut poussant sur les eaux du ruisseau une grande barque plate, assez semblable aux bacs qui desservent nos rivières, et, sur un ordre bref qu'il jeta, la caravane s'embarqua tout entière.

Alors s'emparant d'une large et longue godille, le redoutable fanatique gouverna l'embarcation droit sur le fleuve.

Un quart d'heure plus tard, le bac, saisi par le courant, dérivait vers le pied de la montagne.

XVI. L'EAU SAINTE

Au moment où Miles Turner, épuisé par sa course précipitée, était tombé mourant dans le campement des blancs sur les bords du Soubansiri, Merrien et ses amis, découragés, allaient, par une marche rétrograde, perdre tout le fruit de leur avance sur les ravisseurs.

Ce fut donc avec une joie débordante qu'ils entendirent tomber des lèvres de l'outlaw les brèves paroles qui les remettaient dans le bon chemin.

Afin de ne point perdre une seconde, Merrien fit coucher le pauvre diable sur une civière aussi moelleuse que possible, que l'on transforma elle-même en palanquin en y adaptant un dais de toile.

Et ce fut de dessus cette litière improvisée que l'ancien convict dirigea la campagne des recherches.

Merrien n'avait voulu rien ménager pour assurer le succès de l'expédition.

Il fit acheter dans les villages une vingtaine de ces petits chevaux infatigables qui sont l'une des races animales les plus précieuses du Tibet ; mais pour n'être pas trompé par les maquignons sauvages, il annonça que toutes les bêtes survivantes seraient rendues à leurs propriétaires à la fin de la campagne, ce qui transformait d'emblée la vente en location.

On lui en amena plus qu'il n'était nécessaire, les renseignements fournis par Turner lui permettant de s'assurer que ces chevaux pourraient devenir utiles si les voleurs d'enfants s'étaient jetés dans la montagne avant qu'on ne les eût rejoints.

Par bonheur l'état de faiblesse de Miles était de ceux que l'on combat avec la bonne chère et le repos.

En peu d'heures, l'ancien convict fut en état de se lever de sa couche, et demanda à quitter sa litière, car ce régime de malade qu'on porte l'humiliait profondément, disait-il, le débilitait même.

Merrien ne s'y opposa point, et l'outlaw reprit sa place de combat parmi les Européens.

On marchait vite, brûlant les étapes. C'était l'avis de tous qu'il fallait agir rapidement avant la venue des pluies.

On atteignit donc rapidement les rives du Dihong, et Miles Turner put dire à ses compagnons :

« Cette fois, nous sommes sur eux, et à moins qu'ils n'aient franchi le Tsang-Bo, c'est dans cet angle que nous devons les trouver. »

Il parlait de l'angle où confluent hypothétiquement le fleuve mystérieux du Tibet, le Brahmapoutra, l'Irraouaddi et le Salouen.

Une distance de 150 à 160 kilomètres au plus séparait les deux cours d'eau.

Et l'outlaw, qui connaissait l'un et l'autre, sans pouvoir affirmer leur jonction, donnait des renseignements précis.

« C'est peut-être à nous, – disait-il, – qu'il va être donné de résoudre le problème et de dire ce qu'est, en réalité, le Tsang-Bo. Deux pandits, Naïn-Sing et un autre dont le nom est demeuré inconnu, ont pu le reconnaître et le descendre jusqu'à 300 kilomètres en aval de Tchetang. Or, en cet endroit, le fleuve mesure, selon leur dire, quatre cent cinquante mètres de largeur aux basses eaux, avec un débit moyen de 800 à 900 mètres cubes par seconde. Je puis confirmer l'exactitude de ces assertions. Il est donc invraisemblable qu'un cours d'eau aussi puissant à 1000 kilomètres de sa source, soit l'affluent du Brahmapoutra qui, 500 kilomètres plus bas, a un débit tout à fait inférieur à celui-là.

– Je suis tout à fait de votre avis, Miles, répondit Merrien.

– Cependant, intervint Resowski en déployant une carte anglaise sur laquelle, d'après les dires de Rennell, Walker et Wilcox, le Tsang-Bo n'est que le prolongement du Dihong, nous ne pouvons pas nous lancer à la poursuite d'une hypothèse qui nous entrainerait peut-être fort loin de notre but. N'oublions pas, en effet, que nous sommes à la recherche, non d'un fleuve, mais de nos enfants. Que le Tsang-Bo coule comme il voudra, je veux, moi, retrouver ma fille. »

On n'insista plus sur la question devant le malheureux père. À quoi bon le torturer avec des questions de géographie qui, d'ailleurs, en ce moment, ne pouvaient intéresser personne ?

Le plan rapidement arrêté fut de remonter le Dihong aussi loin que l'on pourrait, puis de reprendre, grâce aux renseignements des indigènes, les traces qu'avait dû laisser infailliblement la caravane des voleurs d'enfants.

Le Dihong opère sa jonction avec le Brahmapoutra un peu au-dessous de Sadiya et semble être la maîtresse branche du Brahmapoutra proprement dit.

Le problème des géographes est donc de savoir si cette rivière n'est point le Tsang-Bo perdant son nom, ou bien si le Tsang-Bo, enserrant dans un bassin fort étroit le Dihong, le Dibong, le Lohit et le Bramakound, n'irait pas, par une boucle énorme, au niveau du 50ᵉ degré de latitude nord, boucle suivie d'une descente au sud, se prolonger dans l'Irraouaddi ou le Salouen, peut-être les trois, si l'on y joint le Mékong, ainsi que le ferait entendre une hypothèse très hardie de Francis Garnier.

C'était à ce point précis qu'en étaient arrivés les voyageurs, et, par une étrange coïncidence, la solution du problème géographique

XVI. L'EAU SAINTE

allait dépendre peut-être du succès d'une campagne d'un intérêt bien autrement poignant pour eux.

Merrien avait essayé de retenir des barques. Il en trouva trois à peine, sur lesquelles il fut impossible d'embarquer plus de quinze hommes.

Il fallut donc se relayer dans la surveillance de la rivière et des rives.

Par suite des basses eaux, des bancs de sable et des chutes, la navigation offre des difficultés presque insurmontables. Il arrive qu'après un parcours de 100 kilomètres environ sur le cours d'eau, on le voit brusquement s'enfoncer dans une chute aux pans à pic hauts de plusieurs centaines de mètres.

Puis, quand on eut escaladé les hautes collines qui resserraient ainsi le cours du Dihong, les voyageurs se trouvèrent en présence de montagnes de calcaire, aux dos arrondis, surmontés de plateaux aussi nus, aussi balayés que les Causses du Rouergue et du Languedoc.

« Allons ! fit Merrien, voilà qui confirme l'hypothèse de Francis Garnier. Nous avons déjà vu disparaître le Dibong. Il est tout à fait possible que le Tsang-Bo soit un fleuve souterrain coulant en ce moment sous nos pieds et dont une des branches, en ressortant de terre, prend précisément le nom de Dibong au point où nous l'avons laissé. Le Dibong, le Brahmapoutra, l'Irraouaddi seraient la continuation d'autres branches. »

Et, comme il se taisait, dominé un instant par le problème qu'il venait de se poser, Miles Turner frappa la terre de la crosse de sa carabine, en disant :

« Oui, monsieur Merrien, vous avez raison. C'est là, sous nos pieds, à 600 ou 700 mètres de profondeur, que disparait l'Eau Sainte des Tibétains, sous des grottes géantes, dans de profondes cavernes analogues à celles du Mammouth, aux États-Unis et de Wieliczka, en Autriche. »

Ils n'eurent pas le loisir de poursuivre cet entretien, le seul qui rompît un peu la tristesse monotone des étapes.

Euzen Graec'h accourait essoufflé à leur rencontre.

« Qu'y a-t-il, Euzen ? demanda Merrien ému devant l'expression de joie épandue sur les traits du marin.

– Il y a, répondit celui-ci, que cette fois, c'est la bonne. Nous avons mis enfin le cap sur eux.

– Explique-toi », s'écria l'explorateur qui venait de voir Goulab et Saï-Bog apparaitre derrière le Breton.

Alors celui-ci raconta qu'en gravissant le point culminant de la montagne, accompagné du chikari et du Leptcha, il avait vu s'étendre sur la gauche, vers le sud-ouest, une suite de collines au pied desquelles semblait s'ouvrir une vallée. Il s'était mis à la tête de quelques indigènes résolus et avait remonté les premières collines. Du sommet de l'une d'elles, il avait pu voir une assez forte colonne s'engageant dans la vallée qui, elle-même, se rétrécissait en une cluse étroite, semblait-il.

« Et quand as-tu fait cette reconnaissance ? demanda Merrien.

– Il y a deux heures environ. »

M. Resowski s'était approché et avait pris part à l'entretien.

On tint conseil sur-le-champ. De toutes les indications fournies par Euzen et ses deux inséparables, il résultait que la caravane en marche que l'on avait aperçue devait aboutir à l'orifice de la vallée que l'on dominait en ce moment.

Or aucun de ces émissaires indigènes envoyés en avant n'avait signalé son approche, personne ne l'avait vu venir.

« Euzen, demanda Merrien, ce coup d'œil que tu as pu jeter sur la chaîne de la colline t'a-t-il permis de supposer que nous pourrions prendre cette colonne en flanc avant qu'elle fût sur ses gardes.

– Si je ne le supposais pas, répliqua le marin, je ne serais pas venu vous avertir. »

La réponse était nette et précise. Il n'y avait plus à hésiter.

« En avant donc ! s'écria Resowski avec une émotion facile à comprendre, et que Dieu nous mette au plus tôt en présence de ces bandits ! J'ai hâte de revoir mon enfant, ma pauvre petite Sonia. Comment vont-ils me la rendre ?

– Du sang-froid, mon ami, recommanda Merrien que cette exaltation alarmait un peu.

– Oh ! rassurez-vous, prononça le père. C'est la nouvelle don-

XVI. L'EAU SAINTE

née par Graec'h qui m'a troublé. Mais je saurai tenir ma parole d'homme dans le combat. Le fusil ne tremblera pas entre mes mains, je vous le jure.

– Alors, hâtons-nous. La route est longue », cria le Breton qui prit la tête du défilé.

La troupe d'avant-garde, vingt-cinq hommes en tout, se mit à courir sur la cime arrondie du mont, au travers des obstacles surgissant devant tous les pas, escaladant les rochers, descendant dans les fondrières d'un sol peu consistant, roulant sur les pentes tantôt suspendus à des sentiers de chèvres en corniche, tantôt plongés en de véritables gouffres, souvent disparus dans les ténèbres des cavernes et des galeries souterraines.

Car c'était une étrange montagne que celle-là.

Ce bloc de calcaire, haut de 1200 mètres, couvrait un espace de 5 ou 6 kilomètres carrés.

Il était criblé de trous comme une ruche ou, plus exactement comme une éponge.

Et ces trous, forés par l'action préhistorique et séculaire de la nature, étaient, çà et là, de vastes cavités recevant l'air et la lumière par des porches béants taillés en plein stuc, des couloirs sombres pénétrant comme des tunnels dans les flancs mêmes de la masse.

La marche était des plus pénibles, pleine de périls.

On avançait pourtant.

Tout à coup Euzen, qui tenait toujours la tête, jeta un cri et s'arrêta ébloui par le spectacle.

Les autres s'empressèrent de le rejoindre, et tous se tinrent là quelques instants, sans parole, écrasés par la majesté du tableau.

Ils étaient à la cime du mont, et, sous leurs pieds, en une pente si raide qu'elle semblait verticale, l'abîme se creusait, un abîme de 1000 ou 1200 mètres, au fond duquel on voyait, non une vallée, mais un fleuve.

Oui, un fleuve, une nappe majestueuse et superbe, large de 2 kilomètres au moins, dont les eaux s'arrêtaient à la base même de la montagne, où on les voyait disparaitre, car à sa droite, c'était la plaine qui s'ouvrait, une plaine admirablement plane et unie, s'étendant à perte de vue.

À gauche, un vallon plein de verdure et de fraîcheur arrosé par un ruisseau dont l'onde limpide venait se perdre dans les eaux jaunâtres du grand cours, et le fleuve lui-même, descendant du nord, s'infléchissait à l'ouest par une boucle immense, enfermant un massif de hautes collines, derrière lesquelles d'autres hauteurs se profilaient sur le ciel clair.

Le vent qui soufflait, venant du nord-est, et malgré le soleil calcinant le sommet de calcaire nu, on avait froid.

Miles Turner ne put retenir un cri :

« Le Tsang-Bo, monsieur Merrien, voici le Tsang-Bo, Francis Garnier avait raison : le fleuve s'enfonce sous terre et c'est une de ses branches qui forme le Dihong à sa sortie du souterrain.

– Et… les autres ? objecta l'explorateur ressaisi par l'intérêt du débat géographique.

– Les autres branches doivent en faire autant, répliqua l'outlaw, à moins qu'elles ne trouvent plus court de faire le tour de la montagne qui nous porte, pour aller alimenter à la fois le Brahmapoutra, l'Irraouaddi et le Salouen.

– Nous n'avons pas le temps d'aller vérifier l'hypothèse, intervint l'ancien consul de Russie.

– Nous en avons d'autant moins le temps, fit Goulab, que voici ceux que nous cherchons. »

Et son bras étendu montrait dans la vallée, sur les bords du ruisseau, à la gauche du sublime panorama, une autre troupe en marche dont on ne pouvait deviner qu'approximativement le nombre.

« Descendons, fit Euzen Graec'h. La main me démange. J'ai hâte de cogner sur ces coquins. »

Il se mit à courir sur les arêtes, sans craindre l'effrayant vertige, suivi par Goulab, Merrien, Saï-Bog, Miles et tous les autres, souple et fort, agile comme une panthère et leste comme un chamois.

Et tous les moyens lui étaient bons pour abréger la route. Tantôt, il se laissait glisser sur le dos, les pieds en avant, s'arrêtant aux corniches rocheuses en surplomb ; tantôt, avec des mouvements souples de couleuvre, il se retournait sur le ventre et les mains et, s'accrochant aux aspérités les plus tranchantes, se suspendait au-dessus des précipices pour mieux se laisser tomber sur une

XVI. L'EAU SAINTE

plate-forme inférieure.

Et, de la sorte, en gymnaste accompli, il mit moins de dix minutes à atteindre le pied du mont.

Il était au niveau du fleuve, sur une berge étroite et rocailleuse, et l'eau clapotait devant lui.

Il attendit que ses compagnons l'eussent rejoint et se mit à inspecter la muraille de calcaire dont il venait de descendre.

C'était une barrière géante dressée implacablement devant le fleuve et l'encaissant entre la vallée de l'ouest et la plaine de l'est. Bien que, des deux côtés, les rives ne fussent pas très élevées, il était visible que le Tsang-Bo, parvenu à ce point de son parcours, était calme et lent, ayant dompté les fureurs torrentueuses de son origine, et que s'il lui arrivait de déborder sur ses flancs, ce ne pouvait être qu'au temps où la crue ne trouvait pas d'issue assez large dans les entrailles du sol.

D'autre part, il apparaissait que l'admirable cours d'eau avait pu élargir ses galeries souterraines, mais qu'il ne les avait pas creusées tout seul. Le passage s'était fait au travers de sédiments percés eux-mêmes de trous dont le cours du fleuve avait lentement nivelé les érosions et les éboulis. Aujourd'hui le Tsang-Bo traversait en maître la montagne par une douzaine de conduits analogues pour rejoindre le versant du golfe de Bengale, sauf à lancer une ou plusieurs autres branches vers le sud-est et l'océan Pacifique, en serrant le pied de la montagne par un fossé qui lui-même devait aboutir au Salouen.

Un quart d'heure plus tard, toute la colonne, la carabine au poing, se groupait autour du marin.

« Qu'allons-nous faire ? demanda le père de Sonia.

– Hum ! fit Miles Turner avec une mine désappointée, je ne m'attendais pas à celle-là. Il faudrait passer cette eau. »

Il montrait du doigt le bras relativement étroit du Tsang-Bo qui les séparait des mamelons flanquant la vallée.

– À la nage, cela peut se faire, dit Euzen, mais c'est chanceux avec nos armes et nos vêtements.

– Sans compter que nous arriverions trop tard », ajouta Goulab, montrant, lui aussi, la vallée.

Pierre Maël

C'était le moment même où Tibboo, ramenant la barque qu'il avait sue cachée sous l'abri du mamelon, faisait embarquer tout son monde et dirigeait le bac vers l'entrée des grottes.

« Oh ! rugit le marin, les poings fermés, ils vont traverser la rivière à notre barbe, et nous ne pourrons pas même leur envoyer quelques pruneaux de bienvenue ! »

Et c'était vrai. Par une insultante ironie, Tibboo gouvernait l'embarcation à une portée de fusil du lieu où les Européens se tenaient immobiles et impuissants, ne sachant à quel parti se résoudre.

L'esquif et son équipage raillaient à distance les poursuivants, sachant bien que nul coup de fusil de la rive ne pouvait entraver leur fuite.

« Oh ! gémissait Euzen en se rongeant les poings, un bateau ! Qui nous donnerait un bateau ? »

Comme il achevait ces mots désespérés, un des hommes de l'escorte vint à lui et fournit un précieux renseignement, que Saï-Bog se hâta de traduire à ses compagnons.

Dans le superbe mur que la nature avait dressé au milieu du fleuve, une galerie entre autres se creusait, fortement corrodée et polie par l'usure des siècles et des eaux.

« Cet homme assure, dit le domestique avec insistance, que si nous nous engageons dans ce souterrain, nous pouvons couper le passage à nos adversaires en gagnant plusieurs minutes d'avance sur eux. Nous pourrions atteindre ceux-ci et leur livrer bataille. »

Tous les auditeurs regardèrent Saï-Bog avant de prendre une décision.

Le Leptcha devina la question de ces regards, et le sien y répondit qu'ils pouvaient avoir confiance.

Il n'y avait pas d'hésitation possible. Toute la colonne s'élança dans le trou noir.

On avait allumé des torches faites de branches d'arbustes résineux, fort nombreux sur les flancs de la montagne, et l'on marchait dans le sombre conduit à la faveur de cette lugubre clarté.

On mit près d'une heure à le parcourir.

Au bout de ce tunnel creusé par la nature elle-même, on trouva de nouveau la rivière.

XVI. L'EAU SAINTE

Mais ici la nappe s'étendait en une sorte de bassin large de plusieurs centaines de mètres, entourée de pans de murs à pic, comme la mer dans les grands fiords de Norvège. D'autres grottes s'y creusaient, d'autres canaux souterrains permettaient au fleuve de s'écouler à travers les entrailles du sol.

Merrien et ses compagnons attendirent quelques instants encore.

Ils virent le bac, toujours conduit par Tibboo, traverser la nappe, se dirigeant vers le versant opposé. Ils eurent un frisson de rage à la pensée de leur impuissance. Pas un bateau, pas une planche ne s'offrait à eux, qui leur permît de traverser à leur tour ce bras du fleuve interposé entre eux et leurs ennemis.

Ce fut un affreux moment pour le pauvre père.

Dans cette barque qui passait ironique sous ses yeux, M. Rezowski venait de reconnaître sa fille aux côtés de Michel. Les deux enfants, étroitement surveillés, ne pouvaient s'échapper des mains qui les tenaient.

Et leurs libérateurs, retenus sur la rive opposée, ne pouvaient rien tenter pour leur délivrance.

À vrai dire, ils avaient d'excellentes carabines entre les mains. Mais comment s'en servir ?

Outre qu'il eût été dangereux de tirer à pareille distance sur un groupe aussi compact, une balle égarée pouvant frapper les enfants, ne devait-on pas craindre que l'ennemi lui-même, par représailles, et poussé au désespoir, n'égorgeât les malheureuses victimes ?

« Qu'y a-t-il de l'autre côté de ce mont ? demanda brusquement Euzen à Saï-Bog.

– C'est la même montagne qui continue, disent les hommes qui sont avec nous.

– Il faudrait donc traverser la rivière à n'importe quel prix », fit le Breton avec une sourde impatience.

En ce moment Goulab, qui s'était enfoncé derechef dans les profondeurs du tunnel, reparut suivi de quelques hommes de l'escorte traînant derrière eux une sorte d'informe radeau fait de troncs d'arbres grossièrement liés entre eux.

« Voilà une barque, dit-il. Pourra-t-elle nous supporter ?

– Elle supportera bien deux d'entre nous, répliqua le marin.

Allons, Miles, ajouta-t-il en s'adressant à l'ancien convict, à nous deux, mon garçon. Il nous faut mettre cette claie à l'eau et aller prendre à l'abordage le bac qui a porté ces coquins là-bas.

– Attendons qu'ils aient tous débarqué », dit Merrien. Précisément on voyait la lourde embarcation accoster sur une berge étroite, au pied du versant opposé. Ce versant était vêtu, jusqu'à son sommet, d'une dense végétation de fougères, d'ajoncs, d'arbustes rabougris dont le vert sombre donnait à l'œil l'impression d'un tapis de velours.

Mais on pouvait voir aussi que sa pente était très ardue et que l'ascension devait en être très pénible, si elle n'était pas impossible. C'était un véritable assaut qu'on allait donner.

Cependant les voleurs d'enfants avaient atterri et l'on pouvait les voir maintenant grimpant le long des flancs boisés du mamelon. Leur colonne prenait la file à la façon des grains d'un chapelet, et, au milieu, les jumelles et les longues-vues des blancs pouvaient discerner les enfants, tantôt marchant, tantôt portés par les épaules de leurs compagnons.

Euzen, donnant l'exemple, s'occupait à rajuster avec des cordes et des clous l'informe radeau que Goulab venait d'extraire des profondeurs de la caverne où l'avaient sans nul doute remisé de pauvres diables, pèlerins ou nomades sauvages, avec l'évidente intention d'en faire du feu. On poussa ce plancher vermoulu à la surface paisible de la nappe.

Tout de suite le Breton y prit place et, le tâtant du pied, cria hardiment à ses compagnons :

« Il est assez solide pour quatre. Qui vient avec moi ?

– Moi, répondirent en même temps Merrien et M. Rezowski pleins d'impatience.

– Alors, je choisis mes hommes, intervint Euzen, Embarquez, patron, et vous aussi, Goulab. »

La seconde d'après, le radeau flottait et, poussé par les crosses des carabines faisant fonction d'avirons, gagnait lentement la berge opposée, au pied de laquelle le bac qui avait transporté Tibboo et les enfants attendait, sans maître et sans pilote, la prise de possession du premier qui le voudrait.

XVI. L'EAU SAINTE

Ce « premier » fut Merrien, qui, d'un bond, s'en assura la prise et, détachant l'amarre qui le tenait à la berge, gouverna rapidement, avec l'aide de Goulab, pour ramener le reste de la troupe.

Pendant ce temps Euzen Graec'h et Miles Turner gravissaient la pente ardue du formidable coteau.

Un sentier y courait en zigzaguant, sentier si étroit qu'un homme seul y pouvait passer de front. À l'entour, c'était le versant velouté et vêtu d'herbes et de mousses du milieu desquelles jaillissaient des arbustes nains et des fougères arborescentes.

« Voilà le plus court chemin, Miles ! cria le Breton en saisissant à pleines mains les touffes vivaces, sans craindre les arêtes tranchantes et les perfides épines. Hissons-nous par là ! »

XVII. ENFIN !

Lorsque Tibboo avait poussé la barque dans la direction du mont, il avait commis une imprudence.

En effet, en demeurant sur la rive opposée, il pouvait se jeter dans les gorges de l'est, et, par une marche forcée, rejoindre le cours du Tsang-Bo au-dessous de Tchetang, et l'y traverser. Il eût été désormais à l'abri, car il eût trouvé dans la petite ville frontière tous les secours de ceux de sa religion, moyens de transports de toutes sortes, voitures et attelages, refuges dans les murs impénétrables des monastères. Il eût trouvé aussi la récompense due à ses hauts faits, car il avait été le merveilleux agent d'une manœuvre politique destinée à décourager les blancs des vallées du Sikkim, du Népâl et du Bhoutan, trop proches voisins du Tibet.

Mais Tibboo avait eu peur.

En voyant les blancs apparaître au moment où il les attendait le moins, dans une région que n'avait foulée, avant ceux-ci, le pied d'aucun Européen, il avait subi, sans s'en rendre compte, le prestige qu'exerce toujours la race privilégiée sur le reste de l'humanité.

Il les avait crus armés de toutes pièces, plus forts qu'ils ne l'étaient. Il avait craint qu'ils ne franchissent le bras du fleuve pour se jeter à la poursuite de la troupe harassée. Il ignorait que ses adversaires n'eussent pas d'embarcations. Il ne devait s'en apercevoir qu'en traversant lui-même le fleuve sous leurs yeux.

Un motif particulier l'avait conduit à prendre cette détermination.

De l'autre côté du bras qu'il traversait se dressait le pan de muraille boisé au sommet duquel s'ouvrait une faille à pic sur laquelle les hardis voyageurs de ces régions inexplorées avaient jeté un tronc d'arbre servant de fragile passerelle. C'était là l'unique pont qui mît en communication les deux lèvres du précipice. Ce pont franchi, Tibboo n'aurait plus rien à craindre de la poursuite, car la descente du second versant le ramènerait sans effort au point d'où il était parti, en lui donnant une avance suffisante pour défier toute tentative de ses ennemis.

Il n'avait pas prévu que ceux-ci découvriraient les débris d'un radeau dans les flancs du passage souterrain. Si forte, si complète que soit une intelligence, elle a ses lacunes.

Sa terreur et sa rage furent donc immenses lorsqu'il vit les blancs trouver si promptement un moyen de traverser le bras du fleuve, surtout quand, à leur tête, il reconnut le terrible Breton qui lui avait donné une chasse si serrée depuis les bords du Manas jusque sur la mer.

Un instant, il eut la pensée de s'arrêter lui-même en arrière de ses compagnons et d'abattre Euzen d'un coup de carabine.

Mais, en s'arrêtant, il abandonnait la conduite de la troupe.

Or seul il savait où il entendait la mener, seul il connaissait le point culminant du versant où se trouvait la fragile passerelle. Le temps pressait ; l'essentiel était de mettre l'abîme entre les enfants et ceux qui les cherchaient.

Tibboo revint donc vers ceux-ci et se mit à aider à leur ascension.

C'était pour les pauvres petits un véritable supplice. Cette côte ardue, presque perpendiculaire à certains tournants du sentier, s'élevait à plus de 600 mètres au-dessus du niveau du fleuve. Il fallait, à tout instant, que l'Hindou ou ses acolytes vinssent prendre Michel et Sonia par les bras pour leur épargner le vertige et les anhélations épuisantes. À cet exercice, on ne pouvait avancer bien rapidement.

Et à 200 mètres au-dessous d'eux, Euzen Graec'h et Miles Turner montaient aussi.

XVII. ENFIN !

Un moment Tibboo retourna la tête et regarda derrière lui, au fond du fiord.

De la rive opposée le bac se détachait, chargé d'hommes, le bac que lui-même, par une invraisemblable étourderie, avait abandonné à ses ennemis. C'était lui qui leur fournissait des armes.

Un désespoir farouche l'envahissait.

Vaincu, il était vaincu, à la dernière limite, à l'heure suprême où il croyait toucher au triomphe.

Visiblement, le Bouddha l'abandonnait.

Et, tout en montant, il récapitulait, non sans orgueil, les obstacles surmontés, les difficultés vaincues. Il se rappelait la fuite à travers le Téraï, sur le Manas et le Brahmapoutra, à travers le cyclone du golfe, le naufrage qui aurait dû tout détruire et qui les avait sauvés, la marche forcée dans le désert, la faim, la soif, les rébellions déchaînées, l'incendie et le faux miracle.

Et voilà qu'au dernier moment, cet orgueil sombrait dans la défaite lamentable !

Non, non. Ce ne pouvait être la défaite. Le dieu qui l'avait soutenu, l'assisterait encore.

Il ne pouvait l'abandonner ainsi. S'il permettait l'épreuve suprême, c'était pour rendre plus éclatante la suprême victoire. Un espoir farouche s'alluma en lui comme la flamme d'un foyer.

Aussi bien touchait-on au but.

Tout à coup le sommet de la montagne se découvrit, un sommet étroit, un maigre plateau balayé par un vent froid qui fit grelotter les quelques malheureux arrivés les premiers, une sorte de plateforme sciée dans toute sa longueur par un précipice effrayant, profond de 600 mètres, dans lequel bouillonnait le fleuve sur un lit de rochers aigus ceints d'écume.

Tibboo, une fois encore, se retourna du côté des assaillants. Toute la troupe avait atterri et montait avec une rapidité effrayante. L'Hindou les voyait gagner rapidement du terrain sur ses hommes et s'avancer soutenus par une ardente espérance. Près de lui, les deux Leptchas fidèles avaient porté Michel.

L'enfant se débattait et criait. Lui aussi avait vu ses libérateurs gravissant l'âpre montée.

Pierre Maël

Et maintenant, il refusait de se laisser entraîner. Le salut était trop près de lui.

Au-dessous, bien au-dessous, les débris de la bande s'éparpillaient, se sentant perdus.

Seul le Malais, survivant de la première expédition, obéissant aux instincts de courage et de férocité de sa race, marchait à côté de Sonia, la soutenant d'une main, de l'autre tenant son kriss dégainé.

Celui-là, on pouvait en être sûr, vendrait chèrement sa vie. Euzen Graec'h et Miles Turner avaient aperçu le groupe sinistre, et tous deux s'efforçaient de l'atteindre.

« Miss, cria l'Anglais, miss Sonia, arrêtez-vous. Nous arrivons. » L'enfant entendit la parole d'encouragement. Elle jeta un cri d'appel.

« Miles, mon bon Miles, à moi ! Au secours ! »

Et d'une brusque secousse, échappant aux mains du Malais, elle se mit, au risque d'une chute mortelle, à descendre vers l'ex-convict.

Le sauvage fit un bond avec un rugissement. Lui aussi se laissa glisser vers l'enfant.

Mais déjà l'Anglais avait prévenu son attaque sans songer à se défendre lui-même, il saisit la fillette par le bras et la jeta derrière lui, sur les fougères.

Le kriss du Malais s'enfonça dans la poitrine du brave garçon.

« J'ai payé ma dette », dit-il à Euzen, en tombant.

Euzen fit un seul pas en avant.

Du bras gauche l'hercule para le coup de poignard du Malais, dont il fendit, de sa hache formidable, le crâne jusqu'aux yeux.

Puis, se penchant vers l'outlaw blessé, il le souleva sur sa robuste épaule, soutenant en même temps Sonia qui pleurait de joie et de douleur à la fois.

Mais cet incident avait ralenti la poursuite.

Tandis que M. Rezowski, fou de bonheur, s'oubliait à presser sa fille sur son cœur, Tibboo et ses deux fidèles, entraînant le petit Michel, avaient atteint le bord du gouffre.

Au-dessous d'eux, Merrien, Goulab, Saï-Bog continuaient leur terrible ascension.

XVII. ENFIN !

Ils avaient assisté au meurtre de Turner, à l'épique combat du Breton contre le Malais. Ils n'avaient pas pris le temps de se renseigner auprès d'eux. La moitié de la besogne restait à faire.

Cependant, au bord du précipice, un autre drame s'accomplissait.

Tibboo en avait suivi l'effrayante margelle, cherchant la vertigineuse passerelle.

Et soudain il avait tressailli. Ses mains, crispées en un geste de désespoir, étaient retombées inertes le long de son corps. L'indomptable lutteur avait compris enfin que son dieu l'abandonnait.

Le pont n'existait plus.

Certes l'arbre était encore à sa place. Mais le tronc, rompu par le vent ou la foudre, pendait en deux tronçons disjoints, retenus eux-mêmes par un lacis de lianes au-dessus du gouffre béant.

C'était fini. La destinée se prononçait. Il n'y avait plus qu'à se rendre ou à mourir.

L'Hindou s'était laissé tomber sur une roche, la tête entre ses mains. Il pleurait.

Debout auprès de lui, Michel pleurait aussi, pris de désespoir à la pensée que son oncle et ses amis ne parviendraient pas à le sauver, alors qu'il était si voisin de leurs efforts et de leurs étreintes.

Tout à coup Tibboo se redressa et, fixant sur l'enfant des yeux remplis d'une étrange tendresse :

« Écoute, petit Michel, dit-il, et retiens bien ce que je vais te dire. »

Sa voix était grave, son ton solennel. Jamais encore il n'était apparu à l'enfant sous un tel aspect.

« Petit Michel, continua l'Hindou, je t'ai fait de la peine et à tes parents aussi. J'en ai fait à la petite fille, et vous avez pleuré tous les deux. Mais je ne vous ai pas fait de mal, n'est-ce pas ?

– C'est vrai, Tibboo, répondit l'enfant, troublé malgré lui par cet exorde, vous ne nous avez pas fait de mal.

– Tu diras cela à tes parents pour qu'ils ne me maudissent pas, parce que je t'aime. Oui, je t'aime, et la petite fille aussi. Ce n'est point ma faute si je vous ai fait pleurer tous les deux. Tu devais être un dieu pour mes frères et moi. C'est pour cela que nous vous avons enlevés à vos familles. Mais maintenant elles sont les plus fortes, et je ne puis plus t'emmener. Tu n'auras rien à demander pour moi, Michel, car, moi, je vais mourir.

– Non, Tibboo, s'écria l'enfant, vous ne mourrez pas. Vous avez été bon pour nous. Je ne veux pas que vous mourriez. »

La face de l'Hindou se contracta. Il y avait une belle âme dans le corps de ce fanatique.

« Tu es un bon petit garçon, petit Michel, dit-il, et si le Bouddha est en toi, il jugera les choses que tu ne peux comprendre comme homme. Tout ce que je te demande, c'est d'obtenir des blancs la grâce des autres. Ils ne sont pas responsables, eux. Ils ont fait ce que j'ai commandé, ils m'ont obéi. Tu as pu le voir toi-même. Qu'on ne leur fasse pas de mal.

– On ne leur fera pas de mal, Tibboo, je vous le promets », fit Michel en étendant la main.

Il détourna un instant les yeux et contempla le versant de la montagne.

Il put voir son oncle, Goulab et Saï-Bog qui montaient rapidement.

Derrière eux, Euzen Graec'h accourait, sa terrible hache à la main.

Alors, comprenant bien que cette fois le salut était assuré, plein de la joie de la délivrance, il regarda celui qui s'était fait son ravisseur et son geôlier, mais qui l'avait protégé paternellement dans le péril.

« Vous non plus. Tibboo, vous n'avez rien à craindre. Il ne vous sera pas fait de mal. »

Le fanatique fit un pas en avant et s'agenouilla devant l'enfant.

« Petit Michel, dit-il, les prêtres de Chigasté et de Lassa n'ont pas menti. Le Bouddha est en toi. Que sa volonté soit faite. Étends ta main sur moi et pardonne-moi de mourir. Tu me recevras dans le nirvâna. »

Michel étendit la main, et le croyant se prosterna, le front dans la poussière du sommet.

« Le Bouddha ne veut pas que vous mouriez, Tibboo, homme fidèle », prononça-t-il.

Il s'était rappelé cette appellation des fanatiques, et l'inspiration

XVII. ENFIN !

lui était venue de sauver le malheureux par sa religion même. Puisque le Bouddha était en lui, le Bouddha pouvait parler et interdire le suicide.

L'Hindou ne se releva pas. Il priait avec ferveur, la prière des suprêmes résolutions.

Sur la pente, au-dessous du groupe, Merrien, Goulab, Saï-Bog avaient épaulé leurs carabines.

Mais ils s'étaient arrêtés soudain et avaient abaissé leurs armes, contemplant avec stupeur cet étrange tableau.

Celui qu'à juste titre ils considéraient comme le bourreau était aux genoux de la victime.

Ils voyaient Michel troublé, ému, étendant ses mains au-dessus du front prosterné de Tibboo.

Ils virent encore celui-ci relever lentement sa tête, embrasser l'enfant d'un long regard humide, puis, se traînant à ses pieds enlacer ses genoux et les baiser en signe de respect, presque d'adoration.

Puis l'Hindou se redressa et, se tournant vers ses ennemis qui montaient, il leur cria :

« Écoutez ce que vous dira l'enfant. La vérité est en lui et va parler par sa bouche. »

Il s'éloigna comme à regret de Michel et marcha vers le bord du gouffre. De leur place les assaillants ne pouvaient ni voir, ni deviner l'abîme.

Ils reprirent leur ascension.

Quand ils furent à portée de la voix, le petit garçon leur cria :

« Sauvez-le ! Sauvez-le ! »

Il avait des larmes plein les yeux et sa main tendue désignait Tibboo à leurs regards.

Merrien ne comprenait rien à cette attitude et à ces sentiments. Il se demandait même si son neveu n'était pas devenu fou, si cette sympathie pour son ravisseur n'était pas la marque d'un trouble profond de son esprit.

Euzen Graec'h avait rejoint les trois hommes ; à la vue de l'Hindou debout au bord du gouffre, il jeta un cri :

« Voilà notre pire ennemi ! Voilà l'homme qui a enlevé les enfants ! il faut le prendre vivant, celui-là. »

Et il s'élança en avant, suivi de Merrien, de Goulab et de Saï-Bog qui avaient enfin secoué le charme qui les immobilisait et qu'emportait maintenant une légitime colère.

Mais au moment où ils atteignaient le sommet, ils virent Michel se jeter au-devant d'eux.

L'enfant avait ouvert les bras pour protéger Tibboo et les deux Leptchas.

Son visage était suppliant.

« Ne leur faites pas de mal, ne leur faites pas de mal ! gémit-il. J'ai juré qu'on ne leur ferait pas de mal. »

Les quatre assaillants s'arrêtèrent, impressionnés par l'étrangeté autant que par la grandeur du tableau.

Ils avaient sous les yeux tout le panorama féerique et sublime, la vaste plaine et les sommets successifs du mont, la nappe étincelante du Tsang-Bo, ensevelie dans les cluses étroites ou bue par d'invisibles bouches. Et sur leur droite, aux pieds de Tibboo immobile, s'ouvrait l'effrayant précipice, la crevasse à pic.

Le fanatique était debout, les bras étendus, l'œil au ciel, comme en extase, suspendu sur la lèvre du gouffre.

Il priait, et l'on voyait sa bouche remuer des oraisons. Son œil, plein de visions de l'au-delà, perdait son regard dans la voûte bleue.

Cet homme était déjà en dehors de l'humanité.

Tout à coup, les paupières de l'Hindou s'abaissèrent.

Un regard d'indicible tendresse s'en épancha, enveloppant Michel comme d'une caresse.

« Adieu, petit Michel, murmura-t-il. Je t'aimais bien ! Souviens-toi de moi, mon fils, mon dieu ! »

L'enfant se retourna et vit sur les traits de l'extatique l'irrévocable résolution.

« Ne mourez pas, Tibboo, cria-t-il. Bouddha le défend.

– Le Bouddha le veut, enfant, répondit l'Hindou. Il s'est retiré de toi. Adieu ! je t'aime. »

Et, doucement, le sourire aux lèvres, à reculons ; comme s'il eût glissé sur l'herbe, il atteignit l'arête extrême de l'infernale margelle.

XVII. ENFIN !

Ses pieds quittèrent le bord. Il s'abîma.

Pas un cri, pas un son ne vint révéler aux spectateurs à quelle profondeur s'était arrêtée la mortelle chute.

C'était un effacement dans l'espace, une véritable disparition.

Merrien s'élança vers son neveu et reçut dans ses bras l'enfant évanoui.

Une heure plus tard la petite troupe était réunie de l'autre côté du tunnel naturel et prenait un repos aussi indispensable aux enfants qu'à leurs vaillants libérateurs.

Ceux-ci avaient accordé à Michel l'objet de sa prière. Ils n'avaient point exercé de représailles et avaient laissé les bandits s'enfuir comme ils pourraient.

La mort de Tibboo, comme un holocauste propitiatoire, avait désarmé les plus légitimes ressentiments.

« C'est étrange, dit Merrien à ses compagnons en leur montrant les larmes silencieuses des deux enfants, mais je ne suis pas éloigné de faire comme eux. Moi aussi, je regrette la mort de ce fanatique qui, tout en nous déchirant le cœur, avait réussi à se faire aimer de ses victimes. J'aurais voulu lui pardonner.

– Il avait prévu le pardon, il n'en a pas voulu, répondit Goulab, non sans une certaine fierté à la pensée de cette mort qui avait sa part d'héroïsme. Voilà, monsieur Merrien, ce que sont ces races de l'Inde que leurs frères blancs méprisent sans les connaître. Esclaves de l'idée, elles lui sacrifient tout ce qui leur semble contingent. Mais elles n'abdiquent pas pour cela les sentiments qui font l'honneur de l'humanité. Elles gardent la fierté des vaincus et la noblesse des grandes âmes.

– Vous avez raison, Goulab, ajouta M. Rezowski. Il n'en est pas moins vrai que ces vertus dont vous faites l'éloge ne sont pas des vertus sociales ; puisque leur triomphe ne s'obtient qu'au prix des larmes et ne s'épanouit que dans la mort. Pour ma part, je n'accorde au nommé Tibboo qu'un éloge très mitigé. Mon amour pour ma fille, mon égoïsme de père, si vous préférez, a trop souffert de ses actes pour que je puisse accorder à sa mémoire autre chose que de l'oubli. Que Dieu fasse grâce à son âme ! »

Pierre Maël

Ce fut toute l'oraison funèbre du malheureux Tibboo.

Le jour touchait à sa fin, et la montagne offrait en ces cavernes un abri sûr dont on se hâta de profiter, d'autant plus que l'arrière-garde de l'expédition avait rejoint, portant les tentes et l'attirail nécessaire au campement. Jamais repos ne fut mieux mérité, ni mieux goûté.

À l'aube, tout le monde était sur pied. On allait prendre le chemin du retour.

Mais avant de se rejeter dans l'occident, Merrien et ses compagnons voulurent dresser la carte du pays et en retenir quelques croquis.

« C'est bien le moins, avait dit l'explorateur, maintenant que nous avons l'esprit tranquille, que nous gardions un durable souvenir des lieux qui ont été le théâtre d'un pareil drame.

– D'autant plus, ajouta Miles Turner, dont la blessure, par bonheur, n'avait été que superficielle, que nous avons résolu le problème le plus délicat de la géographie moderne. »

Et il tendit à Merrien une note au crayon qu'il avait écrite d'une main tremblante.

« Par 50° 45' de latitude boréale, 94° 5' de longitude orientale, le Tsang-Bo, rivière du Tibet, disparaît dans les entrailles de la terre, par les cluses et les souterrains d'une montagne de l'autre côté de laquelle elle reparaît sous les noms divers de Dihong, Dibong, Lohil, Irraouaddi, Salouen, Mékong, etc.

– Heu ! heu ! fit M. Rezowski, très gai depuis qu'il avait retrouvé sa fille, voilà qui est encore à démontrer. Il me semble, mon bon Miles, que vous en prenez à votre aise avec la géographie. »

Le blessé eut une réponse sublime de candeur autant que de crânerie.

« Si ce n'est pas vrai, monsieur, que ceux qui en douteront fassent comme nous. Nous sommes au pays du mystère ; que les sceptiques viennent y voir ! »

Le retour s'accomplit à petites journées, ce qui permit aux chasseurs de la troupe de rapporter à Mme Merrien des cornes de cerfs et des peaux de tigres superbes.

On se compta ; on n'avait perdu personne. Duc lui-même rentrait en triomphateur.

XVII. ENFIN !

Si, pourtant, quelqu'un manquait à l'appel, et ce fut la voix de Sonia qui fit remarquer son absence :

« Oh ! mon pauvre Boule ! mon pauvre Boule ! avait-elle gémi.

– Boule ? questionna le père surpris. Où l'as-tu laissé ? »

La fillette narra alors le terrible épisode de leur tentative d'évasion interrompue par la rencontre du tigre et la survenance de l'incendie.

« Et cela s'est passé depuis combien de temps ? demanda encore Rezowski.

– Il y a deux mois, papa », répliqua la mignonne créature.

Quelque désir qu'il eût de compatir au chagrin de sa fille, le père ne put s'empêcher de sourire.

« Que veux-tu ! mon enfant, il est trop tard pour aller le chercher. Si ton singe t'a laissé fuir sans lui, c'est sans doute qu'il tenait moins à toi que tu ne tenais à lui. Il a recouvré sa liberté. C'est ce qui pouvait lui arriver de mieux. »

Les épopées elles-mêmes ont des fins banales.

Quand tout le monde eut réintégré la station des montagnes, chacun reprit la vie paisible et laborieuse qu'on y avait menée avant l'événement.

Mais Merrien, qui ne tenait, pas du tout à faire de son neveu un dieu pour les Tibétains, décida de l'envoyer en France pour y terminer ses études. La même année M. Rezowski regagna la Russie afin de permettre à Sonia d'y devenir la femme charmante qu'elle promettait d'être.

ISBN : 978-1523935888

Pierre Maël